U0142523

何處不清光——

余光中詩歌邊陲性論析

陳淑彬 著

五南圖書出版公司 印行

你要離開本地、本族、父家，
往我要指示你的地去。
——《創世紀》十二1

Leave your country, your people and your father's household
And go to the land I will show you.
—— Genesis 12:1

評　介

本研究是中文所所寫的第一本博士論文，可謂「余學」的一大里程碑。

——臺灣國立中山大學・余光中教授

文化論述，在漢語世界雖已流行多年，但以博士論文的規模施諸當代詩人的作品，還不多見。就學術研究而言，這種論述能開闢理論的疆土。文化論述，長於統攝歸納，施諸著作等身的詩人，能彰顯各種現象、各種趨勢，有登高望遠之功。

——香港中文大學・黃國彬教授

Dr Chan is perceptive when she comments that Yu's famous "home-sickness" is in fact the very essence of his poetic existence – a form of marginality which gives the poems a universal significance beyond its apparent "Chinese-ness". From the cultural and geographical marginality, she goes on to explore "literary marginality". Dr Chan does a great deal of groundwork of explaining the allusions and the obscure references. She is the most articulate among Yu's exponents in explaining the "Yu magic"…The thesis is an important contribution to the "Yu scholarship"（余學）. It offers fresh, exciting readings of Yu's poetry by opening up new perspectives not attempted before.

——香港大學・陳萬成教授

致　謝

　　感謝趙令揚教授，您當年的引薦與支持，讓我有機會來到香港大學攻讀博士學位，在港期間您的鼓勵與關懷，謹此誠心致謝。感謝香港中文大學黃國彬教授的引介以及您評審報告中的肯定與鼓勵。感謝廖明活教授，您的激勵與《傳道書》中的分享，仿如生命活泉。您的身教與言教，成爲我學習生活重要的楷模。

　　由衷感謝博士論文指導教授陳萬成老師，您學術指導的嚴謹與生活中嚴父般的慈愛，皆讓我跨越生命自我的局限，在學術生涯與生命成長中奠下重要根基。這些年來您在背後的默默支持，讓我在生命試煉中得蒙極大安慰。所有的付出與愛豈是三言兩語盡述之，我由衷銘感。

　　感謝東方之珠——香江，與妳共渡十載，悲歡憂喜，卻銘刻了豐盛與永恆。仿如雲彩般的見證人，感謝上帝把您們放在我的生命中，讓我的生命不再一樣，爲著這美好的記憶，謹此一一衷心獻上感恩。

　　十年磨劍，這本醞釀十年的書付梓出版。感謝臺灣五南出版社。

　　感謝天父，願一切的榮耀都歸予祢。

陳淑彬　謹識
2015年新加坡錦茂溪畔

中文摘要

余光中詩歌邊陲性論析

　　本研究從「邊陲性」視角論述當代著名詩人余光中（1928-）詩作，從《舟子的悲歌》（1952）到《高樓對海》（2000），共十八本詩集。本研究共含七章節，導言介釋「邊陲性」論述視角、余光中的創作經歷以及相關文學作品。「邊陲性」觀點建基以文化批評理論大師史碧娃克（Spivak Gayatri. C）、傅柯（Foucault Michel）、克麗斯特娃（Kristeva Julia）以及霍爾（Hall Stuart）等文化論述。

　　首章論析余光中詩作「家」的解構與重構以及「精神原鄉」的意義詮釋。次章至四章探討空間與文化屬性問題。余光中如何在美國、香港與臺灣的多重游離中，在主體性與「他者」之間建構對話關係？此處「他者」被賦予何種蘊義？「自我」如何透過「異己」定義自身？第五章通過詩作出現的地理、性別、神話與歷史文化等符號元素，探討其中所蘊含的「中國」符碼再現策略以及由此展開的邊陲再現與解構意圖。第六章析論三重要詩作：《蓮的聯想》（1964）、〈白玉苦瓜〉（1974）以及〈湘逝〉（1979）中西互文經驗。第七章則是邊陲主體的自我呈現，詩人如何透過中國古典文學與西方經典文本形塑主體自身的意義。

　　本研究嘗試從三大主軸歸納余光中詩作：一、從家國身分而言，余光中詩作中的邊陲性具體呈現二十世紀中國知識分子的生存困境，邊陲者身分是一種既有的（being），也是一種正在成形的（becoming）。這兩種身分最後將聚合在一個共通的、仍然存在的母國（homeland）

之上；二、從美學價值而言，「中國」再現是一種文化的總體象徵，一種文化想像，是不在場中國（absence "China"）的重構；三、就文學視角而言，余氏詩作中中國古典文學與十九世紀浪漫主義的影響乃爲邊緣參照系，在兩個傳統中重構文學主體性，建立一個新的中國文學觀是其詩作的終極價值。

英文摘要
Abstract

Marginality in Yu Kwang-Chung's Poetry

This thesis is a study of the poems of an eminent writer Yu Kwang-Chung (1928-) from the perspective of marginality. The poetry selected from eighteen collections, the *Sailor's Sad Songs* (1952) being the very first one, and *A High Window Over Looking the Sea* (2000) the last. This thesis consists of seven parts. The introduction explains the concept of "marginality", and reviews Yu's literary experience and the relevant literature on the subject. The concept of marginality used here is based on the cultural criticism represented by Gayatri C. Spivak., Michel Foucault, Julia Kristeva and Stuart Hall.

Chapter one explores the de-construction and re-construction of "home," and the meaning of "spiritual home" in Yu's poetry. Chapter two to four focuses on space and cultural identity. How does Yu, in his multiple traversals in the U.S., Hong Kong and Taiwan, construct a dialogic encounter between subjectivity and the "Other"? What are the implicit meanings of the "Other"? How does the self define itself through the "Other"? The fifth chapter is on the semiotic representation of "China," and how Yu's poetry represents "China" at the various levels of geography, gender, culture, myth and history. It discusses also the meaning revealed between marginal representation and de-construction. The sixth chapter analyzes the east-west inter-text of the anthology of *Associations of the Lotus* (1964), *The White Jade Bitter Gourd* (1974) and *Gone with the Xiang River* (1979). The seventh chapter explores the self-revelation of the marginalized – how the poet molds the meaning of the self through classical Chinese literature and Western Canon.

The thesis in sum attempts to deal with three major points about Yu's poetic works: 1. From the point of nationalism and identity, the marginality of Yu's poetry concretely reveals the survival difficulties of 20th century Chinese intellectuals. Cultural identity is a matter of becoming as well as of being. These two identities eventually gather on a communicable, existing motherland. 2. From the point of aesthetics, Yu's representation of "China" is in essence a collective symbol of culture, a cultural imagination and a reconstruction of "China" that is absent. 3. From the point of literature, the influence of Chinese classics and 19th century Romanticism in Yu's poetry is a marginal reference; the ultimate value of Yu's poetry is in re-constructing literary subjectivity amidst two traditions and constructing a new model for Chinese literature.

序

　　舊約聖經記載以色列子民飄流曠野四十年才抵達上帝所應許的迦南。從遠古到當代，人類同樣經歷從肉身到心靈的飄流。詩人余光中以他畢生心血，以文字記錄了二十世紀一代中國知識分子意義深遠的飄流史，為未來讀者留下保貴的歷史記憶與文學遺產。於此，飄流，不再是苦難，而是具有更崇高意義的祝福與啓示。

　　「邊陲性」是方法，也是存在。「何處不清光」是眞理啓示之光，是永恆智慧之光，也是飄流心靈永遠的迦南。

　　一條靜靜的小溪看起來沒有改變，但是每天流經的水卻都不一樣。也因此盼望，有此機緣翻閱本書的讀者，能在平易的字裡行間，在有限中銘刻無限，在短暫中栽種永恆。

　　謹此與旅程中的讀者共勉之。

陳淑彬　謹識
2015年新加坡錦茂溪畔

目　錄

導　論

　　在文化交替的話語迭變中，文學／詩以其對歷史變移的感悟而成為人類精神的寄寓之所，在詩性智慧與哲化詩意中表達對同一個問題的思辨：如何在自己的歷史和傳統中找到自身的本源？我是誰？誰是我？作品對生存的挑戰，與其說是出於一種意識型態，不如說是一種審美判斷，一種自我確認、自我定位的過程。無論在文化的歷史性中還是在當代實際狀況中，詩的總體模式往往蘊含文化的模式，因為這一切無非都是生存狀態的體現。

　　如果把余光中（1928-）的詩路看著是特殊的邊陲經驗，這種兼具自我超越的美學實踐，其中包含跨時代的思辨意涵。在與詩的不斷對話過程中，余光中與其創作——一種現代詩學的邊陲性體現，隱然蘊藏一代文人的智慧之光，在尋找文化自我的同時提供了新的歷史基點，召喚我們在邁向二十一世紀新興時代的同時去寫、去思。

一種「現象」與「對話」

　　根據史學家張灝的看法，二十世紀中國文化正面臨「意義危機（the crisis of meaning）」的挑戰：「五四時期的中國知識分子的『道德反傳統主義』範圍之深廣，可能在當今世界上無出其右者；非西方的歷史文明在經歷現代的轉型之際，絕無如中國一般，像火鳳凰衝動地看著自己的文化傳統完全地被否定掉。這種激進的反傳統主義，造成道德迷失的普遍心理……。」[1]這種道德迷失致使許多中國知識分子普

---

① 張灝，《幽暗意識與民主傳統》，（臺北：聯經），1989，頁86。

遍面臨抉擇和價值取捨的徬徨。劉青峰的話：「大多數中國人都深陷在一種史無前例的痛苦中，這就是目標的失落與痛苦」[2]，道盡二十世紀中國人文化身分、主體追尋的迷茫與悵然。這種追尋使人們所經驗的一切帶上寓言性，彷彿每一個瞬間的沉溺都在夢想著下一刻時間，每一個詞語在尋找指涉物的同時卻也迫不及待地追戀著另一種語言。這種情況在不同程度上反映在知識分子心態裡，迫使人們不得不重新思考「身分、主體」等問題。然而我們不應忘記，這類問題的延伸往往來自過去中國人集體移情的「彼岸」——「西方」。而作為這一時代想像的巨大背景的「西方」，既是地理上的異域，文化上的「他者」，也是個體內在價值的透視法則。

重讀臺灣重要學者兼詩人余光中作品，恍然間像在經歷一場中國主體文化意義的召喚儀式，詩人創作之心路歷程正體現了二十世紀以來普遍中國人主體價值歸向的追尋與重構。余光中，作為一位世界華文文學「藝術的多妻主義者」，被譽為臺灣詩壇著述最豐的一位學者型詩人。從《舟子的悲歌》（1952）到《高樓對海》（2000），以二十世紀作結，共出版十八本詩集，總產量在八百首以上，堪稱大家，在臺灣和海內外影響巨深。臺灣現代主義的提倡先驅是《現代詩》季刊、《藍星》、《創世紀》，余光中為《藍星》的重要靈魂人物。一九五九年至一九六二年是余光中詩歌理論的黃金時期，在臺灣現代詩發展中，余光中的地位既重要而特殊。作為臺灣呈鼎立之勢的三大詩社「藍星」的創始人之一，不僅以其創作，還以其理論批評和活動組織，以「西方不是我們的最終目的，我們的最終目的是中國的現代詩」[3]為其創作指標，推動了現代詩在臺灣最初的發展和後來的分化。

---

[2] 金觀濤、劉青峰，《新十日談》，（臺北：風雲），1989，頁135。
[3] 黃維樑編，《火浴的鳳凰——余光中作品評論集》，（臺北：純文學），1979，頁23。

　　縱觀其詩創作，是從傳統出發，這份傳統不僅是中國古詩，還包含五四新詩的傳統和英美古典詩歌傳統。作品融合古今，從客觀上是時潮的影響，在主觀上則是藝術的創新。西方文化和藝術給了他營養，卻不能把他消化掉，相反的，這種文化元素對於作品所造成的激盪喚醒了那在形而上學的束縛下單一的文學意識，在多重異質文化背景的激發下，那本來朦朧的中國意識，重新獲得省思與詮釋。這段創作歷程對余光中詩作藝術靈視的拓展、把握方式的多變和創新精神的鼓舞深具意義。藝術觀念的變化反映到創作上，是後來分別結集爲《蓮的聯想》（1964）和《五陵少年》（1967）兩部詩集的新古典主義時期。七十年代以後，經過西方文化思潮的強大衝激和民族文化意識在整個臺灣詩壇的復甦，對詩人在傳統與現代的反思上可謂影響深遠。藝術上接受西方影響的實驗，轉向更多從傳統詩詞中吸取精髓，並且嘗試在歷史與傳統素材的再創作中，賦予傳統新的文化藝術使命。這種將二者相互吸納與融通的努力，形成余作既受益於傳統，又脫俗於傳統，由傳統跨入現代，卻在現代中寓蘊傳統的藝術特色。

　　從五十年代《舟子的悲歌》（1952）到七十年代《隔水觀音》（1983）（寫於1979-1981，出版於1983）的十餘本詩作中，反映了傳統與現代、東方與西方兩種文化觀念、情愫和藝術體現上，或互相排斥、或並行不悖、或滲透吸收的曲折過程。可以說，詩作的藝術生命是循著歷史時空走向一個共同的中心：一種對藝術、對文化以至對現實人生的超越，並努力把現實的人生感悟融入更高層次的邊陲體悟中，從而提升了詩人的文化美學觀照。歷史與現實的交錯構成一個新的藝術空間——《白玉苦瓜》（1974），在時空之外形塑一個永恆與自足的文化感悟。這個空間是五十餘年來創作生命的結晶，表現在詩創作的文學探索，在藝術上走向了二元，既浪跡現代又歸宗傳統，從現實到歷史，從地域到文化，詩作俯視了多重層面的生命情態。

在半生的飄流之後，由大陸而臺灣而美國而香港，這其中，究竟詩作湧動著什麼樣的文化情感？伊甸園刻劃出人的精神處境，在被逐與尋家之中，成爲一個永遠在旅途中的人。人文世界宛如一處精神家園，總是吸引著偉大的心靈尋尋覓覓千年幽古，走向心靈的鄉愁。無論是哲學家或文學家，他們的藝術有的時候或者並不是爲了解決什麼現實問題，相反的，是爲自我的存在尋求出路。詩人尋求出路的過程乃是詩作的過程。文化和歷史的積澱是如此幽深綿遠，詩，爲此提供了絕佳的發言場域。從西方膜拜到復歸古典中國懷抱，從花果飄零的鄉愁思念，到靈根自植的、對家國的認同思索，余光中作品所表現的心向轉化印證了一個時代的迭遷，它是整整一代人的記憶、良心、號召、經驗、詩與夢想的一種含混而交錯多變的綜合，並因而直接或間接的參與了海外中國人「公眾記憶」（Popular memory）的編碼與建構，這份交錯轉送的歷史記憶，或許正是「邊陲經驗」的多重呈現。把過去那種僵硬的「傳統與現代」、「東方與西方」、「中心與邊陲」、「主體與客體」等二元對立思維方式打破，代之而起的是人類對傳統與現代、東方與西方的同等尊重和相互吸納，在這個意義上，余光中詩歌的啓示作用，其價值遠超過了它自身的成就。

自余光中作品評論集《火浴的鳳凰》於一九七九年出版以來，詩人的文學地位和聲譽隨即達到最高峰，享譽文壇。近年來，更有學者試圖把余光中作品的研究推稱爲「余學」。[4]顏元叔對余光中詩歌成就給予高度評價：「質與量，都是中國現代詩上的一項主要成果」；[5]德國詩人杜納德（Andreas Donath）盛讚其詩：「融匯了多種文化而不離

---

④ 黃維樑編，《璀璨的五彩筆——余光中作品評論集，1979-1993》，（臺北：九歌），1994，頁613。

⑤ 顏元叔，《詩壇祭酒余光中》，（臺北：《中國時報》，1985年12月2日）。

其宗」；⑥大陸學者李元洛認爲其作：「是傳統精神與現代藝術意識的聯姻。」⑦美國教授梁啓昌在其訪問記中記載：「在今天用中文寫作的詩人中，余光中可能是最重要的一位……。他融合了中國傳統和現代主義，且在這方面開風氣之先。」⑧雖得到不少著名學者的讚賞，卻也有一部分評論者對余光中作出相當尖銳的批評，尤以其詩歌理論在六、七十年代備受爭議。唐文標在批判現代詩的同時，點名余光中爲「文字逃避的始作俑者、文字遊戲的中國代表、傳統詩的液體化者（隨意行吟）」；⑨陳鼓應則針對余光中的文化意識提出批判：「余光中有崇洋意識，要把靈魂『嫁給舊金山』。」⑩

　　夏志清認爲，「若要建樹一個眞能開花結果的現代傳統文學，就必須承繼中國文學的遺產，同時融會旁通以歷代大文豪爲代表的西方傳統。」⑪中西文學到底賦予余作何種啓示？帶著一個眞實的內在中國，踏足在臺灣的土地上，書寫中的「中國」是否只是意識型態上的虛構？當「中國」成爲一種純粹的想像，是否意味著它已被高度抽象化了，詩人因而透過想像去構設時空以外的「符號中國」？「重新中國化」的例子標誌著某種意識型態上的存在，被喚醒的可能僅是文化鄉愁。在現實、在文化上雙重放逐的最終，現實的鄉土既然無法扎根，作家於是選擇了「中國文字」作爲精神寄寓的文化場域？——雖則也許只是創作上的書面實踐。而崇仰古典是否意味著在那虛構的古代時空裡，形式上爲

⑥ 杜納德著，黃國彬譯，〈融會東西方之美——《蓮的聯想》德譯本導言〉收於黃維樑編，同註③，頁47。

⑦ 李元洛，〈隔海的繆斯——論臺北詩人余光中的詩〉，（北京：《文學評論》），第6期，1987，頁27-30。

⑧ 同註④，頁61。

⑨ 唐文標，《什麼時代什麼地方什麼人——論傳統詩與現代詩》，（臺北：大漢），1978，頁37。

⑩ 陳鼓應，〈評余光中的頹廢意識與色情主義〉，（臺北：《中華雜誌》），172期，1978，頁12。

⑪ 夏志清，《人的文學》，（臺北：純文學），1977，頁43。

人類提供精神浪游的出口？或爲現實空間提供逃離現實的美感距離，滿足文化鄉愁的另一層開闊天地？如此這般的問題假設旨在提出本文論述的詮釋框架和歷史脈絡，以作爲對余光中詩歌所體現的邊陲經驗的進一步解讀。

理論與實踐

有說批評本身就像是徘徊在詮釋的荒野中（a wandering in the wilderness of interpretation），閱讀詩即是一種批評者（讀者）和詩中文本的對話。對話不講求起、中、結。眞正的對話有時永遠不完結，永遠等待修改和挑戰。當批評作爲「文本」再次試圖進入公共領域的時候，它內在的多義性和歧義性，與其說讓它擺脫了時間的紛擾，不如說把它全盤交給它自身尚待言明的歷史性。任何把言說作爲文本閱讀的舉動都必然是在搜尋過去經驗的微弱史詩色彩，彷彿只有這樣才能把那些偶然、轉瞬即逝的事件置入因果律和必然性的論述框架中。

在數百份有關余光中研究文獻資料搜集整理中，重新檢閱相關的論題與內容，從大陸到海外，從論文專著到期刊文章，所涉及的論題廣泛而繁雜。[12] 除了學術研究論文及評論集外，有不少是推介式或報刊式簡評、閱讀心得或純粹印象式批評文章。大體而言，評論余光中著作的文章可歸納爲兩大類：第一類著重作品語言風格、表現技巧以及藝術特色等；第二類主要探討詩人創作歷程、文學觀點、思想特色兼行外緣研究或主題探討等。從文化研究視角分析余光中作品（尤其是詩作）的文論尚少，所探討的深度與廣度尚有待塡補，這是本研究極力邁進的目標。

---

⑫ 余光中研究文獻資料搜集範圍包括大陸、臺灣、香港、馬來西亞、新加坡以及從曼谷、馬尼拉華文作家協會調集之資料。研究論文包括：學士論文四篇、碩士論文七篇及德國哥廷根大學博士論文一篇。詳見香港大學圖書館本論文參考書目，此不贅述。

　　余光中的詩作是本文最主要的研究材料，當中尚輔以其散文、評論等。本文採用「邊陲性」（marginality）[13]論述視角，作為全文研究的中心脈絡。在眾多學術研究領域談及的「邊陲性」中，本研究將於文化研究為觀照點。「邊陲性」在當代後殖民理論中是「被受優惠的中心所定位相關而構設的處境，一種被帝國權威所指導的『他者化』過程（Othering）。可是該中心的棄置，卻並不牽涉主體性──一個新的『中心』──作為另一焦點的構設。」[14]可以說，「邊陲」乃是相對於「中心」（center）的一種概念，用當今流行的術語來說，它是現代與後現代社會用以將「人」作為「主體／客體」、「自我／他者」、「弱勢／強勢」來進行組織和規範的、最具特權的途徑。邊陲性存在於中心／邊陲的二元對話之中，邊陲性的話語如種族、性別、心理上的「正規性（normalcy）」、地理及社會上的差距、政治上的排外等因素，皆交聚於某種現實觀中，它超越中心及邊陲兩者的幾何區別，而代之以某

---

[13] 「邊陲／緣性」（marginality）為當代眾多學科常涉及的課題，諸如邊緣性政治（political marginality）、邊緣社群（social marginality）、邊緣化教育（educational marginality）、邊緣經濟體（economic marginality）等。參閱諸如 R. Jessop 從社會學觀點而言：A marginal (social) class is more likely to become class-conscious than one that is relatively secure and unexploited. Marginality in turn can be due to adverse market conditions, to technological change, to political action, to bad luck, or some other factor. Bob Jessop, *Traditionalism, Conservatism and British Political Culture*. Oxfordshire: Taylor & Francis, Ltd,1974. p42. 或 D. Hopper: Marginality here means that, in pre-revolutionary societies, there is formed a group that is marginal to the structure of political power and social prestige. D. Hopper in I. L. Horowitz (ed), *The New Sociology*. New York: Oxford University Press. 1964. p19.(http://www.dictionary.oed.com)

[14] 「邊陲性」在後殖民文本裡是指向特有的社會結構，在此「邊緣的（marginal）」及「變異的（variant）」，成為被棄置過程的後殖民語言及社會觀之特色。"Marginality is the condition constructed by the posited relation to a privileged center, an 'Othering' directed by the imperial authority. But the abrogation of that centre does not involve the construction of an alternative focus of subjectivity, a new 'centre'. Ashcroft Bill. et al. *The Empire Writes Back: Theory and Practice in Post-colonial Literature*. London: Routledge. 1989. pp102-103.

種意念上複雜、交織及融合的經驗增長。⑮這個話語的交匯點散布在當代西方文化批評理論大師史碧娃克（Spivak Gayatri. C，1942-）（印度）、傅柯（Foucault Michel，1926-1984）（法）、克麗斯特娃（Kristeva Julia，1941-）（法）、霍爾（Hall Stuart，1932-）（加勒比海）等文化論述中。在解構「他者」和「自我」解構的內在張力中提供新的批評空間，揭示並向種族、等級等二元對立邏輯提出挑戰，消除兩極對立中強者的權威性，對一切擁有中心的結構進行解構是史氏等人的重要理論基石。⑯

西方文化批評在多大程度上能夠批判地、歷史地介入當下並不取決於它與當下「貼近」與否，而是決定於它如何在更為廣泛和複雜的文化空間裡歷史地處理種種體制化意識型態及其話語主導權的關係，取決於對自身問題的反省和把握。理論上具體、積極地介入西方理論話語，問題上回到中國當代經驗，乃是本文論述策略的自然發展與必要延伸。其中的核心意旨如同張旭東所闡明的：

> 年輕一代學人面臨的問題不僅僅是援引西方理論來突破正統意識型態的敘事框架，更重要的是探索如何在新的語言空間裡擔當起仲介的角色，如何作為「主體」而非「客體」來經驗新的時間秩序（或失序）……如何

---

⑮ Ashcroft Bill. *The Empire Writes Back: Theory and Practice in Post-colonial Literature*. London: Routledge. 1989. p103.

⑯ 在這裡，解構的目的並非是推翻一個中心、建構另一種二元對立，而恰恰是在其所批判的二元對立項中，提出一種干預的法則。參見Spivak. Gayatri Chakravorty. *The Spivak Reader: Selected Works of Gayatri Chakravorty Spivak*. ed. Donna Landry and Gerald MacLean. New York: Routledge.1996. p27 & Spivak. Gayatri C. "Poststructuralism, Marginality, Postcoloniality and Value". *Contemporary Postcolonial Theory: A Reader*. ed. Padmini Mongia. London: Arnold. 1997. pp199-221.

　　在穿越一個外在、異己的領域的同時探討自身內在的歷
　　史……並在主體對這種時空交迭的經驗過程中把握和調
　　解差異性。⑰

　　本文在參照西方文化批評理論之同時，更重要的工作是如何結合余光中
與其身處的中國文化背景，在西方理論的框架之間，建立一套屬於當代
中國知識分子邊陲性體驗的理論體系。檢視余光中的書寫世界中所蘊含
的歷史隱喻與啓示，「邊陲性」在此含有國族意識和社會意涵的概念，
它存在於身分、家國、權力、族群以及歷史文化之中。因此，本文將由
三條論述主軸出發：（一）邊陲書寫與身分認同、（二）「中國」想像
與再現策略以及（三）跨文化書寫與主體性建構。其中尤以身分認同及
主體性之建構爲核心，輔以文本的歷史實踐──「中國」作爲符碼再現
之意義。全文共含七部分，除導言及總論之外，中間七大章節爲論文核
心。余光中的詩作所呈現的書寫經驗、文本體現的中心／邊陲游離、再
現與張力、跨文化實踐以及由此引發的主體秩序之重構將成爲這些核心
章節的重要論述主題。

　　　回顧二十世紀，余光中作品有其特殊的歷史意義，歷史塑造人的
心靈，但人經由語言重塑了歷史。詩的寫作成爲詩人表現邊陲情結的美
學實踐，可以說，他的主體追尋絕不是孤立的歷史現象，而是他那一代
知識分子的追尋。文本中有關民族文化的歷史詮釋、身分建構的邊陲話
語、中國意識的交錯重疊、中西文化之吸納與交融以及文學創作的終極
關懷，一一構成本文演繹的思路。詩人如何以其知性與感性兼具的美學
思維，凸顯其對家國、民族、文化以及生命的思索，將個體存在的邊陲

⑰ Zhang Xudong. *Chinese Modernism in the Era of Reforms.* Durham. North Carolina: Duke University Press. 1997. pp29-35.

性與文化整體性達致雙重結合並表現於詩作中，爲現代詩發展史譜出重
要而顯明的曲調，都是本研究關注的重點。此處，本文著重「法從例
出」的論述策略：在剖析詩的過程中，不斷反省原有的構想，逐步將余
光中作品視爲一種文化現象與對話，從而建構獨立的立場與整體論述藍
圖。也因此，本文希望著力辨析的，不僅是作爲詩的文本或作爲詩人的
文學家，而是激盪一代思潮的表徵、標誌一代新風的「文化人」──余
光中，其引領風騷，足以構成當代文學史上一絢麗的風景線，更使後人
得以歷史美學距離深刻反思那早已逐漸逝去的二十世紀──在有限之中
觀照無限。

壹

如「詩」我在：
家的邊陲獨白①

① 本文節錄發表於《香港文學》及「第三屆兩岸三地歷史
學論文發表會」：分別題為〈尋找余光中的「永久地
址」〉，見（香港：《香港文學》），210期，2002年6
月，頁40-44及〈從余光中論離散族群與身分認同〉，收
入於《現代化與國際化進程下的中國社會變遷論文集》
（上海：上海復旦大學），2002年9月1-4日，頁474-
479。

回家（come home）！安頓（at home）！
我開始聽見我心靈深處的吶喊。

——盧雲Henri JM Nouwen[2]

---

② 盧雲（Henri JM Nouwen）著，*The Inner Voice of Love*，溫偉耀譯，（香港：卓越），2000，頁1。

　　老子認爲「萬物生於有，有生於無」，承繼這一思想的莊子把「無」──「無何有之鄉」視爲眞正的故鄉；《紅樓夢》嘲笑世俗世界中的名利之徒不知故鄉何處，「反認他鄉是故鄉」；而卡繆則著意在荒誕的牆外尋找故鄉，在自然性的故鄉中去肯定生命的本然。如果「飄泊離散意識是一種『離散於家園以外』生存狀況的知識」[3]的話，那麼，「放逐」或許就不僅是歷史上的意外，而是一種知識現實。放逐話語的存在及其樣態，剛好可以反映人類的某種邊陲處境，那是「一種與其存在處境和精神處境相分離的生活形式、話語形式及其所建構的話語類型或精神定向」[4]，與其本己的土地在場被迫相分離的話語活動中，它自身具有本己的精神地域。

　　海德格（Heidegger Martin）曾用「無家可歸」的傍徨來標誌這個世紀的存在徵狀。「無家可歸」實是一種放逐處境：思想不在家、精神不在家、個體存在不在家，這一切都可總括爲「語言不在家」，語言沒有言說自己，這樣的放逐處境，不僅是語言的，更是一種精神、文化、個體（ontological person）本身的流亡。[5]就語言形式而言，要想在一種由全權意識型態話語所操縱的存在語境中保持個體言說的屬己性，肯定是相當艱難的事，這本身就要求個體精神的超常自主力。藝術創作能提供某種滿足、一種另類的生活方式，可能使人從全無「居所」的焦慮和邊緣感中得到些許短暫的舒緩，因此，對於一個不再有故鄉的人來說，寫作儼然成爲居住之地。

---

[3] Safran William."Diaspora in Modern Societies: Myths of Homeland and Return". *Diaspora* 1.1 Spring. University of Toronto Press. 1991. p87.

[4] 劉小楓，〈流亡話語與意識型態〉《二十一世紀雙月刊創刊號》，（香港：中大中國文化研究所），1990年10月27日，頁113-120。

[5] 劉小楓認為流亡文化現象成為重要課題的理由不在於流亡文化是二十世紀文化的一個突出表徵，而在於流亡文化是人類文化的同生現象，正如流亡是人類存在的一個本體現象。見劉小楓，同註[4]。

　　面對家的悖論、根的流離，詩人余光中以其邊陲書寫經驗，在無家的話語中安置「家」的歷史場域。「邊陲性」書寫，可以是一種儀式——啓頌、求示，顛覆中心的原話語，一種不斷分延自己的過程。而以母語書寫則未嘗不是一種集體動作——把自己投置於「故園」的題旨中，讓「家」在記憶中復名，試圖發掘屬於民族眞實的「中心」。記憶與回憶是余光中作品一貫酷愛的主題，從《舟子的悲歌》（1952）到《高樓對海》（2000），這些主題承載的情愫和韻味深植在作品對歷史與生命關係的思索中，而這份思索則從呼喚「不能忘記」，高舉記憶與回憶，發展到探索記憶與回憶，乃至窮盡記憶與回憶。臺灣作家蕭蕭認爲：「對大中國的文化鄉愁，四十年來的臺灣現代詩壇，余光中無疑是其中表現得最委婉沉痛，最淋漓盡致的一位。」[6]在其早期作品中，記憶——不能忘記的主題引導「生命戰勝歷史」的敘事模式，記憶與回憶構成了人的精神價值，構成了詩的敘事結構與動機，也構成彼時彼刻余光中詩作的特有魅力。本文將從不同視角，切入作品離與返的悖論、童年話語、邊緣獨白以及詩作中對於「家」的意義詮釋。

一、走在回家的路上

　　所謂「家」，據漢許愼《說文解字》，意爲「處也，從穴」。[7]作爲中國傳統社會基礎象徵秩序中的「家」事實上是「天下」的代名，易

---

[6] 蕭蕭，〈余光中結臺灣結——《夢與地理》的深情〉，（臺北：《藍星》），25期，1990年10月，頁126。

[7] 清段玉裁注：「此篆本意乃豕之處也」。而「家」意爲「交覆深屋也」，是具有四面覆蓋屋頂的房子。許愼撰，段玉裁注，《說文解字注》，（上海：上海古籍），1981，頁403。

言之，「天下」是以「家」的方式加以結構成形，甚至推延至古代宇宙的深微之處，宇宙即是一個「家」的隱喻。「家」這個符號極富顛覆的誘惑力，自古以來作爲知識分子精神文化寄寓之所，從東方至西方，皆以能夠擁有一個難忘的精神家譜而自豪。然而，往往在政治現實之內，民族和國家變成兩個分離的整體：正是放逐者之民族，而不是政治實體中的國家，保留著他們忠誠的中心客體——知識分子的心靈故鄉。

「逃難」占據余光中大部分的少年記憶，自一九三七年抗日戰爭隨母流亡至一九五〇年國共內戰避難臺灣，流亡之途幾經曲折艱辛：「抗戰歲月，倉皇南奔的歲月，行路難的記憶，逍遙遊的幻想。十歲的男孩，已經咽下國破的苦澀。」[8]一九二八年十月二十八日重陽節出生的詩人在顛沛流離中不忘登高的意義：「母親生我於多難的重九，登高久成了我命中的隱喻」（〈登高〉1995.11.7詩作發表日期，下文同）。[9]重陽節的意義爲避難逃劫，余光中驅邪避難「憑的是詩篇」。重九登高構築最初的放逐摹本：即是詩與酒的日子，更是「民族靈魂深處蠢蠢不安的逃難日。」[10]這一弔詭反而促成書寫的動力，放逐／離散成了詩的條件與結果。

家，始自最後一瞥

如果說余光中詩作裡的故國夢，隱然座落一個一九四九年以前的

---

8 〈逍遙遊〉《逍遙遊》，（臺北：時報），1984，頁34。

9 《高樓對海》，（臺北：九歌），2000，頁65。

10 〈九九重九，究竟多久？〉，傅孟麗，《茱萸的孩子——余光中傳》，（臺北：天下遠見），1999，頁8。

「中國——中心」的話，則透過文本的召喚，試圖經由飄蕩歷程建構「返鄉」神話，顯然成為詩作最牢靠的慰療。從余光中第一首發表詩作〈沙浮投海〉（1948.10）到晚年告別世紀詩集《高樓對海》[11]，其中致力營造的系列神話與史話，幾乎是故國綺夢的結晶，在意識／無意識中根深柢固地植入江南、抗戰、內戰的流放記憶，植入「家」與「國」多重游離的矛盾、掙扎、解構與重構。其書寫表徵意義與其說出自原鄉喪失後的釋然，毋寧是一種告別儀式，一種進入飄逐與試煉、捨我其誰的生命內化過程。「好久好遠啊，少年的詩心」[12]，不僅是詩筆的跳躍，更是隱藏在詩筆之下原初的「尋家」悖論：

> 我站在高涯上，
>
> 再深深吸一口氣，
>
> 向愛琴海和夜空，
>
> 投最後的一瞥
>
> ——《舟子的悲歌·沙浮投海》（以下同）[13]

「沙浮」實為希臘女詩人（Sappho）譯名，因戀菲昂（Phaon）遭棄鬱鬱投海而死。面對南京紫金山而作的詩篇，希臘「愛琴海」的夜空裡藏深遠的家國隱喻。詩中「我」以女性主體（沙浮）發言，一改陽氣十足的國族論述。在天之「高涯」尋找海外中國人的集體潛意識，而最終

---

[11] 〈沙浮投海〉為余光中處女作，1948年寫於南京。傅孟麗，同註[10]，頁20。《高樓對海》詩集則完成於2000年，寫於1995-1998年間，可說是余光中告別二十世紀之作，藉以紀念五十年的繆斯姻緣。

[12] 同註[9]，頁213。

[13] 《舟子的悲歌》，收於安春海編，《余光中詩歌選集》第一輯，（長春：時代文藝），1997，頁26-27。

「我」也深陷於潛意識與集體歷史的象徵秩序中，成爲一種象徵、一種語言符碼。投海姿態介於冷靜觀照（「深吸一口氣」）及無限唏噓之間（「最後的一瞥」）。夜間的大海——這一個神秘的黑暗意象，恰是社會的時代象徵：「大海是多麼的深奧！有幾千年的驚波怒濤？」（〈沙〉）。「驚波怒濤」的歷史現實和書寫中的自我構成文本的經驗世界，當然，它顯然是詩作最初「放逐」意識的啓蒙，在這個有著悖論性質的隱喻裡，夾雜一層不祥的悲劇跡象：一旦醒來，「家」，就會像詩中女主人沙浮一樣鬱鬱投海而死，然而詩中始終沒有爲「家」的救贖提出任何答案，「永別」成爲鄉愁出口的儀式：

> 我再把菲昂的臉兒回憶，
> 把他的眼色再匆匆地一瞧……
> 菲昂，永別了！
> 希臘，再會了！

「沙浮」以死自盡以便讓她深愛的人（菲昂／故國）明白她不會背叛他／它，她爲了忠貞的理由而死，獨自走向自己選擇的旅程。這使得沙浮成爲令人敬佩但同時又值得憐憫的人。然而在憐憫中卻夾帶著模糊的矛盾，她被塑造成一位徹底的女英雄，在父權秩序中作了自己的主人，但她又始終未能施展個人的歷史權力，而是退爲幻影，走出歷史之外。「菲昂」與「希臘」作爲故國的隱喻成爲詩中忠誠的精神楷模，不惜以殉道之姿爲其正命，死亡成爲國族最強烈的刻記：時間停駐，原鄉容顏依舊。不是無可避免的死，而是死的行動本身（not death, but the dying）造就了原鄉神話。易言之，國族這個生命共同體儼然是個死亡共同體，詩中一再告別的反覆叨絮以及死亡共行前的記憶反而加速女主人走向蒼茫幽谷——海洋，一個我們所不能理解的神聖事物的記

憶，一個相對於「存在」最極端的他方。「匆匆」、「瞧」如此急促的構圖為日後的詩作提供綿綿不絕的延展力量，此番原鄉一瞥的「回憶」銘刻了瞬間即為永恆的歷史連繫。就在創造這些回憶和褪色的人物之時，詩作也同時呈現一種潛在的欲望——擺脫家國的沉重負擔，開創新的歷史存在。微妙的是，隨著一連串詩篇的開展，「家」這一主題在歷史時間與現實空間的絕大多數背景下卻又一一登場。此處，放逐者的中心形象揭示了人類在「民族性」問題上所產生的一種深刻矛盾，以及一種在「家」和「國」之間所不易解決的精神悖論——美國詩人狄瑾遜（Emily Dickinson）所言之「家中的無家可歸（homeless at home）」感。以「詩」達成某種時間的延續（duration），使「家」存在，被選擇的文字也載錄了精神上的流亡。這種因經驗主體的存在狀況而導致的語言自身本體化的飄泊一一融到詩裡去，至到〈嘉陵江水〉（1993.2.7）一詩再度體現「從一而終／忠」的原鄉神話：

> 落向茫茫的江水，白接天涯
>
> 一個抗戰的少年，圓顱烏髮
>
> 就那樣走下了碼頭，走上甲板
>
> 走向下江，走向海外，走向
>
> 年年西望的壯年啊中年啊暮年
>
> ——《五行無阻·嘉陵江水——遙寄曉瑩》 [14]

以「茫茫江水」為寫作仲介，創造了一種超越國族界限的存有。這種與故鄉感情上的依附關係，就像一條未砸碎的鏈子。以說故事者的身分再生產關於故鄉的記憶，而記憶和經驗的歷史具體性適足於干擾文化原鄉

---

[14] 《五行無阻》，（臺北：九歌），1998，頁99。

的無限回歸。與〈沙浮投海〉般承載著「海洋」、「天涯」這兩個空間符碼，歸屬似乎總來自遠方（From afar）的召喚——主體必須時時遠眺他處才能看見自己。飄泊離散於半個世紀之後，如今再走回源頭，時間流逝在「白」與「（烏）黑」的印痕與「壯年」、「中年」、「暮年」的層層推移遙相呼應中。顛沛流離的逃難畫面在「走上」、「走下」之間歷歷呈現；「碼頭」與「甲板」把漂流引入更為深邃的放逐舞臺，從江至海，三度「走向」提供無邊無界的空間距離，惟既便時空已逝，漂流者仍以其慣常的肢體語言，不斷召喚原鄉：「年年西望（大陸的方向）」、「高樓對海，長窗向西」（〈高樓對海〉1998.2.2）。一再被命名，被指稱的過往歲月和對黃土地的眷戀加速了語言向中國性的無條件臣服，使得語言向那廣大的存而不論的中心（中國）、時間（歷史）、空間（地理）的無限可能延伸了嘉陵江水的綿綿流長。

安身立命的初衷

　　自《詩經‧豳風‧東山》篇譜下中國詩歌中鄉愁交響曲的第一個音符之後，懷鄉詩成了中國詩歌重要的母題，也同時構成如余光中那一代飄逐海外的中國人一種獨有的詩歌語境。權把他鄉作己鄉，失去了天經地義的始原立場。「想像的鄉愁」（imaginary nostalgia）——因為失去原鄉，或從來沒有原鄉，而產生的後設鄉愁渴望——在余光中詩作中其來有自。以「燈塔」作為望鄉的指引，藉以落實對故國和文化的認同是其中一例。塔是離群索居專心潛修的隱蔽所在，燈則是傳統智慧的象徵，燈塔聳立在茫茫大洋之上，既是航程中方向的導航者，也是索居者生存智慧的依據：

> 　　落日去時，把海峽交給晚霞
>
> 　　晚霞去時，把海峽交給燈塔⋯⋯
>
> 　　燈塔是海上的一盞桌燈
>
> 　　桌燈，是桌上的一座燈塔
>
> 　　照著白髮的心事在燈下
>
> 　　　　　　——《高樓對海・高樓對海》（以下同）⑮

「落日」、「晚霞」、「海峽」、「燈塔」都是遠處視覺的景觀，形成一循環構圖，從遠景拉至近景回到桌上，景與物一脈串聯，引導出一條返鄉路線圖，就如塔上的光從遠處折返，直透桌前人的心靈世界：「一生蒼茫還留下什麼呢？除了把落日留給海峽，把燈塔留給風浪」。在時間的流變中，燈塔爲歸返的漂流歲月做見證，自然景象的變異旨在推演歷史變幻的律動，把燈塔當做象徵性安身立命之處，更是古老智慧的標記，將孤寂的心靈與天地自然相結——「留給海峽」、「留給風浪」，將「心靈之家」延展至阡陌的無邊無界。〈月色有異〉（1998.4.10）把月光和塔光重疊，塔的價值意義即在千年的守候中凸顯其「異」：

> 　　燈塔向天，長堤向海
>
> 　　究竟在尋找什麼呢？
>
> 　　灣名西子而西子何在？
>
> 　　從未兌現的預言啊
>
> 　　等了一千年仍是空待
>
> 　　　　　　——《高樓對海・月色有異》（以下同）⑯

---

⑮ 同註⑨，頁153-155。

⑯ 同註⑨，頁179-180。

靈魂藉塔的指向攀升，依堤的形像伸展，把心思擺放在歷史的天秤上，仿如「西子」／「西施」的千年等待，「返鄉」成爲一個未曾兌現的歷史神話。「西子」爲國雪恥，捨身報國，但也同時促成「未能歸返」的歷史缺憾；「未成兌現」使「我」的思念千迴百轉，那是欲望的失落，敘述開展的契機。等待、尋找與「向天」、「向海」空間想像相互對映，而月光的出現與塔燈則相疊合，成爲返鄉之路的明燈：「此夕高懸成美的焦點，就爲了照你浣紗歸來」。清亮的月光或塔光賦予「西子」歸返的指引，是主體欲望投注的對象：心思何處，「美的焦點」就在何處。依塔安身的想望所隱藏的歷史寄語──「是眞的嗎？迎我回來」，成爲「等待」的關鍵，擺渡在時間之河上，愛與等待成爲一種考驗或也是一種福份。在月異之處，讀者或已在此高懸的美的焦點中找到了解答，因爲，在對燈塔的投射中，可以說，「鄉」已在燈塔內，燈塔也在詩人心中（吳潛誠語）。

爲「家」開一扇窗

　　自處女作《舟子的悲歌》以降，余光中原鄉記憶與「過去」緊密相扣，緬懷中的這一座桃花源成爲詩的源頭活水，並緊緊維繫著文學創作的漫長生命，爲「過去」與「現在」、爲「窗內」與「窗外」構築美麗風景。對「過去」眷戀的指涉，齊傑克（Zizek Slavoj）認爲其實不是對某些（可見的）實際目標而是對某種（不可見的）目光的追尋。[17]

⑰ Zizek Slavoj. *Looking Awry: An Introduction to Jacques Lacan through Popular Culture*. Cambridge. Massachusetts: MIT Press. 1991. pp112-114.

這種「不可見」的目光的追尋，又建基於錯失的過去，並賦予「過去」
意義。對原鄉產生一種純粹來自美好形象的記憶及懷舊感，往往更多時
候是來自對童年的棧戀，那是主體成長的心影錄。當成人世界的種種歸
結到孩童時代，亦代表一種虛無的、對一個無法回復的「自然」及「原
初」的不捨：

　　　　躲在野煙最低迷的一角，

　　　　一聲聲苦催我歸去

　　　　不如歸去嗎，你是說，不如歸去？

　　　　歸那裡去呢，笛手，我問你

　　　　　　　　──《紫荊賦‧布穀》（1984.3.19）（以下同）[18]

鄉關何處？記憶渙散，漂流語意在茫茫野煙之中企盼尋求歸位。就像稻
田裡布穀的催叫聲，頻頻喚起「歸心」，但卻在「苦」催的無奈之中。
把歸路交托予笛手（布穀鳥），在一問一答之間，語氣即像邀約，又像
疑問，更多的不如說是對「歸」的無限想望。

　　　　小時候的田埂阡阡連陌陌

　　　　暮色裡早已深深地陷落

　　　　不能夠從遠處來

　　　　來接我回家去了

「阡阡連陌陌」仿如一縷縷童年的紐絲帶，繫著最純真的赤子情懷。原

---

[18] 《紫荊賦》，（臺北：洪範），1986，頁133-134。

鄉的中國結無遠弗屆無限綿長，隨日落「暮色」消散於歷史時間裡，在這裡「原鄉／家」揚升為一種情感上的詩意想像，是一種集體意識投射的「抽象」目標：「細雨背後的那種鄉愁」（〈布穀〉），它即模糊而又富於遐想，那是在「不能夠接我回家去」的歷史現實中產生。記憶縹緲深處，「小時候」的阡陌田埂成為時間的主人，為原初記憶銘刻亮麗風景，而母親的一縷白髮則引向伊甸園的童年世界：

> 但是它依然緊緊地繫住
>
> 我泊於夢境的童心
>
> 它引我重訪深邃的記憶
>
> 像一條曲折的幽徑
>
> ──《天國的夜市・白髮》（1956.4.26）[19]

「夢」是欲望的推移與變形，是所思所念付諸文字的囈語。「母親的白髮」則是靈光一現的啟悟，讓「我」回返童年的舞臺；白髮、記憶的幽徑、童心連成一條時間之軸，回到「伊甸園的晨霧」（〈白〉）。「白髮」作為時間流失的隱喻同時提供了一悠長的空間想像（「伊甸園」），延伸至家鄉「四月的泥土」（〈白〉）──「踏不到的泥土是最香的泥土」。[20]文學傳統對「鄉土懷舊」的眷戀其實也暗示了一種「戀物（fetishism）」的情結。在人類學裡，「戀物」或稱拜物，往往成為一種儀式，提供群體的向心力，具有定義，劃分群體，促進「群體想像」的功能。某些「戀物」行為的產生源於失落，被戀之物往往象

---

[19] 《天國的夜市》，（臺北：三民），1969，頁133-135。

[20] 〈塔〉，同註⑧，頁39。

徵性地替補失落的人與物。[21]書寫的開始肇於啓蒙故事的結束,「伊甸園的晨霧」是充滿自覺的美學循環意圖:原鄉記憶如伊甸園如晨霧,充滿夢幻又模糊不清,也只有進入這一片遙遠朦朧的烏托邦,才能使記憶再度復活。再看〈紙船〉(1985.11.7)與〈無論〉(1997.11.19)二詩:

> 我在長江頭,你在長江尾
> 摺一隻白色小紙船
> 投給長江水
> 我投船時髮正黑,
> 你拾船時頭已白,
> 人恨船來晚,
> 髮恨水流快
> 你拾船時頭已白
>
> ——《夢與地理·紙船》[22]

髮黑／髮白、投船／拾船,以距離和時間之久長概括流放生涯;把頭髮與船連在一起,而船則提供人們許多空間想像,余光中處女詩集以《舟子的悲歌》命名,充分印證千帆過盡的原鄉話語。舟,跟隨流離失所的隱喻而來,橫越空間,常使人聯想到逃亡避難的歷史經驗,舟因此是「活生生的微型文化,微型政治的系統」,[23]同時承載著歷史的記憶

---

[21] Gamman Lorraine & Merja Makinen. *Female Fetishism: A New Look*. London: Lawrence & Wishart. 1994. p27.

[22] 《夢與地理》,(臺北:洪範),1990,頁4-5。

[23] Gilroy Paul. *The Black Atlantic: Modernity and Double Consciousness*. Cambridge. MA: Harvard University Press. 1993. p4.

與歸屬的希望，成爲離散子民心靈的交通工具。舟，也是傅柯所謂異質空間的最佳例證（heterotopia par excellence）。[24]因爲船是浮動的空間，它自給自足而同時又受到大海牽引，如此一個浮動於聲波的空間，充滿放逐際遇的想像，提供現實世界飄泊者尋求靠岸救贖的可能。「舟」在逃難經驗中成爲重要的護身工具，以「舟」爲題材的詩作，正是早年飄泊與孤寂經驗的具體化。參與放逐航程，那煙波萬縷的鄉愁循著長江流水餘音隱隱道出故土的不復返，髮黑與髮白之間掩蓋不住時空的更替，從黑轉白更是對「鄉」獻出忠心至老的寄語。而投船與拾船雖爲瞬間動作，但此瞬間即成揮不去的歷史記憶。

若說詩是一種「固守人性眞情的方式」（楊牧語），「家」的書寫並不只停留在投船的起點，而是延伸至每一處落腳的地方：

> 無論海洋有多闊
>
> 無論故鄉有多遠
>
> 縱然把世界繞一圈
>
> 總有一天要回到
>
> 路的起點與終點
>
> 縱然是破鞋也停靠
>
> 在那扇，童年的門前
>
> ──《高樓對海・無論》[25]

詩歌創作的歷程是一個「回家」的旅程的記錄──記錄著對「身分認同

---

[24] Foucault Michel. "Of other Spaces". *Diacritics* 16. Spring. Baltimore: Johns Hopkins University Press. 1986. p27.

[25] 同註⑨，頁143-144。

的飢渴」，對失去的「家」持續不斷的懷想——他最後的精神放逐。把故鄉從遠距（遼闊的海洋與世界）拉至近距（童年的門前），宣告家／童年記憶的恆常不變。「把世界繞一圈」與「破鞋」見證了流逝的時間。那扇童年的門雖是遙不可及的「夢幻般的美麗虛景」，卻是所有路／記憶的「起點與終點」。詩對原鄉召喚，強調家之恆久面，面對「無家」威脅，反從老舊的破鞋裡尋找慰藉，而停靠在家門邊界的「破」鞋，是對家之舊懷其「古」，藉以構築那路程中不朽的原鄉記憶。

二、解構解構中的鄉愁

　　法國作家謝閣蘭（Segalen Victor，1878-1919）的小說《勒內‧萊斯》（*Rene Leys*）敘述一個力圖越過紫禁城的高牆探索皇宮秘密的故事。雖然紫禁城的宮牆築起了一道比「興登堡防線」更難以突破的「認識的高牆」，文中的「我」還是通過勒內‧萊斯打開了一扇觀察的門。[26] 一堵有門的牆，是一種文化面對另一種文化的逃離與追逐的仲介，這是一堵歷史的牆，在放逐之途中人們所追尋的往往包含了跨牆的欲望。另一方面，放逐經驗常帶有經驗本質的基礎——否定性，是對日常生活經驗的否定、是家居情境的中斷、熟悉時空的隔離。告別了肯定的過去，以否定的力量，開啓前路的未定性。放逐經驗讓人意識到生活畛域的疆界，在不斷重建路線地圖、不停更移時空座標中，逐漸認識到自己的有限。伽達默爾（Gadamer Hans-Georg，1900-）認爲：否定

---

[26] 謝閣蘭（Segalen Victor），《勒內‧萊斯》（*Rene Leys*）中譯本，梅斌譯，（北京：三聯），1991。

性與幻滅是經驗不可或缺的因素，因此經驗讓人聯想到現實的殘酷與更新的理解，它教人內在認識到：所有期望的界限，所有想像並沒有完全被保證。[27] 在放逐經驗中，尋「家」的文本構築流放者獨有的精神圖像，語言、書寫，成為漂流的另一道出口，試圖通過作品與家國對話。依賴文字所構築的想像是凝結主體認同最重要的文化記憶，然而這種想像同時又隱含著局限性及至高權威性，一旦記憶中的國度與現實決裂，夢中樂土將為現實所取代，「家」的寓言面臨考驗，放逐中的詩也經由此開展解構與重構的旅程。

揭開「家」的面紗

　　從一種邊緣到另一種邊緣，從建構中國迷思到拆解中國迷思，記憶中的「家」牢牢活在余光中作品的想像世界裡，然而現實證明這邊陲的遙遠夢土早已換上新裝，一旦真實地碰觸了實際的內層，現實即赤裸裸地呈現在連自身也無法預設的夢魘裡。從〈有一個孕婦〉（1968.3.15）、〈忘川〉（1969.3）等詩開始，作品有意無意地呈現夢裡故國的現實面，這些詩篇所呈現的「家」已隱然變形──「國土，是一處不能（不想）回去的家園」。[28] 那是一道歷史的傷口，既醜陋又痛楚：

㉗ 伽達默爾著（Gadamer Hans-Georg），《真理與方法──哲學詮釋學的基本特徵》（*Wahrheit und Methode*），吳文勇譯，（遼寧：遼寧人民），1987，頁69。

㉘ 語出沃爾夫（Wolfe Thomas），見考利，《流放者的歸來》，張承謨譯，（上海：外語教育），1986，頁11。

二十年後還是這張灰面紗

戴鐵絲網慈顏是怎樣的慈顏？

揭不開的哀戚是怎樣的哀戚？

不回頭的鞋子是怎樣的鞋？……

自從嫁給戰爭

母親給坦克強暴是怎樣的母親……

淡淡的雲冷冷的日色

而無論向北走或是向南

危險的忘川

靜靜的忘川

——《在冷戰的年代‧忘川》（下同）⑳

〈忘川〉是文革期間（1969年）在深圳河畔北望祖國而作。詩中所訴說的不是脫離現實的內在獨白，相反的，是基於根深柢固的對家國故土的情感表白。以希臘神話冥域之河「忘川」⑳——為求靈魂再生，飲川水而忘生前事，作為對家國這張「灰面紗」的內在釋放。詩中以感傷的探問口吻意圖揭開內心對故土的哀慟。這張「灰」面紗同時為放逐情感中的「灰色地帶」做了註腳。「不回頭」的告白往往是流放者最真實的逆寫；戴上鐵絲網外衣的容顏是一張貧血而蒼白的臉孔，與「淡淡」、「冷冷」的雲、日相對應，較之於溫馨祥和的慈顏形成強烈的內心寫照——對現實中的家與國，在冷靜觀照中依然湧動著強烈且真實的情感，一如望／（忘）穿／（川）江水，水逝而川恆在。行文至此，「母親／

---

⑳ 《在冷戰的年代》，（臺北：純文學），1984，頁42-45。

⑳ 希臘神話，冥域有河名忘川，飲其水渾忘生前事。死者入冥域，幽靈再投生，必先就飲，乃覺茫然。亞奧斯托謂在月上，但丁謂在火煉獄。

母國」的悲劇凸顯鄉國與漂流主體的榮辱。複雜的離散情結藉由「母親」將內心的壓抑情緒擴大。「嫁給」、「強暴」一詞透露一種弱肉強食的附庸關係。被強暴的祭典美化成一場繁花盛開後的凋零，它除了和受創的女兒（中國）互為隱喻之外，還有一個指涉的方向：內在中國的受創。它像是原初的欲望那樣，一直深入〈忘川〉的骨髓，原初激情（Primitive Passions）被推向無底深淵。[31]質言之，詩中人不但承受了精神的離散，同時也連帶承擔肉身的苦痛，個體的記憶被現實中複雜曲折的民族情仇、歷史國恨消融解構，多處「是怎樣？」的叩問隱約帶著上一代作家魯迅所累積下來的國族集體吶喊。而對「母親」所投射的失落心靈獨白──「鐵絲網是一種帶刺的鄉愁」，放逐遂成為文本介入政治與母體的方式，藉此提出無奈的指控：「他鄉，就作客，故鄉，就作囚」（〈忘〉）。這種控訴在〈忘川〉中作為一種巨大意義的家國符號，承演著「忘」的文化足印，從放逐者的視角而言，這是一種值得關注的重點：遺忘，是漂流記憶的一種語言，銘刻了中國當代放逐話語的無限感慨。而這張冷峻的「鐵絲網」反而讓放逐者更能坦然面對「帶刺的鄉愁」，更具充分的能力拋開民族集體想像而將故國提升為精神原鄉：

> 所謂祖國，
> 僅僅是一種古遠的芬芳
> 蹂躪依舊蹂躪
> 患了梅毒依舊是母親

---

[31] 周蕾（Rey Chow）以「原初激情」（Primitive Passions）一詞道出現代中國文人遙念「中國」始源之際，既迷戀又排斥的癥候。此原初激情常投射在一貧乏落後或弱勢的形象上，一如受難的母親、受傷的大地等。Chow Rey. *Primitive Passions*. New York: Columbia University Press. 1996. pp2-19.

排除先前對故國的矛盾與怨責，轉而反思對母難中國的肯定，忘川幽靈
的再生由此獲得了意義：「『梅毒』是對文革的否定，而『母親』是
『我』對中國大陸的肯定。……。[32]對於這個「患了梅毒的母親」，愛
之深責之切的內在矛盾充斥其中：「『母親』不斷受打擊，爲人子的就
不斷地維護，所以這個中國我是一面責備、一面擁抱。」[33]另一方面，
文化中國「古遠的芬芳」卻又呼之欲出，如此看來，「家」的現實面紗
雖被揭開，卻換來另一層對「國」的體認，它隱匿在山河之內，貫穿
於文化符碼之中。相對於〈忘川〉所展開的對文革時期的家國反思，
〈媽媽，我餓了〉（1989.6.7）、〈國殤〉（1989.6.14）等系列哀悼
一九八九年天安門六四事件的詩篇，則進一步揭示夢幻中國的覺醒，對
母國哀慟之下的省思：

> 第一次見你，也是最後的一次
>
> 孩子，是在大漩渦的中心
>
> 全世界不敢相信的眼神
>
> 都被捲進去滾動的焦點
>
> 最逼眞的夢魘，當歷史
>
> 一下子脫去面具，就在那一瞬
>
> 　　　　　──《安石榴・國殤》（下同）[34]

〈國殤〉以一靜觀姿態凝視／思關於母國的悲劇，指控母國最難於指陳
之處，莫過於對此血親關係的忍痛觀照，那是一種複雜而矛盾的情結，

---

[32] 同註[29]，頁2。

[33] 見林耀得，〈雙目合視乃得──專訪余光中〉，（臺北：《自由青年》），78卷2期，1987年8
月，頁62。

[34] 《安石榴》，（臺北：洪範），1996，頁90。

其中的流放話語表露了海外炎黃子孫獨有的愛恨情懷。處在政治現實與虛構的秩序之外，對故國的執戀想像，可間接地解釋爲一個社會秩序是築在某種獻祭、空缺的基層上。一旦面對政治現實，童話也慘遭瓦解，藉由葬禮完成亡魂的存在，弔詭的是虛與實始終難以辨識，如同齊傑克藉由黑格爾（Hegel, Georg Wilhelm Friedrich）解釋著：「每回企圖辨識本質與非本質時，皆會遭遇挫敗。」[35]往往我們捨棄非本質，而保存本質部分時，卻是在預期的掌握之外，因爲辨識往往源自於一種誤判，因而負面的負面（negation of negation）顯然是一種叫詩人傷痛與戰慄的經驗。寫在天安門外的創傷沒有詛咒，不見怒氣沖沖，而是一種不失理性的悲憫與悼念。「第一次見你，也是最後的一次」（〈國〉），歷史的瞬間，故國不再，遊子恍然的悲情寫滿紙上，如實的回應了處女作〈沙浮投海〉的預言：「投最後一瞥」。當年高涯回眸一瞥竟成了永別，山河依舊，惟現實變異。首句悲悼天安門廣場上不幸犧牲的孩子，那是對母國的追念。「你」、「孩子」在此成爲母國的雙重隱喻，就在歷史的「那一瞬」，當年純眞的孩子／故園已被歷史的夢魘奪去眞誠的外衣，這一瞬透露了太多的永恆與記憶，惟獨以詩抵抗失憶。「不敢相信的眼神」與廣場上「滾動的焦點」構成一強烈對比的圖景，場外凝神靜聽，場內浩劫翻滾，弱勢的孩子始終不抵鐵幕的勢力：

> 河殤之後是國殤
> 所有的天空都爲你下半旗
> 所有的眼淚都爲你落下……
> 孩子們都靜靜地坐著

---

[35] Zizek Slavoj. *Tarrying with the Negative: Kant, Hegel and The Critique of Ideology*. Durham. North Carolina: Duke University Press. 1993. p125.

要向空洞的饑腸打聽

理想國遙遠的消息

在等待奇蹟的廣場上

一對情人擁抱成婚禮

夢想生下民主的幼嬰

著名的電視系列片《河殤》湧動著社會改革的迫切性，《河殤》的中心隱喻是以黃河為象徵的中國文明的衰落，標幟古代中國文明的民族搖籃，由於嚴重的河泥沉澱造成週期性洪水和河道更變，極具破壞力而有了「國殤」的綽號。[36] 此種破壞如今延伸至天安門廣場，民主政治悲悼的舞臺，上演著錯綜複雜、悲喜交集的歷史瞬間：下半旗儀式、絕食、婚禮，連繫著傷痛與終結的力量，成為一種紀念再生的儀式——民主幼嬰的誕生。堅忍的眼淚、靜默的等待，遙向空洞的饑腸，顯然這是一條看不到盡頭的黑洞，沒有光照，只有無助的顫抖，在赤裸的空無中掙扎圖存。廣場上犧牲者的葬禮與這邊廂歡愉的婚禮成了顯明的對照。這些儀式所尋求的，不外是流亡者對故國的一種終極奠祭——等待民主奇蹟的出現。下半旗儀式是放逐者最後的尊嚴，是一種慰藉心靈的寄託，或是一種相對於精神的解脫。婚禮是一種承諾，表達人們追尋民主新生的渴求，兩者在本質上都秉持共同信念：民主理想國的實現。詩中帶來的信息，一方面交織在悲慟的情感中，另一方面卻不忘在悲悼中種植希望：

㊱ 《河殤》電視系列是由三名中國青年學者撰稿和導演。該片作者認為中國一度強盛的文明產生「封建」積澱，阻礙著向現代化的進步。《河殤》於1988年夏天在中國政府控制的電視臺兩度播出，並立即成為轟動一時的爭議事件，隨後遭禁。

> 如果你傷了，年輕的生命
>
> 歷史的傷口願早日收口
>
> 好結一朵壯麗的紅疤
>
> 如果你死了，好孩子
>
> 這首詩就算一炷香火
>
> 插在你不知有無的墳上

這種有關母國記憶的解構，一重又一重植在〈國殤〉歷史祭典處。這一場詩性的政治祭悼，毋寧是通往記憶解碼、重構精神原鄉的出口。老去的生命／母國有自己獨特的身世和命運，它的退謝無疑是另一層生的力量的延展。「歷史的傷口」賦予集體記憶甦醒的良機，「壯麗的紅疤」帶出新的歷史視野。「一炷香火」緊扣漂流靈魂，那是一炷不滅的火源，流亡者將它安置在「不知有無的墳上」，沒有明顯的界標，它超越了地理空間，意圖與永恆的時間掛鉤，在國魂、歷史和記憶的拉扯之間導引出全詩重要的意旨：揭開國族神話，超越流放本質，以一種恆遠而莊嚴的情懷重構家國意義，同時也試圖為流放他鄉的孤魂尋獲一現實的存有。

「家」的精神救贖

　　臺灣學者簡政珍曾以「放逐」角度探討余光中作品，其所謂「放逐」，既是指地理上的流放感，也是指精神上的飄泊感。作品的母題是

歸，但是眞正的主題是歸不得。[37]劉紀惠則認爲「余光中的懷鄉詩並不是要回去」。[38]或許「歸不得」或「不要歸」這兩種心態是無法截然二分的，在不斷的建構自身屬性身分時，不免擺盪於此兩難情境中。在現實與虛構之間的灰色地帶，想像認同本身是充滿模糊，曖昧又愛恨的情結，總在失衡、失控、失落的常態裡進行「滿意」的錯識與誤認，熟悉陌生人（familiar-stranger）的滋味常因此寫滿紙上：

> 「長江水濁，洞庭波淺，蘇州的水鄉也不再明豔，
> 更令詩人的還鄉詩不忍下筆」。……鄉愁詩由早期的浪
> 漫懷古轉入近期的寫實傷今，竟然有點難以著墨了。兩
> 岸開放，解構了我的鄉愁主題。[39]

在羈旅中與他者的視域相遇，實際上是啓發了人自己的視域，在自我與他者的聚焦轉換中，我們看到異地與家鄉構成了「圖」與「地」的辯證關係；中心（母國）與邊緣（放逐之地）實爲「問」與「答」的依存。飄逐之途中景物流逝，易於形成一種蒼茫心境，對變動不居的世界存著眞幻的疑惑，思考逼近存在的邊際，尋問宇宙的存有根源，當其以一種轉悟的方式，跨越了人生的視域，不再有「爲何中年看窗外的風景，近景若霧而遠景清楚」（〈耳順之年〉1988.8.7）[40]的困惑，反而演變成如下感悟：

---

[37] 簡政珍，〈余光中——放逐的現象世界〉，孟樊編《新詩批評》，（臺北：洪範），1997，頁337-374。

[38] 劉紀惠，〈故宮博物院vs超現實拼貼——臺灣現代讀畫詩中兩種文化認同之建構模式〉，（臺北：《中外文學》），25卷7期，1996年12月，頁79。

[39] 同註[14]，頁172-173。

[40] 同註[34]，頁43-46。

月光還是少年的月光

九州一色還是李白的霜

祖國已非少年的祖國……

料青山見我是青睞是白眼？

回頭不再是少年的烏頭

白是新白青是古來就青青

————《與永恆拔河・獨白》（1978.6.25）[41]

關於「月」的書寫，自它從《陳風・月出》篇中升起並照亮了整部《詩經》之後，中國詩歌自古以降對它情有獨鍾。照耀李白的峨眉山月，如今也照臨飄逐他鄉的少年，沿著時間、空間與文化三條軸線來回穿梭，替主角編織一幅錯綜複雜的尋鄉／歸鄉圖。「祖國已非少年的祖國」、「回頭不再是少年的烏頭」的感發無疑為飄逐者帶來巨大的心靈碰撞，此種飄泊的轉悟結構同時賦予詩人對「家」的重新詮釋——生命也不過是一趟行旅，放逐的悖論一如起點與終點之間：「他的中國不是地理的，是歷史的。他的中國已經永遠逝去」[42]。詩人的感念與文本一同體驗著放逐的滋味，這種時空逆轉，故國不在的失落語境，正是海外中國流放者共存的精神特徵，不同的是，在這些邊陲書寫中故國已被昇華為精神原鄉：「這個故鄉在詩人腦海中隱現、在作品中成形、在情感中發酵，事實上已不只是一個狹義的故鄉而已了，而是創作者心目中永恆的『精神原鄉』。」[43]通過內在書寫的沉澱、轉化為一雙智慧之眼，在理性與感念中尋獲一種如實的、知性的另類漂流語境，《與永恆拔河》中

---

41 《與永恆拔河》，（臺北：洪範），1989，頁36-37。

42 〈四月，在古戰場〉，同註⑧，頁76。

43 羅智成講評〈火成岩的額頭——論余光中《與永恆拔河》〉，（臺北：《臺灣文學經典研討會論文集》），1999，頁238。

〈獨白〉一題僅是其中一例，詩中「新白」與「古來的青」乃經歷精神洗禮，提升爲對原鄉煥然而恆古的記憶。

　　我們在這裡所閱讀到的，是放逐者在記憶以外對現實故土的詮釋，在失去的地理空間中想像飄泊中的國土，而現實的故土場景卻又反過來凝視放逐在外的人們，最後在書寫中又進一步被各自的文本所凝視。據此，放逐與回歸可以是地理上的去與回，也可以是時間上的往與返。事實上，空間、時間與文化的回歸往往融合爲一體，在通往失去的空間和借來的時間之斷裂中，同時也爲放逐者提供一個多重視角的凝態，並在重新體認「家」的過程中，尋找無限的可能。書寫世界可以宛如海洋般廣闊，歷史「不是只求始終如一，只求延續舊規，而是一種含有新事物生發過程的流動」[44]。這個新與舊的距離正是主體仲介的支點，意義產生的空間，也是向外開放的可能性所在，以此消解新與舊的差距，在時間的流變當中收攏過去、現在、未來，重獲「家」的當下救贖。

三、我是初，我是終[45]

　　在一去一返的動盪中，個人對「家」的詮釋如何由飄移不定轉而爲沉斂？當我們深一層閱讀「自我觀照」與「離鄉—返鄉—離鄉」的經歷時，常會發現當中隱藏著極其密切的弔詭關係。人們「落葉歸根」的想

---

[44] Adorno Theodor. W. "The Idea of Natural History". *Telos*. Summer. 60. New York: Telos Press. 1984. p111.

[45] 《啓示錄》二十一6。聖經中英對照和合本，新國際版，（香港：國際聖經協會），2001，頁458。

望，一方面凸顯其屬性認同，一種「向日葵忠誠」[46]般不變的信念。另一方面則暗示存在本身無法擺脫情境（situation）的限制，縱使回憶或想像的那個「家」已經不存在，認同那個心靈之「家」之事實，則表示心中屬性的超越。轉悟使人順服於這種移動變化的放逐經驗，對「家」的釋懷無疑使放逐旅程有意義，使離與返之間無數個別事件有意義。當然，詩人所找到的出口是書寫，在書寫中銘刻「家」的意義，書寫撒成一彌天的視域，在漂流中作理性的抽離，而不斷的與歷史「對話」是這視域最初的定音。

　　詩人在這裡通過書寫昭示個體對「家」精神本性的體察，且移情於流水中：

> 藍澈澈金朗朗的半空
> 地下水是胚前的記憶
> 旋轉上升蔚為青翠的靈感
> ——《五行無阻·老樹自剖》（1994.10.16）[47]

地下水生命的恆長性，是它經得起時空環境考驗，那是一種歷經混濁之後清澈重現的歷程。這種變化過程，體現「胚前的記憶」生生不息的生命型態。生命的體悟和「游」離的關係，總是自我放逐，卻又指向那無限擴張的「藍澈澈金朗朗」的外部世界。〈老樹自剖〉是經過層層歷史

---

[46] 龍應台在〈譯本〉一文中以「貧血的向日葵」比喻放逐者的宿命：「放逐中的人是一株不由自己的向日葵，微仰著貧血的臉孔，節節轉動朝向一個太陽……那千里外客觀上存在或早已不存在的中心。而余光中的對這個中心的忠誠，則含混了許多名字：民族記憶、舊朝天子、血緣文化、母語、故鄉……」。龍應台，〈譯本〉，《傾向》，（臺北：《人文雜誌》），6期，1996，頁6。

[47] 同註⑭，頁168-169。

洗滌後的自剖，「胚前的記憶」是最大功能者，那是一切靈感的來源。
何來「胚前的記憶」？「有水的地方」提供了最後的「家」土——那是
在無限深邃的文化歷史之內：

> 有水的地方就有龍舟……
> 從上游追你到下游那鼓聲
> 從上個端午到下個端午……
> 有水的地方就有人想家
> 有岸的地方楚歌就四起
>
> ——《與永恆拔河‧漂給屈原》（1978.4.23）[48]

「水」承載整個民族的力量，鼓聲、楚歌隨流水飄揚，古老祖國的歷史
符號在現實世界的文化推延中，超越了時間「上個端午到下個端午」、
橫跨了空間「從上游追你到下游」。「追」字的迫切性與持續性游刃有
餘，捨我其誰的文化使命感原於追逐一所安身立命的「家」。濤濤汨羅
江裡的鼓聲、歌聲是悲壯的完成，透露個體對「家」的詮釋：「你就在
歌裡、風裡、水裡」（〈漂〉）——「家」無處不在。根據有流必有源
的古老推理，水流預設了水源的存在，以詩以文字探水溯源，「家」活
在「詩」裡。但問題並非如此簡單，對源頭的反思與重新構築是必要
的，那是為了聯繫一個適當的過去之歷史必然。然而尋求純粹的本質往
往有停滯的危險，靜水警示可能的乾涸厄運，流水唯獨在流狀之中始見
其生命力。創新的未來則是過去的延伸，過去作為養料而非障礙，於
此，「向前」成為內在驅力，「家」最終的生命指向乃在於——「萬里

---

[48] 同註[41]，頁170-171。

滔滔入海」（〈戲李白〉1980.4.26）。[49]

　　《莊子・秋水》以流水入海後的浩渺無垠喻得道後境界，恰恰說明海洋世界的包容與無窮盡。海作為精神超越的原型意象，正是文人理想「家」的歸宿。詩人詩作中的「家」在此呈現出關鍵性的意義：那是與民族歷史記憶最初也是最終的連繫。「生命裡註定有海」[50]這份汪汪天啓仿如一扇文學亮窗，浩瀚無垠中「向那片蠱藍巫藍又酷藍」（〈高雄港上〉1996.2.29）[51]尋獲放逐者立足之所在。「回到水源處」的意義畢竟已不是原來的意義，「家」同時指涉一種超驗的經驗，「向前航去」成為不斷邁進的精神航向：

> 問艙客上游是怎樣的景色
> 玩倦了，又把它放回波上
> 看船頭乘著時光如波光
> 渡口接著渡口，悠悠往下游
> 載我的使者向前航去
>
> 　　　　——《五行無阻・紙船》（1991.9.8）[52]

讀者可以清晰的辨察《夢與地理》的「紙船」（見前文）顯然別與《五行無阻》的「紙船」。這艘「紙船」不斷回頭檢視海上景觀。如果說「上游」與「下游」告別的意義來自「玩倦了」的自覺，那麼此處「玩倦」更多是尋求超越的開端。在航程上經歷「游離」往返，上游至下

---

[49] 《隔水觀音》，（臺北：洪範），1983，頁51-53。

[50] 同註[18]，頁5。

[51] 同註[9]，頁88-91。

[52] 同註[14]，頁32-33。

游，渡口到渡口，時間消逝、空間變移，紙船之旅成爲一趟知性之旅。以「悠悠」之姿航去，因爲明白河水有無限延伸的可能。「向前航去」的總結性隱喻宣告著新的歷史必然性：「家」源自古老文明源頭，朝向世界的海洋，接續浩瀚活水。從這裡我們可以看到，對「家」重新的詮釋與體認，取徑於「歷史感」的超越，在邊陲視域裡，重新找到一扇面對世界的窗——抽離歷史的局限，把個體存在的歷史性經由美學的仲介轉而爲一首湛藍的「返鄉」詩篇，那是一種恆遠的美學產物：

> 河源雪水初融
> 正滴成清細的涓涓
> 再長的江河終必要入海
> 河水不回頭，而河長在
> ——《高樓對海·七十自喻》（1998.2.4）[53]

河源雪水以涓涓姿貌穿越時間之河投奔大海，一個「滴」字足以見證這趟尋家之旅豐厚經驗的累積，並賦予「隨心所欲」之年象徵隱喻：「河（家）長在」。在這個角度上，「家」的美學維度在這裡賦予「七十」的過去新的詮釋：藉追尋／重構「家」的過程以建立主體性，在歷經種種試煉中，重塑「家」的意義。作爲一代文人跨時代的內在「流」離，在海的彼岸，眼前的逝水悠悠，那過於具體的水部，豈不意指一個離散民族宿命的「流」離？以沒有盡頭的流水來象徵族人／個人、內在／外在的「流」離，詩作所呈現的文學空間正是邊陲書寫內在經驗的極佳場域。

　　自我放逐於加拿大的捷克作家喬瑟夫‧史考弗瑞奇（Josef

---

[53] 同註⑨，頁158-159。

Skvorecky，1924- ）談及波希米亞：「我愛她文化中的靈魂。她在流亡中伴隨著我。她是我的忠誠——她一直是流亡者的忠誠。[54]民族和國家在這裡變成了兩個分離的整體：正是人的民族，而不是國家，保留著他們忠誠的中心客體——心中的故鄉。人永遠走在回家的途中，聖經舊約《創世紀》早告訴過我們這一點。「她在流亡中伴隨著」的體認成為重要的投注點：「家」恆常存在，關鍵之處在於人類用何種心態賦予「家」意義詮釋？生命啓蒙的激動由此開始，余光中的邊陲獨白也由此揭開一個事實：漂流與其是民族的、世界性的，毋寧是本體存在性的。

如果「最初的飄泊是蓄意的」（楊牧語），詩人以文字闖入的他鄉，這個記憶錯亂的國度的意識型態再生產領域，卻在這個富於生產性的象徵領域中，再生產詩人的記憶和遺忘。而所謂「蓄意的飄泊」原來不過是被放逐的錯置，之後隨著時間／歷史的洗禮，故鄉反而維繫了文學創作的漫漫長途，為「過去」與「現在」開啓一扇鄉的亮窗。當故鄉在時間中越離越遠，就必須考慮如何面對第一故鄉。余光中的詩用一貫的策略解決了這個問題：把它置入詩性的實踐架構中，力圖用詩的語言（poetic language）來填補這一切，《舟子的悲歌》只是它的前奏。或者作者多年以來一直都沒有脫離這本少作的處女地帶，書寫所追尋的「家」的美學純粹性便是寫作的最終目的。

把故鄉的記憶一再的、多重的提純、改編、重溯，也就是以一個日不落的故事本身所具有的「無限性」與「模糊性」來賦予放逐之旅永恆的價值。「回到原處」的意義畢竟已不是原來的意義，做為放逐者之家的「詩」也不是一個牢固的地上物，它毋寧是漂流物——它的生產性就在於在主體意識的不斷漂流中。對於這些精神上的漂流者們而言，余光

---

[54] Josef Skvorecky. "Bohemia of the Soul". *Daedalus*. 119(1). Winter. Cambridge. Massachusetts: MIT Press. 1990. p132.

中詩作中淬煉的語言不正是源於無法忍受沒有靈魂的語言？當中國從古舊的「天朝」被迫邁入近代，子民和語言文字也都經歷了靈魂的失落，做為現代人的這些帝國之外的「新民」們也都難免和西方現代人一樣經驗了精神上的「超驗的無家狀態（transcendental homelessness）」。對於某些寫作者而言，除了語言之外，似乎倒也真的「無家可歸」。當然，有的時候語言上的有家可歸其實和語言上的無家可歸並沒有本質上的區別，前者來源於後者，而在書寫的過程中語言的純粹性往往指涉那永恆的幽靈——無限幽深的母體本身，並回到她的內在，成為不變的記憶母體。余作正是對於愛的記憶與回憶使生命抵禦了數十年的歷史漂流，為未來的、活著的、可在歷史的嚴寒中僵硬縮瑟的生命留住了本可能一去不復返的詩篇。對於一個「寫了又寫」，「說了又說」的母題，詩作珍惜這樣的源頭活水，在原初的「尋家」悖論中賦予它永恆的價值，通過書寫揚升為一種從容、悠謐且詩性的邊緣話語。揭開國族神話，超越流放本質，緬懷中的桃花源在此重啓新生。

貳

「棄婦」①的缺席與
救贖：美國書寫

---

① 在筆者與詩人余光中於2000年5月國立中山大學簡訪中，
相對於「大陸是母親，臺灣是妻子，香港是情人，歐洲是
外遇」（《日不落家》，臺北：九歌，頁235），余光中
以「棄婦」註解美國記憶。本文就此隱喻展開論述，分析
邊陲游離中另一種型態的離散話語。

唯有漂流，他才擁有最明亮的眼睛。

——歌德Goethe [2]

---

[2] Goethe, Johann Wolfgang Von. *Faust*，《浮士德》，錢春綺譯，（上海：上海譯文），1989，頁7。

　　屈原〈抽思〉是中國文士抒寫「異域」情懷的典範。〈九章‧抽思〉中的異域，基本上代表作家所置身的邊陲空間，但更重要的指涉是，在這一空間的移轉中，作家心靈空間所隨之觸發的一種疏離或孤絕感。換句話說，文學中的邊陲書寫時常藉由空間的轉移、變動，呈現出精神的困窘、苦悶或不安，同時於此「邊陲」情思之下，經常蘊釀作者另一想念的空間──心靈夢土，從而引發一種多重游離的文化身分（cultural identity）追尋。根據霍爾（Stuart Hall），主體構作的另一面是構作他者（othering），每一個意識型態的元素都對應著異己（others）來與其他元素建立相同的關係，也即是說，對抗關係蘊含在對等的文化邏輯中。自我（self）並不能在無邊無界之下獨立存在，而是必須透過對異物的否定性（negativity）才得以構成。[3]「自我」作為一個空間性的概念，它是預設了在我以外，有一個或多個非我的存在，只有透過非我與我之間的疆界，自我才得以定義。建立自我的過程，其實是繪示（map）出我與非我之疆界的過程。[4]自我的建立，也同時需要建立非我／異己，因為自我往往是以「非我」為參照而存在。身分認同的行為即通過一個位於外在世界的客觀「他者」來協調和完成。如果沒有一個客觀外在的他者，任何集體性的構想皆無法成立。正是在這種主體性的位置移換和意識型態的重複定位中，「我」才得以完成其想像的現實。

　　進入空間場域觀看歷史，正可凸顯權力的運作過程。傅柯（Foucault M）認為空間想像因緣於經濟、政治因素，也關乎人的文化習性，其結果更影響人對空間的認同程度。[5]而這種認同，正是建立身分

---

[3] Hall Stuart. "Cultural Identity and Cinematic Representation". In *Ex-Iles*. ed. Mbye B.Cham. Trenton. New Jersey: Africa World Press. 1992. pp44-48.

[4] 同註[3]. p45.

[5] Foucault. M. *Power/ Knowledge: Selected Interviews and Other Writings* 1972-1977.ed. C. Gordon. New York: Pantheon. 1980. p149.

認同的基本因素。余光中的美國書寫所呈現的屬性與身分認同的衝擊、移轉與再現策略，恰恰擺盪在——失去身分／追求身分／終究確定沒有身分之間，而這種「身分被架空」、「追求新身分」到「雙重失落」的過程，也常是現代知識分子追求屬性的歷史循環。

一、異域與夢

異國情調（exotisme）意味著對自我之外的憧憬和追求，受動於一種走出自我的需要，在其動機深處，往往隱藏著對自身文明的懷疑，因此對異國情調的嚮往和追求包含著一種或隱或顯的逾越的想望。

對於「異域」的懷想，吉爾特・霍夫斯塔（Geert Hofstede）並不表樂觀：「人人都從某個文化居室的窗後觀看世界，人人都傾向於視異域人為特殊，而以本國的特徵為圭臬。遺憾的是，在文化領域中，沒有一個可以奉為正統的立場。」[6]窗後的世界隱含一個正反、憂喜的二元悖論，端視個體在異域所遭遇到的認同情境。這裡可從法國學者謝閣蘭（Segalen Victor）對異國情調所提出「差異美學」為出發點：主體理解他人，感受差異，主體性越強，越能感受差異性，故「異國情調」不是匆匆旅者眼中的萬花筒，不是主體文化的改編，也不是對非我的完全理解，而是一種強烈的主體和它所感知的客體之間的生動創造，兩者是互補的。[7]在謝閣蘭看來，異國情調乃是對非我的承認，對差異和雜多的認知，是一種構思他者的能力，是人類面對它深感其距離的客體的衝

---

[6] Hofstede Geert. *Cultures and Organizations*. London: Harper Collins. 1994. p130.
[7] 見顧彬，《關於「異」的研究》，（北京：北大），1997，頁10。

撞所激起的激烈而好奇的反應，但也顯然是一種介於永恆的、不理解的認識。

余光中建構的西方夢土早在其赴西方（美國）之前，[8]想像的欲望可以說更多是來自西方的文本閱讀經驗以及六十年代的崇美潮流，我們尚可觀察當年未曾離鄉背井的少年詩人如何窺探西方一隅以求精神解放：

> 當時我展圖縱目，最神往的是海岸曲折、尤其多島的國家，少年的遠志簡直可以飲洋解渴，嚼島充飢。我望著滔滔南去的江水，不知道何年何月滾滾的浪頭能帶我出峽、出海，把掌中地圖還原為異國異鄉。[9]

這種對外部世界的想望，未免攜帶著不少「背景書籍」：「我瞭望外面世界的兩扇窗口，只剩下英文課和外國地理。英文讀累了，我便對著亞光輿地社出版的世界地圖，放縱少年悠長的神往。」[10]保羅・雷比諾（Paul Rabinow）曾說：「人們經常試圖找到烏托邦架構（Schemes），以便自我解放。」[11]飲「洋」解渴的想望為作者展開異國夢的追逐，這些背景書籍之影響，可以無視旅者實際所見所聞，而是將每件事物用它自己的認知語言加以詮釋，讀者在閱讀作品時很容易與主人公認同，從而產生一種想到非我中去的欲望，讀者跟隨著非我可以

---

⑧ 余光中第一次赴美是1958-1959年，前往愛爾華大學進修。第二次為1964-1966年；第三次1969-1971年。見傅孟麗，《茱萸的孩子──余光中傳》，（臺北：天下遠見），1999。

⑨ 〈天方飛毯原來是地圖〉，（香港：《明報月刊》），1999年5月號，頁94。

⑩ 同註⑨，頁93。

⑪ Foucault Michel. "Space, Knowledge, and Power". *The Foucault Reader*. Ed. Paul Rabinow. New York: Pantheon Books. 1984. p245.

到很遠很遠的地方，認識一個嶄新的陌生世界，以為這個異地即是自我靈魂得到出口的地方。出身外文系的余光中，少年時代即開始對歐美文學心嚮往之，對於遙遠的西方夢土，唯一可以讓他捷足先登的條件就是這些西方養料。余光中生平收藏的第一幅單張地圖不是朝思暮想的中國地圖，卻是「美感誘惑多於知性追求」的異國——土耳其。[12]一九五八年赴美之前留下的詩篇，如〈女高音〉（1954.4.27）、〈飲一八四二年葡萄酒〉（1955.9.29）、〈波蘭舞曲〉（1957.3.17）等，集中在《天國的夜色》（1969）中，詩中的西方以一烏托邦的形式呈現，仿如一虛構的「差異地點（heterotopias）」[13]：

> 一隻雲鳥自地平線湧起，
> 緩緩地，盤旋在西方的天際。
> 它悠悠地飛下，又舒舒地飛上，
> 如片帆漂浮於微波的海洋。
> 那一片遼闊而溫暖的洋水，
> 蕩得它懶懶地，有些微醉。
>
> ——《天國的夜市‧女高音》[14]

女高音的歌聲縈繞大地，以「雲」「鳥」同飛，歌聲／鳥鳴而覺靜，雲現而覺無；無而靜，靜而動，唯此「動／盤旋、飛上、飛下」之姿與

---

[12] 同註⑨，頁94。

[13] 傅柯指出差異地點仿如一面鏡子，具有某種混合、交匯的經驗。這片鏡子由於是個無定點的地方，故為一個虛構地點。但就此鏡子確實存在於現實中而言，又是一個差異地點，它運用了某種對自我所處位置的抵制。參見Foucault Michel. "Texts/Contexts of Other Spaces". *Diacritics*. 161.Spring. Baltimore: Johns Hopkins University Press. 1986. pp22-27.

[14] 《天國的夜市》，（臺北：三民），1969，頁29。

「心」之律動結合──一種追逐自由的心念，在闊廣無邊的天際為未來
譜下西方遠景。雲鳥「緩緩地」、「悠悠地」、「舒舒地」飛翔於夢幻
天際，基於異域的誘惑，那種「遼闊而溫暖」令人「微醉」的世界即便
只是個理想的烏托邦遠景，但是在當時戰亂與落後的現實中國裡，這片
「洋」水無疑是維持「美國夢」必要的精神依持。

　　差異地點可以創造一個幻想空間，以揭露所有的真實空間是更具幻
覺的。從「一片遼闊而溫暖的洋水」（〈女高音〉）到「天國繁華的夜
色」（〈天國的夜色〉1956.9.29）、從「波蘭芬芳的泥土」（〈波蘭
舞曲〉）到「南歐的繁星」（〈飲一八四二年葡萄酒〉），詩中所展示
的異國形象可以說僅僅是一面鏡子，仿如一虛構的烏托邦。西方／美國
是一個現實理想的投影，憑著那不可抗拒的經典性虛構化，無疑將夢想
中的西方第一世界帶入一個新天地。面對空間上最大的限制，唯有選擇
超越時間：在向西朝聖的漫漫幻途中，詩人的詩筆就是他的西方。在這
最有限的空間內，向來「看不見」，「聽不見」的往往是最理想的想像
空間。遊不必作真實之遊，可以帶著現在視野進行異域想像。

　　〈飲一八四二年葡萄酒〉一詩，葡萄酒成為西土想像體系中的象
喻，藉古酒馨香回溯百年前的南歐。同時在此歷史隧道上穿越的尚有
十九世紀西方經典大師：白朗寧（Robert Browning，1812-1889）和
伊麗莎（Elizabeth Barrett Browning，1806-1861）、喬治桑George
Sand，原名Amandine-Aurore-Lucile Dudevant，1804-1876）和蕭
邦（Frédéric Francois Chopin，1810-1849）、雪萊（Percy Bysshe
Shelley，1792-1822）和濟慈（John Keats，1795-1821）。這些人物
一一溶在葡萄酒的想像裡，構築了一幅完整無瑕的心靈（藝術大師）與
想望（葡萄酒）並行的異域構圖：

何等芳醇而又鮮紅的葡萄的血液！

如此暖暖地，暖暖地注入我的胸膛，

使我歡愉的心中孕滿了南歐的夏夜，

孕滿了地中海岸邊金黃色的陽光，

和普羅旺斯夜鶯的歌唱。

當纖纖手指將你們初次從枝頭摘下，

圓潤而豐滿，飽孕著生命緋色的血液，

白朗寧和伊麗莎白還不曾私奔過海峽，

但馬佐卡島上已棲息喬治桑和蕭邦，

雪萊初躺在濟慈的墓旁

　　　　——《天國的夜市‧飲一八四二年葡萄酒》⑮

異國藝術大師與一八四二年葡萄酒皆以「過往」形象存在，其想像價值趨向歷史性。古酒指涉過去時，在想像符碼的邏輯裡，它有特定的功能，它代表時間，但酒中被取回的，不是真正的時間，而是時間的記號或時間的文化標記。這個標記有強大的文化吸引力，聯繫著詩人的異域視野，並在其中尋找自己文化系統裡的邊緣記號。從現在潛入過去，或由過去返回現在，在過去與現在二者的游移擺盪中，承接典故或古物的蠱惑力。其蠱惑力並不因此而多彩多姿，而是影射了一個遠距離的先前世界，一個具有遠離現世的古老情境與形式。「芳醇而又鮮紅」的古酒調製的異國情調引領詩人指向西方夢境世界，南歐夏夜、地中海黃金陽光、法國小鎮普羅旺斯夜鶯／濟慈的歌聲以及西方藝術大師所呈現的那種「圓潤而豐滿」的生命力，無一不是理想國度的體現。在這裡，經歷

---

⑮ 同註⑭，頁115-118。

恆長時間釀製的芳醇古酒指示超越現世的古老情境，那是屬於十九世紀的西方，詩人以杯中物寄寓了異域情。

　　對古人與異文化的忻慕，經常也是人們爲了轉移眼前生存環境的一種手法。居於邊界，意味著恆常地於定位和乖離定位（de-position-ing）之間穿梭往回。而人所賴以存活的距離，性質脆弱，它要求人——作爲仲介者／創造者——在參與自己所切身關懷的在地生活環境（habitus）之同時，也要恆常地渴望於不同文化間穿梭游離。居於邊界所面臨的另一挑戰是一個假定：假定一個不存在（no-presence）的存在。異國夢作爲個人賴以生存的精神寄寓，無疑爲個體生命帶來積極動力：

> 十九歲的男孩，厭倦古國的破落與蒼老，外國地理
> 是他最喜歡的課。……他幻想自己坐在這車上，向芝加
> 哥、向紐約，一路閱覽雪峰和連嶂。去異國。去異國。
> 去遙遠的異國，永遠離開平凡的中國。⑯

透過外國地理創造另一種「我」的話語，顯然是在「厭倦」匱乏的歷史現實之後，在「古國的破落與蒼老」這種感觸之下，表達了自我對異域烏托邦的殷切渴求。然而，我們在文本中探悉作者的主體思維和目標的同時，書寫的現實本身卻未必是「眞實」的銘刻。

---

⑯ 《敲打樂》，（臺北：九歌），1986，頁119。

二、抵達之迷

　　張隆溪在〈他者的神話〉一文中指出波格斯「想像性」地創造了「中國」[17]，詩人余光中是否也「想像性」地「創造」了西方？「西方」只是其在東方的「烏托邦泉源」——一種無實際具體存在的想像性地理？爲異國夢所編織的憧憬以及文中勾勒的西方圖景，往往是自身文化的想像論述，其中還將想像地理的考掘與自我文化探索結合爲一，藉以重建帶有浪漫情懷的西方，作爲個人想望的再現與饜足想望的地理座標。

　　異國夢的完滿構圖，原是一個可以持續地被記錄下來的理想故事，同樣熟悉的但未被適當確認、解讀的是伴隨而來的認同失序現象。在接下來的討論中，本文將檢視余光中六十年代的詩，在矛盾與混雜的含混地帶，一種錯綜複雜的文化驚異與認同焦慮如何在此起彼落之間占據文本。探究《鐘乳石》（1960）[18]、《萬聖節》（1960）[19]、《敲打樂》（1969）[20]等作品所呈現的場景，在那混沌的年代裡帶著玫瑰夢的浪漫理想主義者，面對發達第一世界裡灼灼白晝的一刻，似乎已無法高舉一份獨光般的理想，照亮異國失序的大地，也未能擁有馬奎斯（Gabriel García Márquez）般的從容，以一個優美、神秘而蒼涼的結尾，完整無缺的收藏「曾經浪漫的異國夢想」以及一份民族的孤獨體驗。那發達文明驟然襲來時無可迴避的震驚、不安或生命迷離之感，是

---

[17] Zhang Longxi. "The Myth of the Other: China in the Eyes of the West". *Critical Inquiry*. 15. Autumn.Chicago: University of Chicago Press. 1988.p110.

[18] 《鐘乳石》，（臺北：中外），1960。

[19] 《萬聖節》，（臺北：藍星），1960。

[20] 同註[16]。

這類美國夢詩篇的題材。早前美國夢的優美基調以及敘述文體斷然改弦，留下的處處是與震驚搏鬥的痕跡，從此不得不背負那沉重的歷史，勇敢地抑或悲嘆地直面一個喧囂、迷亂、充滿詭譎的第一世界文明。代替《天國的夜市》一般優美的異國想像的，是隨即換來異域天國支離斷裂的敘述，是一段段、一片片分崩離析般的場景、事件以及或消毀或絕滅或尖銳的嘲諷，美國經驗裡形式的殘骸如同骷髏的冷笑，徒留一份與大地不為人知的肉身存在，天國「夜」的黑暗指涉不言而喻。當敘事成分僅剩下事件的背景框架時，詩人筆下紛亂集成的片斷最終還是一再旋出了負荷著震驚交錯的主題，它們作為踏入西土之行的重複動作，也作為異國文化碰撞中的真實體驗。我們不妨閱讀以下這一組詩：

　　　　夜刺殺了冬日，以新月的土耳其彎刀。目擊的星子們躲上教堂的鐘樓，蒼白地顫抖著。《鐘乳石‧一月之夜》（1958.1.11）

　　　　劫後的死城，黑色的占領軍只遺下許多希望的屍體，許多斷肢。《鐘乳石‧廢墟的巡禮》（1958.7.14）

　　　　新大陸的大蜘蛛雄踞在密網的中央。……罪惡在成熟，夜總會裡有蛇和夏蛙，而黑人貓叫著。《萬聖節‧芝加哥》（1958.10.25）

　　　　夜是大爬蟲的時代，滿地的陰影蠕蠕而來……。沿著建築物詭譎的面具，沿著蜥蜴群溼淋淋的綠眼……鼠疫之後，這都市，已死了一千年。八足毒蜘蛛正佝僂地織起。……重重的憂鬱啊重重，重重困我。《天狼心‧憂

鬱狂想曲》（1963.4.5）[21]

扭曲變形的大都會呈現在上述系列作品中。〈一月之夜〉裡的冬月在詩中形同「土耳其的彎刀」，刀與冬具酷冷意象，呈現異國冬夜的蕭瑟與刺冷，天空不見溫暖閃爍繁星，徒見蒼白寒顫星斗，芝加哥成為罪惡之城。其餘詩中出現的大蜘蛛、蛇、貓、鼠、蜥蜴等動物符號是異域現實書寫的投射，一種詭異、邪惡、腐蝕的氛圍充塞四周，仿如一個異己的靈魂被周遭逼視著。死城、屍體、斷肢、陰影、罪惡，似天語又酷似獄音，亡魂在潛意識中若隱若現，訴訟著內心的憤慨與焦悶。那些無法被符號化的片斷，只能作為填滿心靈的空缺而瀰漫四周，無法消散。命運被擺置在異國異族之中，「無法動彈」、「不能發聲」的壓抑情緒轉變為在手術臺上的掙扎（「命運執不可抗拒的利刃分解我，於夢之手術臺上，我不能動彈，不能發聲，亦不能，將自己還原」《萬聖節‧我的分割》1958.10.19），在重重牢籠之中帶出了種種絕滅與破碎的語言，心靈無以名狀的被黑暗的驅力包圍著。危機經驗和身分意識的焦慮進一步讓放逐者陷入變幻不居中：忽而是摩天大廈的壓迫（「摩天大廈們壓我，以立體的冷淡，以陰險的幾何圖形，壓我，壓我」《芝加哥》）、忽而是滿街紅燈怒目與巨黑的陌生（「昂首的摩天大廈們不識我，滿街怒目的紅燈不識我，向秋風數著一片片死去的春的巨黑像也不識我」《塵埃》1958.10.14）、或是城中鋼筋水泥的混亂（「鋼鐵的圖案使我迷途」《答案》1959.3.17）甚或「忍受西方的嘲笑」（《天狼星‧四方城》1976.4.18）以及種種精神焦迫（「白宮之後曼哈頓之後仍然不快樂」《敲打樂‧敲打樂》1966.6.2）。「壓我」、「不識我」、「我迷途」、「不快樂」種種負面的消極情緒接踵而來，一時無法用理性的邏輯推論來認知，這種意識斷層源於基層的無法名相，所產生的焦

---

[21] 《天狼星》，（臺北：洪範），1976。

慮與壓抑狀態是隔離了實質的互動關係，這也意味著個體與自己精神實體隱含著一個混沌的灰色地帶，無法掌握也難以名相：

> 紐約是一隻詭譎的蜘蛛，一匹貪婪無饜的食蟻獸，一盤糾糾纏纏敏感的千肢章魚。……是陌生的臉孔拼成的最熱鬧的荒原。……紐約有成千的高架橋……但沒有一座能溝通相隔數吋的兩個寂寞。[22]

也由於個體不能圓滿地成就內在意願，這種認同的空缺正是個體心靈結構的真相。這一系列破裂、對立而又重疊的精神狀態把個體帶入了空前的困境。複雜、矛盾、分裂、潰散的表白象徵了一個虛構秩序的消隱，一種在辨識本質與非本質時所遭受到的挫敗，正如克麗斯蒂娃（Julia Kristeva）所言：

> 不可思議地，異族隱身於我：他屬於我們認同的一個隱形臉譜，是一種傾覆我們住處的空間，與一種挫敗我們理解和聯姻的時機。在認知到他隱身於我們心中，我們也難於厭惡他。一種病態執戀（a symptom）顯然地，已將我們變成一個問題，或許也形成麻煩，一種無解。當一位異族人士走近，我們皆意識到差異性，而當他離去，我們皆莫名地感到自己像是異族，難以溶入群體中。[23]

---

[22] 〈登樓賦〉《望鄉的牧神》，（臺北：純文學），頁30。

[23] Kristeva Julia, *Strangers to Ourselves.* tr. Leon S. Roudiez. New York: Columbia University Press. 1991.p1.

當詩人置身一個「非我族類」的環境，在那一瞬間，認同已遭受前所未有的打擊與迷失。無奈的是，另一邊廂的「中國」卻又是一條剪不斷剃不掉的辮子（「中國中國你是條辮子，商標一樣你吊在背後」《敲打樂·敲打樂》1966.6.2下同）這種認同殘缺的敘述，乃因意識頻頻受制於那處空缺的偷襲，詩人深明其中道理。踏入西土的這一歷史瞬間，放逐者如任何一個納入世界格局的個體一樣，被懸置在一片既不堪反觀過去，又無法前瞻未來的、無可救贖的「現在」，因而發出極度不安的內在獨白：「中國中國你令我傷心……中國中國你哽在我喉間……被人遺棄被人出賣侮辱，被人強姦輪姦輪姦，中國啊中國你逼我發狂」。作者在這裡同時徹底經驗了魯迅「東亞病夫式」的苦悶吶喊：被出賣侮辱、喪失貞操的中國主體，最終仍要藉語言符號的再現，來牽引被文明棄置的亡魂。此處所使用的身體意象，無疑是要讓「侵犯者」在文本中「以強勢隱沒（power-fully absent）」，甚至是「隱沒的存在（absent presence）」之姿出場，成為屬性敘事中隱形的異己（invisible others）。[24]無論是出於反諷式的妥協，抑或基於一種矛盾的心結，終究是為了減輕／丟棄己身那種作為肉體詛咒的沉重負擔。然而在個體進入語言符號時就已遭受被閹割、被捨棄的命運，放逐者的焦灼一再凸顯個體經驗的失措，使得種種內在獨白充其量只是一種否認的矛盾心結，從一個寓言／隱喻的角度，呈現了中國——西方的主體間關係式、呈現了詩人與他者群體之間既隔絕又難以剝離的窘迫關係，從而呈現了個體在早已設計好的世界格局中進也難退也難的兩難處境。

　　作者有感於異國的富強與民主，祖國的貧弱與封閉，而發為憂國兼而自慚的吶吟。但值得注意的是，在其基本的情操上，卻又完全和中國認同，合為一體，所以一切國難等於自身受難，一切國恥等於自身蒙

---

[24] 李有成，〈漂泊離散的美學——論密西西比的馬薩拉〉，（臺北：《中外文學》），21卷7期，1992，頁74。

羞。詩人在〈咦呵西部〉如是感慨「在國外，有時候一個下午比一輩子還長」[25]，疲憊與無奈的感發無所不在。「美國夢」似乎難以找到一座可以安置的墳塋，難以嵌入一種可資回憶的標誌，而且，似乎在能夠收藏之前，便已經敗壞了。於此觀之，踏足西土之後的文本體現了個體與他者所經歷的異己辯證關係，一種流放之後的中國人既無從迴避、又無以超越的歷史時刻、一個既不連續以往又不通向未來的心理瞬間、一個驟然「碰撞」西方而眩然失重的瞬間、一個民族習以為常的完美經驗驟然失效失靈，不復能夠融通外部世界與自我的瞬間、一整套心理防範系統無法招架外來刺激的瞬間──一個班雅明（Walter Benjamin）意義上的「震驚」瞬間。或許這情形有點像久牢獲釋的雛鳥，一旦跨出，首先遭遇的不是自由，而是驚駭。進一步言之，這一久牢獲釋式的驚駭是一種群體性／流放海外中國人的特有心理狀態，文本一一昭示著這樣一個受驚的群體此時此刻「缺席的在場」。作為一名進入開放時代疲憊的中國人，作者本人也無可迴避地隸屬於這受驚的群體，並面對這一份震驚挑戰的同時，深刻地記錄並捕捉、把握乃至俘獲這一瞬間的意義：

> 他撫摸二十年前的自己，自己的頭髮，自己的幼
> 稚，帶著同情與責備。世界上最可愛的最神秘的最偉大
> 的土地，是中國。[26]

在經歷異域真實世界的洗禮後，詩人發現自身所在的缺席，因為自身在那兒看到了自己。對於走入西土的中國人，書寫不僅是想像的活動，而且是唯一的主體現實，作為幾乎別無選擇的漂流者，唯有通過認同／否定某一陌生的他者，來尋求岌岌可危的主體位置。此時的書寫行

---

[25] 同註[22]，頁7。
[26] 〈塔〉《逍遙遊》，（臺北：時報），1984，頁67。

爲是一種急待「重認」——重新認同某個形象，重新確立自我位置的活動。換言之，此種複雜的表述模式也同時標誌著詩人在全然陌生的西方世界中必須經歷從而通向重建「中國主體」的必然過程。

三、西遊記的聚焦轉換

　　異域之行可以說是一種遭遇，一種他者眼光與陌生現實的遭遇。越出本土的圍限去看外部世界，是一種時間和空間的過程。從時間而言，旅者不但經歷了某個時間過程，同時還經歷由此產生的複雜時間體驗。從空間上說，從此一地到彼一地，空間的轉移不但有地理形態的驟變，而且有人文環境的落差，自己所屬的社會和文化與所到之處的社會和文化之間複雜的比較參照，可導致旅者的神遊，甚至是想像力的「混亂」。旅者看他者世界之陌生，其實也就是他者陌生地看自己。陌生感來自一種和異國現實的遭遇，其中必然衍生出許多距離、差異、不解和困惑。作爲一個旅者，余光中經歷了從此地到彼地、從故土到異域，即熟悉又陌生的辯證互動過程。在前後三次的往返美國之中，不得不回視「過去」、重新體味已驟然遠離的過去（記憶），通過記憶書寫遺忘，從遺忘的系譜中埋藏記憶。從〈布朗森公園〉（1966.6）的西雅圖、愛爾華大學城、紐約到〈敲打樂〉裡的華盛頓紀念碑、林肯紀念堂、白宮、曼哈頓、俄亥俄、印第安納，處處所留下的足跡，無一不成為西土之行的記憶。

　　在異國的舞臺上，一場記憶與遺忘之間相互交錯且角色互換的經歷不時上演著。〈在旋風裡〉自喻爲孤獨無依的史前原人，以「冰」與「雪」的形象屹立在大旋風裡，「詛咒」與「低吟」是對「過去」西土

震驚經驗的遺忘，而不再存有「希望」或不想再「回憶」又是對異地生涯的遺忘，這樣的詮釋循環本身便是為了一段空白的意義而延伸，而且也指涉著這一空白意義：

> 恨我的詛咒，念我的低吟
> 都已沉沒，在漩渦漩渦的風中
> 留我獨立在此地，冰髮，雪鬚
> 一個史前的原人，沒有朋友
> 沒有仇敵，希望，或回憶
>
> ——《敲打樂‧在旋風裡》（1966.3.6）[27]

對於詩人，記憶本是為了省思和拯救「過去」，但卻從此證實了省思與拯救的不再降臨。在真實的碰觸到他者／異國現實時，才瞬間恍悟自我的原本特質。這意味著原初真相處於虛幻裡，這種情境無法被解析，也無從瞭解，只能用空白（empty）簡稱，最終甚至於連詩的語言也茫然，只能藉由替代物／史前人迂迴的呈現。〈盲丐〉（1972.10.13）的經歷一再展現記憶的消亡：「鞭過歐風淋過美雨，闖不盡，異國的海關與紅燈」，才驚覺外面狹小的世界，「條條大路是死巷」（〈盲丐〉以下同）。[28]在他鄉所遭受的種種撞擊經歷中，夾敘著一個難以忘卻的「記憶」，在這故事中「記憶」或刻意的「遺忘」已不再具有意義，甚至，記憶和回憶最終導致的乃是「反記憶」：「盲丐回頭，一步一懺悔，腿短路長，從前全是錯路」。作者在這裡安排了一個「盲」與「丐」角色，看不見之餘更加上流離失所的命運，丐食於異域、迷蕩於

㉗ 同註⑯，頁61。
㉘ 《白玉苦瓜》，（臺北：大地），1974，頁74。

歐風美雨，在「看不見」的宿命中「迷失」了曾經的異國夢境。藉一個「盲丐」形象極力陳述過去，毋寧說是建基於「看見了」的覺知，運用這麼一個雙重弔詭的角色，詩人也同時陷入了兩難矛盾，一方面他曾經什麼都「看不見」，另一方面卻又無所不「見」。

　　竭力想維繫住自己的存有（being），必須要藉助遺忘，以掩藏主體內部的脆弱性，然而並不是僅憑遺忘，主體本身就不再暗藏衝突性。往往欲望的迷態在於不知欲求為何，失落的心靈愛物已無法準確的再現，再現只是部分書寫，空缺卻永恆駐留。因此選擇性遺忘隱含雙重效應——徹底忘卻，或同時又被某種莫名、無法被語言符號呈現的殘留物在意識裡啃蝕，以致飽含抗拒、反擊的潛能，意識永遠擺盪於衝突、鬱結的兩極。當盼望已久的「未來」終於夢境成空，美麗異國已成為徒具其表的空殼，挫敗的經驗最終要遺忘，並以「反記憶」的模式進行書寫：「情人皆死，朋友皆絕交，沒有誰記得誰的地址」（〈單人床〉1966.3.31）[29]、「留學西遊，夢遊千里是瀚海，取經人取回來怎樣的經？」（〈多峰陀上〉1976.4.18）。[30]對過去的否定乃是一種心靈空缺所激發出的偏執想像藉以撫慰自己，空缺藉由想像掩護。每當幻象消隱，望穿存在的虛無，皆令人陰鬱異常。重新質疑西遊之「經」處處可尋，主體與對體在尋求愛的同時也遺失愛，使得認同充滿否認的過程——一種潛意識的魅音魅影，一種被「棄」卻欲留的反撲作用，不斷將認同意識撕裂解體。反記憶的書寫意味著不再收藏記憶，而是丟棄記憶，丟棄那已然丟失的一切，也試圖丟棄那找回的可能性。

　　可以說，詩人不僅試圖守候一份生命已有的東西，且也試著守護一份生命本身的匱乏。無論是記憶或遺忘或反記憶的敘述語境，最終

㉙ 同註⑯，頁45。

㉚ 同註㉑，頁64。

僅是主體追尋過程中形式的附著物。通過遺忘有關的震驚與困惑的記憶，詩人也同時重新建立本身的回憶，這回憶支撐著生命的意義，把一切過去痛苦的代價歸還給未來。以回憶和記憶的力量，完成了一次他者與自我的省思和主體救贖——這救贖本身是親歷真切的自我醒悟，這無疑也是大寫的歷史和生命自身的醒悟和救贖，並試圖在此救贖的過程中，重新尋回已失落的主體。也因此，走出西方世界的結果反而為詩帶來更多對母國的依戀，〈蒙特瑞半島〉（1970.3）、〈夢與地理〉（1985.12.21）、〈多倫多的心情〉（1989.10.10）、〈金陵子弟——寄贈紹班〉（1989-1990）、〈雪的感覺〉（1970）及〈風箏怨〉（1992.12.10）等作品已逐漸轉變成另一種隔海懷鄉的體驗：

> 就為一眺空空的美國嗎？
> 若時光能倒流，我的愁目
> 要尋的是在珠江口
> 華山夏水無奈的盡頭
> ——《安石榴・多倫多的心情之登高》[31]

空間的轉換最為直接的是陌生的景象，如陌生的景、事與人。詩人在異國面對的是一個全然不同於本土文化景象的新事物，於此，「空空」的陌生與失落感轉移至遙遠的「華山夏水」。在異地所見所感總在自我與他者之間不斷的對比參照中，由此引發的失落感寫在旅者的「愁目」中，也寫在異國冰冷的雪地上：

> 雪下在美國的土地上

---

[31] 《安石榴》，（臺北：洪範），1996，頁114。

中年的異國中年的雪……

中年的冬夜怎麼也不暖……

雪下在中國的土地上

童年的中國童年的雪

只留下幾口煙囪在江北

只留下幾口水井在江南……

　　　　　　　——《安石榴‧雪的感覺》[32]

在異地羇旅不但只是身體的流浪，也是心的流浪。這種流浪總是處於異國當下的現實情境中，與本土形成鮮明對照，在本土語境中被遮蔽的許多東西都會赫然鮮明起來。此處視覺上的雪不變，變的是詩人心中的雪，視域由美國轉至江北江南（空間），心緒則由中年返思童年（時間），穿透時空，在現實的土地上實地經驗真實與想像這兩個疆域之間的確切關係。空間的曠放、時間的茫然，是原有經驗否定後的結果。中年異國的雪終究不比童年的雪，中年異國的冬夜終究無法溫暖中年的心情。書寫的表面即是建構認同屬性的文本，編織著作者心路歷程的轉變。可見地理空間與心理視域之寬舒與窘迫並無必然的關係，這也是人的「存在」所具有的有限與無限的矛盾。在蓋提斯堡，面對空間的位移，一種擺盪、過渡到醒悟的體驗也應運而生：

　　前無古人，後無來者，時人亦冷漠而疏遠。何以西方茫茫，東方茫茫？……這是過渡時期，渡船在兩個岸間飄擺。[33]

---

[32] 同註[31]，頁179。

[33] 同註[26]，頁76。

這意味著空間轉換導致了對過去夢幻的解構，從這個西方凝視起，就如同朝自己的想像而來，這一個虛像空間的狀態，我因之回到自我本身。無可質疑地，作為一位東方流放者，詩人在行囊中背負了文化重擔，使得看世界多了幾分他者所特有的文化衝擊和震撼，多了幾分陌生和距離，因而其中所蘊含的掙扎、衝突和轉變更是彰明顯著。詩人通過觀念世界與經驗世界、夢幻與行動、想像與感知、文字與景物的交錯，揭示了某種差異和距離的邊陲體驗。個體和客觀世界是不和諧的，人類渴望擺脫這個不完美的現實，因而想像之物的異國僅是作為精神的仲介點和其他並非給定之物的標誌，因為，它並不提供真正的故鄉。

四、「棄」的反思與重構

我們常在特別的時空下，從特定的歷史與文化中書寫、說話。事實上，在詩人不斷界定自己的家國身分之同時，他也不斷試圖定義美國。波特（Burton）在《心念之旅》中談到「渴望離開故土，與渴望返歸故土一樣，皆屬主體欲望的表達，思慕之情永難饜足，而且不易找到滿意的答案。」[34]《鐘乳石》、《萬聖節》、《敲打樂》文本裡所呈現的矛盾以及由此所表露的欲望驅策，實不必驚訝。在如前述多重交錯的旅美經驗中，詩人確實遭受了主體前所未有的消解。從另一個正面的角度觀之，旅美經驗仍有其雙重互惠的影響：既是文化碰撞的考掘也是自我的探索；既集中探討現實世界中留美的生活也提供了反省自身的契機。

---

[34] Burton. Si Richard F. *Personal Narrative of a Pilgrimage to Al-Madinah and Meccah.* ed by his wife. Isabel Burton. New York: Dover Publications. 1913. pp.11-12.

文化認同的問題原本便不單純，對身處多重文化宰制下的海外中國作家
而言，情形則更爲複雜。中國是什麼？我是誰？這些質疑很自然地成爲
余光中重新尋找主體身分時所碰撞的問題。

　　邊陲書寫可以涵容與他者／異己維繫水平互惠的網絡關係，包括遭
詩人化爲異己的異文化與遭異文化轉化成他者／作者之間所維繫的對話
關係。在「他者的主體」（otherer）與「他者的客體」（othered）之
間衍生的辯證對話關係，不時在余光中的文本中出現。文本參與了異己
的論述，但也融入了作者自我書寫的論述（autographic discourse）。
憑此建立作者主體性的探索和維繫邊陲論述的關係。此兩類論述雖未必
自相矛盾，但是論述之間衍生的牴牾衝突，卻產生另一層身分屬性的危
機。余光中的認同危機，姑且不論邊陲書寫是否出於自願，皆代表詩人
有意從中表達自我、建構自我。於此，「冰」的革命，則意味著主體極
欲抽離、擺脫一切代表「他者」的象徵與符碼：

　　　　在國際的雞尾酒裡

　　　　我仍是一塊拒絕溶化的冰——

　　　　當保持零下的冷

　　　　和固體的堅度

　　　　　　　　　　——《萬聖節‧我之固體化》（1959.3.10）[35]

換言之，異國提供了觀察與思考的適當距離，使他能夠比較清晰地辨識
中國文化的廬山眞面目，而直接面對這混雜的「國際雞尾酒」——西方
工業文明，又使他深切感受到中西文化的巨大落差，使他敏銳地覺察到
並且緊緊抓住了那些「馬上就成爲過去」的中國文化特質、那些已經慢

---

[35] 同註[19]，頁50。

慢「消逝」的人物、故事、生活方式。冰的冷度與堅韌程度，同時也決定了個體自覺或否知覺的文化批判意識的深度。一旦「我」以「冰」的姿態開始凝視「我」自己，並且在「我」所在之處重構另一個屬於「我」的航程，實表明個體有意「拋棄」過往的經驗。棄置經歷過的事物以求己身的救贖，似乎已是必然的選擇，在「拒絕」的同時不再留戀。克麗斯蒂娃以「棄」作為一種背德的詮釋，一種隱藏的恐懼、一種怨恨的微笑。[36]這是異己文化對自己想像的心靈愛物產生差異，互斥互拒後所釀成的反彈效應。值得注意的是，「棄」也是一種自戀的危機，源自原初潛抑（primal repression）的反撲，屬虛幻的現象，卻帶著譴責的妒火反噬。[37]「棄」在此已帶著傷痕原理，個體須經歷棄卻的作用，棄置某些欲物，才能重新尋回自己。

余光中在其早年的旅美經驗中從愛戀到震驚到自省到厭棄，乃因其認同源質出現差異，這種厭棄的心結即便多年以後仍殘留不去，且以「棄婦」作為對這片西方夢土的終結。在克麗斯蒂娃閱讀佛洛伊德之《詭譎奇異》（*Das Unheimliche*）一書中，她指出「他人是我本身、自己的潛意識」，外國人「既不是一種族也不是一國家……很詭譎地，外人早存在我們之中，我們是我們自己的外人。」[38]或許這是其中一種解釋方式，說明美國為何在詩人心中遭到否定的原因，「美國」在起源上已是個負數，「她」是內在於我們心中的陌生人，但她顯然又是一個神話的化身產物，透過她顯示了他人文化的動力。然而，在這個他／她者身上，我們或許可以找出異己文化的另一種衍生點，與其厭「棄」她，不如去發現這個「棄婦」身上另一層意義——畢竟「棄婦」也曾是

---

[36] Kristeva. Julia. *Powers of Horror: An Essay on Abjection.*（1980）. tr Leon S.Roudiez. New York: Columbia University Press. 1982.p2.

[37] 同註[36]，頁14。

[38] 同註[23]，頁183。

愛過的女人。

　　到西方的目的就是尋找自己的情感和夢幻的蹤跡，「西方」是一個曾經讓詩人「動情」的地方，她介於希望和失落、愛與厭之間：「在此（此指愛爾華城）我忍過十個月（十個冰河期？）的真空，咽過難以消化的冷餐，消化過難以下咽的現代藝術，……在此我哭過，若非笑過，怨過，若非愛過。」[39] 在完成了實際的西土之行以後，詩人也曾回視這塊曾經使人迷戀的土地，從三度赴美當可明白這個「棄婦」的魅力所在。於此看來，美國雖然被遺「棄」，但也是詩人某種程度上認同的化身。詩人的書寫已是友善得多的文化異己關係，至少他願意讓自己「置身他者之間」，正視他者及主體性。如果說西土之行是建構自我身分的借鏡，則此階段無疑是個轉捩點。

　　在此之前，詩人或無法全面掌握現代中國的主體，也不能明確判斷主體的身分位置，更無法認知集體主體性的歷史條件。可以說，主體性的歷史是藉由身分認同的西土之行所標定的，在這一過程中，主體與自我的關係是經由一個總體化的形象、一個自外而來的物化他者、一個非中國人所傳達、並為另一個想像維度中的「西方」所支配。詩人追尋主體認同的種種嘗試，可理解為對主體性的批判表徵，從分崩離析到重新整合，同時意味著認同主體的再生。也因此詩人對西土之行如此總結：「留學潮也不是全無正面意義，因為我們至少瞭解了西方，而瞭解西方之長短正所以瞭解中國，瞭解中西之異同。」[40] 通過其自我形象乃至自我構形而被錯誤認知或被投入文化的交錯經驗中，主體隨之在分裂的自我形象／自我構形中得於重建。在此脈絡中，自我意識若不透過特定文化形式的歷史意識而展現，那它最終也將毫無價值可言。認同行為每每

---

[39] 同註[26]，頁25。

[40] 〈沒有人是一個島〉《記憶像鐵軌一樣長》，（臺北：洪範），1987，頁25。

決定性地把個人的形成拋入歷史之中，易言之，身分認同的前瞻性功能在主體重構的過程中產生了決定性的影響。這種前瞻性效應實為一種對文化想像秩序渴慕加以掌握的強烈訴求，它絕對不取決於任何自然邏輯，但卻始終刻記在歷史的真實性和必然性之中。

可以肯定的，詩人追尋主體認同的過程同時也付出了巨大的代價。這巨大代價所換回的，乃是一種對過去、記憶與回憶、個體生命與群體生命等主題的重新思考，如果這種重新思索給人帶來慰藉的話，那麼，事實上，也只有理解了絕望才會真正理解希望，只有理解了「捨棄」才會真正理解「救贖」。在這層意義上，西土之行再次宣稱了救贖的價值——他者的缺席或在場，都象徵了主體救贖的意義。美國書寫皆以不同的方式揭示了同一幕人類主題：這是個無望與希望、捨棄與拯救共生的舞臺，一個烏托邦與現實世界、未來與過去共生的舞臺。因此，余光中的美國書寫倒不妨讀作詩人邊陲經驗中的一則墓記或輓歌，它埋葬了許多東西，但也銘刻了這些東西，僅僅因為它們標誌了生命。

參

洋紫荊與「情人」
隱喻：香港書寫①

① 本文發表於臺北：《中外文學》31卷2期，2002年7月。題
　　為〈洋紫荊與「情人」隱喻——余光中的香港書寫〉，頁
　　93-114。

雜英紛已積，含芳獨暮春。

還如故國樹，忽憶故國人。

——韋應物《見紫荊花》

　　霍爾在論述知識分子的文化屬性時說道：身分是「一種永遠無法完成的生產，一種永續的過程，永遠生發於內在，非外在的再現。」[②]由此觀之，身分並不是一種固定的屬性，它已然是一種「尋找定位（positioning）」的工程，會隨著時空轉換且受制於當下時空。文化屬性不僅是「存有的（being）」，也是「永遠在形成的過程中（becoming）」：這就是霍爾所謂的文化屬性的雙軸性：一軸是類同與延續，另一軸則是差異與斷裂。[③]

　　邊陲書寫除了記錄多重游離的經驗表徵，更重要的是建構作者的自我主體（subjectivity）與他者（Other）的對話交鋒（a dialogic encounter）：潛藏在作者心中的欲求，促使自我主體持續藉由外在世界的刺激而生內省，思考「我」與「他者」的定義，以及兩者之間的關係。[④]本文在此通過余光中在香港的書寫經驗展開觀照。幾經游離於「香港」的余光中，其詩作中蘊藏的文化屬性追尋，究竟屬於霍爾文化屬性論述中的哪一項？是否存在擺盪的狀態？余光中曾以「香港是情人」[⑤]作為他對這塊土地的文化詮釋，此處更為關切的是：邊陲者／詩人的自我主體如何與「香港」對話？從起點到終點之間是否有一自我與他者由分而合的歷程？詩人如何定義這位記憶中的「情人」？值得注意的是，此處「他者」具有雙重含義：一為外在有形的未知，二為自我內

② "A production which is never complete, always in process, and always constituted, within, not outside, representation". Hall Stuart. "Cultural Identity and Diaspora". *Identity: Community, Culture, Difference.* ed. Jonathan Rutherford. London: Lawrence & Wishart. 1990. p222.

③ Hall Stuart. *Colonial Discourse and Post-Colonial Theory: A Reader.* New York: Columbia University Press. 1994. pp393-394.

④ 宋美華，〈自我主體、階級認同與國族論述〉，（臺北：《中外文學》），24卷6期，1995，頁64-75。

⑤ 「大陸是母親，臺灣是妻子，香港是情人，歐洲是外遇。」余光中以此四種角色形容他曾身處的地方。見〈從母親到外遇〉《日不落家》，（臺北：九歌），1998，頁235-243。

在的未知。以「屬性／身分追尋」討論余光中香港的書寫經驗，從邊緣的懷鄉到凝視到追憶，印證其身分追尋可以用不同的方式來定位、擺置、比較、對照、建構。這可從其不同時空的文本脈絡中探知，其中充分受到時空的制約，任何時空因素的更迭都可能使認同面對解構與重構。邊陲書寫的另一種藝術美感即生發於詩作「內外張力」的過程，作品中不斷釋出的內／外、主／客觀環境的衝突與扞格具現了分明的空間感，那顯然是一種內與外的調和以及再確認的過程。

一、浮城舊夢：九廣路上的望鄉者

　　「混雜」與「邊緣」這兩個詞彙常在香港文化界徘徊。周蕾指出香港最獨特的就是這樣一種處於夾縫中的特性。[⑥]李歐梵指香港文化身分的最大特點是其「混雜性（hybridity）」與「邊緣性（marginality）」。[⑦]根據王宏志近作所論，較之上海，香港其實處於「化外之地，邊緣的邊緣」。[⑧]十九世紀西方國家擴張主義的肆虐，造就了香港的殖民情境：香江無祖國。無論是「夾縫」、「混雜」或「邊緣」，同時「夾帶」「臺灣作家」與「留美學者」的實質體驗，再游離於中港之間，余光中早期的香港書寫似乎也脫離不了這種身分曖昧的影響。在這個基礎上，本文關切的問題是：詩作如何在此「含混」與「夾縫」、在中國邊緣與大英帝國種種旁觀者但卻又是中國一份子之間展開其歷史「觀」照？如何避免讓邊陲者的含混身分（同時是臺灣人與中國人），

---

⑥ 周蕾，〈殖民者與殖民者之間〉《寫在家國以外》，（香港：牛津），1995，頁193。

⑦ 李歐梵，〈香港文化的「邊緣性」初探〉，（香港：《今天》），28期，1995，頁78。

⑧ 王宏志等，《否想香港》，（臺北：麥田），1997，頁62-69。

以及由這種身分所引發的論述位置，不知覺的介入政治，以至於將詮釋
誤轉爲政治寓喻，使個人的理念替歷史作了不必要的註腳？既能就香港
這塊土地作文學契入，又要具有世界性的歷史眼光，無疑是極具挑戰的
邊陲書寫經驗。香港這個方位正好提供「凝視」兩岸三地的有利位置：
「北望故國，東眷故島，生命的棋子落在一個最靜觀的位置。」⑨但此
處的「觀」視往往夾帶原鄉情結，客居香港的第一首詩〈颱風夜〉頗能
體現和反映這種「靜觀」者的微妙心態：

> 這樣的夜，枕來枕去不安穩
>
> 枕過來謠言，枕過去回憶
>
> 一張臉，一切成兩面
>
> 冷冷的鼻尖現在是半島
>
> 半島的氣候你必須承受
>
> 聽左頰搖撼搖撼著風雨
>
> 左頰鞭打鞭打著浪潮，兩側都滔滔……
>
> ——《與永恆拔河・颱風夜》（1974.10.18，以下同）⑩

入住海島即馬上承受颱風來襲，詩人因此不得不伴隨海島陷入「風雨交
加」的歷史糾結——「左頰」打來的風雨與浪潮衝擊著詩人，似乎爲日

---

⑨ 《記憶像鐵軌一樣長》自序，（臺北：洪範），1987，頁2。

⑩ 《與永恆拔河》，（臺北：洪範），1979，頁8。

後詩人居港生活的考驗埋下伏筆。[11]余光中一九七四年八月受香港中文
大學聯合書院之邀出任中文系教授，時正值文革末期。居港前期承受左
派壓力，以及來自香港中文大學中文系某些同仁的排斥與公然詆毀，認
為余光中出身外文系，無資格在中文系授課。[12]「謠言」與「回憶」儼
然與颱風夜的風雨交相起伏。詩人面對「兩側都滔滔」卻非以怨相擊，
而是調整自己去承受此種「氣候」，一如他曾引蘭道（W.S.Landor）
的名言：「我與世無爭，因為沒有人值得我爭吵。」[13]九龍半島狂風暴
雨的襲擊，並未阻擋香江書寫的美學判斷，只不過此處的書寫已多少顯
露詩人的感慨：

> 又是近重陽登高的季節
> 颱風遲到，詩人未歸
> 即遠望當歸，當望東或望北？
> 高歌當泣，當泣血或泣淚？

第一次見到香港，「是長城謠唱遍的抗戰時代」（1938年），而余光
中，「是一個過境的十歲小難民」。第二次再見，是從廈門的碼頭起
錨，「那是紅旗南下的時代」（1949年7月），詩人仍然是「年輕而無

---

⑪ 余光中曾於七十年代末分別撰文對新文學作家如朱自清、戴望舒、聞一多的文學作出評價，見
〈評戴望舒的詩〉原載香港《明報月刊》，1975年12月號、〈聞一多的三首詩〉1976以及〈論
朱自清的散文〉1977年6月24日，收入《青青邊愁》（臺北：純文學），1977，頁111-140。到
了九十年代，大陸《名作欣賞》開闢「名作求疵」專欄，重刊這些舊文，卻引來一場激烈論戰，
批余文章散見廣州《華夏時報》，對余氏「否定新文學名作家」表示強烈的不滿。見古遠清，
〈余光中香港時期的文學評論〉，（臺北：《中國研究月刊》），1997年4月號，頁66-71。
⑫ 傅孟麗，《茱萸的孩子──余光中傳》，（臺北：天下文化），1999，頁161-162。
⑬ 同註⑫。

奈的難民」。⑭第三次見面，則是「小紅書遍地的文革後期」（1974年），這一次已非過境，而是定居。⑮而今，面對香江半島上的颱風夜，詩人卻向「外」追視／思。「重陽節」為作者的出生日期，其中時空倒溯的象徵意義不言而明。由半島延伸，介入此岸或彼岸、離與歸、東望（臺灣）與北望（大陸）之間，明顯地呈現出「鄉」位置的不確定性與失序感，無論是左頰或右頰，兩側都有著「血」「淚」交織的記憶，一種無根、無中心、無所歸向的浮游狀態與颱風夜的風雨搖撼形成強烈構圖。此處說明一點：余光中書寫香港的同時卻不經意安排了母國的出場，文化屬性的追索過程顯然深藏一個「本源」自我，咫尺之遙的歷史磁場未成斷絕，「回溯」的姿態跟隨鐵軌餘音穿梭於時空之外：

> 香港是一種鏗然的節奏，吾友
>
> 用一千隻鐵輪在鐵軌上彈奏
>
> 向邊境，自邊境，日起到日落
>
> 北上南下反反覆覆奏不盡的邊愁
>
> 剪不斷輾不絕一根無奈的臍帶……
>
> 又親切又生澀的那個母體
>
> 似相連又似久絕了那土地
>
> 一隻古搖籃遙遠地搖
>
> 搖你的，吾友啊，我的回憶
>
> ──《與永恆拔河・九廣鐵路》（1975.9.29）⑯

---

⑭ 1949年（國共內戰）戰火南蔓，余光中自廈門南遷香港，住香港銅鑼灣道。見〈輪轉天下〉同
　　註⑨，頁82。

⑮ 〈落日故人情〉《憑一張地圖》，（臺北：九歌），1988，頁113。1938年余光中隨母逃往上海，
　　半年後乘船經香港抵安南；1949年7月國共內戰，隨父母逃至香港，失學一年。同註⑫，頁325。

⑯ 同註⑩，頁18-19。

九廣鐵路仿如邊陲者追尋身分的旅程，企圖藉著回溯根源「古搖籃」而定義自身。「九」（九龍）「廣」（廣州）兩點之間的距離，即是「鏗然的節奏」又是「不盡的邊愁」，鐵軌轉來的淒淒廲廲，一如歷史糾葛中的蒼蒼茫茫，介於「鏗然」的清晰與「不盡」的無限之間，歷史鄉愁的交錯情緒橫越〈九廣鐵路〉。鐵軌／臍帶剪不斷輾不絕喻示著邊陲者不肯／不願將本源屬性斷裂，這種「往回看」的認同方式，卻又徘徊於空間「向邊境」、「自邊境」、「北上，南下」與時間「日起」、「日落」間，顯然隱含一種霍爾身分論述中兩軸之間的中間狀態。[17]「親切，生澀」的矛盾、「似相連、似久絕」，兩處使用「似」字，體現個人內心的不確定性與游離感。「古搖籃」呈現在記憶版圖裡，經由語言文字全面的與存在的現實斷絕，指涉具體現實的不可能性：搖擺永遠搖不回過往歷史，搖籃也只能在「我的回憶」裡作為精神心靈安身之所。在多風的半島上，「地偏心不偏，時時北望而東顧」[18]，呈現一種生生相息的生存，既強調個人內心的矛盾，也同時展開對文化身分的扣問。原鄉儼然是邊陲者經常拿來對照、不斷提及或想像的客體，當兩點之間的距離不再能阻隔民族的視野，同時也將民族裸露在一個真實的、而不再是話語的或想像的他者面前的時候，歷史文化（古搖籃）僅能扮演一種邊緣話語與邊陲體驗。余光中曾於「記憶像鐵軌一樣長」為名將其在香港此「靜觀位置」所寫下的散文結集[19]，此處的靜觀者，儼然也是個「望鄉者」：「以前在臺灣寫大陸，也像遠些，從香港寫來，就切膚得多。」[20]〈北望〉（1976.2.15）、〈九廣路上〉（1974.12.9）等詩始

---

[17] 劉紀惠認為這種中間狀態是一種沒有立足點、浮盪於空中的焦慮不安，面對著現實中文化身分的多變、不定與曖昧。見劉紀惠，〈故宮博物院vs超現實拼貼：臺灣現代讀畫詩中兩種文化認同之建構模式〉，（臺北：《中外文學》），25卷7期，1996年12月，頁71。

[18] 同註⑩，頁202。

[19] 同註⑨。

[20] 同註⑩，頁203。

終離不開原鄉神話，沙田山居「北望的陽臺」（〈北望〉）、九廣路上「帶鼻音的兒歌」（〈九廣路上〉），一再凸顯同樣的歷史場景。

　　面對這種「夾縫」或「邊緣」位置所產生的文化認同始終是十分政治性的。遠離這種政治性走入另一種純個人性的農村情懷又豈是另一層抽象的對祖國的文化追思？威廉斯（Raymond Williams）將城市與鄉村相對立，視之爲資本主義想像及實踐的一大表徵。威廉斯將城市與鄉村視景的消長，納入歷史進程中的必要階段，是在那「喧鬧、世故、野心」的城市建構裡，鄉村成爲歷史鄉愁的所在。[21]面對滄海桑田的城市文明，恆以鄉村爲依歸，城市之外，那廣袤的鄉土成爲安身立命之所在。掩映在這原鄉情結之下的，是國族政治的魅影，感時或是憂國，鄉土曾經幻化成各種面貌，投射文人政客的執念。

> 聽一切歌謠一切的草裡
>
> 蟋蟀也總是那一隻在吟唱
>
> 觸鬚細細挑起了童年
>
> 挑童年的星斗斜斜稀稀
>
> 隔海向空闊的大陸低垂
>
> 　　　　——《與永恆拔河‧沙田之秋》（1974.11.3）[22]

都市代表的是資本主義、科技與進步，但卻也是物化、人與身體、精神分裂的場所，而鄉村代表的是無知、落後，以及某種形式的鄉愁。[23]

---

[21] Raymond Williams. *The Country and the City.* New York: Oxford University Press. 1973. p46.

[22] 同註⑩，頁6。

[23] Skurski. Julie & Fernando Coronil. "Country and City in a Postcolonial Landscape: Double Discourse and the Geo-Politics of Truth in Latin America". *Views Beyond the Border Country: Raymond Williams and Cultural Politics*. eds. Dennis C. Dworkin & Leslie G. Roman. New York: Routledse. 1993. pp231-259.

童年記憶來自於原鄉的召喚，空曠天地與稀疏低垂的星斗、萬籟寂靜與蟋蟀唱吟兩者之間形成對比，從更深一層意義而言，呈現出身分位置在整個國家體制中的邊緣性，因爲它始終無法凸顯自我，而只能以「依附」的姿態（「向空闊的大陸低垂」）來呈現。城郊作爲個人童年記憶的建構，城郊也變成單純個人的永難復再卻又常存記憶的理想國度或「根」，由此所衍生出來的民族主義美學，又豈不是一種頗堪玩味的文化現象？另一方面，追逐鄉音也同時成爲邊陲者重返故國記憶的途徑，旺角鄉音繚繞，一解短缺的鄉愁：

> 比她更老的鄉音
> 比鄉音更古更古是鄉土
> 菜根纏繞著鄉土
> 舌根繚繞著鄉音
>
> ——《與永恆拔河・旺角一老媼》（1974.12.9）[24]

「菜根」緊繫著「舌根」、「鄉音」帶出「鄉土」，這種鄉音／鄉土文化情結同時流露了殖民文化的蛛絲馬跡。艾爾拔門彌（Albert Memmi）在討論殖民地原住民的一些情境時，特別拈出持護原住民文化認同意識的要素，如何被殖民者逐步淡化以至消音，包括歷史意識、社團意識、宗教意識和語言，其中語言的宰制尤其是關鍵性的，因爲前三項往往要靠語言來轉化以作爲民族文化的記憶。[25]此處，我們不妨拈出文化語言在「身爲異『國』爲異客」的邊陲者意識狀態中的現象：和自己的文化國土隔離了，自身的文化語言反而強烈起來。鄉音難再，語言被

---

[24] 同註[10]，頁12。

[25] Albert Memmi. *The Colonizer and the Colonized*. tr. Howard Greenfeld. Boston: Beacon Press. 1967. p123.

逐入沒有歷史的無根狀態中。

　　從余光中的香港書寫中可以看出，身分的追尋有其個人、族群以及文化歷史的集體經驗。「望鄉者」的姿態呈現了霍爾所謂「本源回溯」的一軸，一種往回看的身分認同方式。但是在試圖建立身分之際，實宜認知其中的暫時性、流變性、想像性與建構性，也就是說：任何身分都可能只是在特定的脈絡及時空情境中暫時建立（甚至是隨立隨破，隨破隨立的），隨著時空條件的變遷，認同的過程和結果可能也有所不同。因此，所謂的「中國性」等，也並非完全固定不變。所以與其認定它是確切不變，本來如此，不如認知其為不斷建構過程中的一部分，而在此過程中，會被主動或被動地置放於不同的時空脈絡下，採取特定的立場，建構出特定的詮釋循環。[26]在游離於神州與浮城神話之間，九廣鐵路作為一個空洞符號（an empty sign for an empty sign）──卻也在此過程中幫助邊陲者加入香港主體，為未來埋下另一條剪不斷、輾不絕的臍帶：

　　　　回頭莫看香港，燈火正淒涼……

　　　　不安在孕育，夢魘四百萬床

　　　　大小鼾聲一個巨影給壓住

　　　　剩半個頭斜靠在夢外

　　　　黑而不甜在夢邊邊上

　　　　　　──《與永恆拔河‧九廣路上》（1974.12.9）[27]

---

[26] 就這一點而言，李有成的觀點值得參考：「我們不妨把屬性視為一個過程，只不過這個過程顯然無法擺脫情境（situation）的限制。質言之，任何屬性的討論必然受制於情境（situated）或時地（placed）。這樣的屬性政治儘管承認文化屬性受制於情境、時地或脈絡，但卻更強調文化屬性的繁複多樣與變動不居」。李有成，〈漂泊離散的美學──論密西西比的馬薩拉〉，（臺北：《中外文學》），21卷7期，1992，頁74。

[27] 同註⑩，頁9。

關於這座城的故事，詩人寫來若斷若續，「我」與「城」之間、「大陸相思」與「香港紫荊」最初似乎主客分立，但如今逐漸合而為一：「不管是誰的安排，總感激長夜的孤苦中那一聲有意無意的召呼與慰問。」[28] 在九廣鐵路上注入關懷，「我」與「城」共同體休戚與共的命運，與焉形成。「夢魘」、「夢外」、「夢邊邊上」的不安凸顯了邊陲之邊陲的歷史定局，這條天地之間的末班車，作為通往香港經驗的夢的符號，也因為它本身沒有實質固定的意義，它是「充滿衝突符號的迷宮」，引領邊陲者步入許多的未知。[29]「望鄉者」始終體認到現實的糾葛，由此建構對海島的關懷，與四百萬張床共同尋找夢土的意義，在文本中擬清曖昧不清的中間地帶，在相互矛盾的觀點中體驗自身的人生，只不過此處「觀」的位置卻有了不同的轉變——從「望鄉者」轉變至回歸線上的「凝視者」。

二、失城悲喜：回歸線上的凝視者

　　多元文化主義評論家辯稱，權力關係組成了身分認同，而身分認同又多半經由和局外人——他者的關係來界定。種族認同大體上是一種「社會想像（social imaginary）」，將不同文化團體區分為「想像的社群（imagined communities）」，藉由在領土、歷史和記憶中的文學和視覺敘述維繫這些社群。[30] 從種族的社會地理學（social geogra-

---

[28]《隔水呼渡》，（臺北：九歌），1990，頁258。

[29] Foucault Michel. "Texts/Contexts of Other Spaces". *Diacritics*. 161.Spring. Baltimore: Johns Hopkins University Press. 1986. p25.

[30] Anderson. Benedict. *Imagined Community: Reflections on the Origin and Spread of Nationali*sm. London & New York: Verso. 1983. pp92-110.

phy of race）角度來看，作家對於族群屬性的認知與處理族群關係的態度，取決於作家所處的時空。[31] 作家不可能憑空杜撰另一族群的形象，如果他沒有切身的經驗，即使能夠無中生有，亦不夠深入或不真實，而缺乏說服力。文學作為文化象徵系統的產物之一，勢必要面對社會迫切之問題。下文論及余光中香港書寫經驗的轉變，在在投射於歷史運作的場域，表達對於權力結構與歷史變異之挑戰與省思。

「新環境對於一位作家恆是挑戰，詩，其實是不斷應戰的內心紀錄。」[32] 面對香港九七回歸的逐步逼近，邊陲者夾雜在文化情感與政治現實之間，詩作中的「中國屬性」在這條回歸線上是否已有了轉變？〈海祭〉（1975.4.18）[33]、〈公無渡河〉（1976.11.16）、〈望邊〉（1977.4.18）隱藏政治焦慮與不安，同時也從懷鄉經驗轉變成客觀的歷史凝視者。這數首詩主題相近，均寫於七十年代文革期間，觸及文革暴政下被迫偷渡逃亡至香江的民族同胞所遭遇到的慘絕人寰的悲劇。〈海祭〉見證欲奔向民主自由的同胞如何孤注一擲地投奔大海，並不幸遇上「嗜腥的狙擊手」（〈海祭〉）──鯊魚，對這隻頭號殺手的控訴也間接暴露苛政所導致的這一場生死劫難。〈公無渡河〉表達另一番義憤填膺的哀悼情緒：

　　　　公無渡河，一道鐵絲網在伸手
　　　　公竟渡河，一架望遠鏡在凝眸

㉛ Frankenberg Ruth. *White Women, Race Matters: The Social Construction of Whiteness*. Minneapolis: University of Minnesota Press. 1993. p4.

㉜ 同註⑩，頁205。

㉝ 〈海祭〉為一首一百三十行的鉅製，詩的內容是哀悼那些從大鵬灣偷渡來港，而葬身鯊腹的大陸同胞。那些偷渡客因逃避文革的非人生活，冒險游向香港，有一百一十人遭鯊魚襲擊而葬身大鵬灣底，遇襲而倖得渡者，不過八人，且多四肢不全。同註⑩，頁202。

　　墜河而死，一排子彈嘯過去

　　當奈公何，一叢蘆葦在搖頭……

　　一群鯊魚撲過去，墮河而死，

　　一片血水湧上來，歌亦無奈

　　　　　　　　　　──《與永恆拔河‧公無渡河》[34]

　　苛政當前，〈公無渡河〉寫出偷渡者的無奈，同時也道出邊陲者「無河可渡」的無奈。這邊廂的「伸手」與那邊廂的「凝眸」構成一條凝視者的直線圖，子彈刺穿了「回溯本源」的認同模式，蘆葦的「搖頭」豈非「歌亦無奈」的寫照？朝夕凝眸的祖國，如今竟變成另類殖民者，面對「驚惶的步音零亂」、「遍大地血印都向南」（〈望邊〉）[35]，曾經也從祖國出奔的旅人不禁回首天涯，站在家的門檻之外低吟吶喊：「我也要飛過去奔過去嗎？問你啊嚴厲的母親」（〈望邊〉）。望鄉者記憶中的慈母一改容顏為嚴厲的母親，投射的熱情如今成了一籌莫展的凝視，每一步的鄉情都可在瞬間消滅了蹤影，民主絕地的鐵幕將他狠狠地隔絕在門檻之外。無庸質疑，回歸線上的凝視者同時夾帶雙重情緒：一為無奈，另一則是不安。面對這邊廂尚未撫平的傷口，另一邊廂的回歸大限卻一步步逼近，在「租來的土地，借來的時間」[36]，此「無中心性」的位置上，詩人留守半島，一種「歌哭在江湖」的焦迫圖貌，在凝視與不安之間隱約浮現。一九八一年離港再重返似乎象徵著一種「平穩過渡」

---

[34]　同註⑩，頁23。

[35]　同註⑩，頁26。

[36]　曉士（Richard Hughes）在1968年創造了這個流行的概念：「借來的空間」、「借來的時間」（borrowed place, borrowed time），並清楚引出香港與中國大陸的微妙關係。見Hughes. Richard. *Hong Kong: Borrowed Place. Borrowed Time*. London: A. Deutsch. 1968.

的意義。[37]然而在這種「平穩過渡」話語的背後，那字裡行間，到底是「願望」或「信念」的指標，還是「不安」和「妥協」的癥狀？這種過渡性中意識型態的複雜性和矛盾情結，早在一九六九年於香港寫下的〈忘川〉（1969.3）一詩中已充分表露：

> 縱河是拉鏈也拉不攏兩岸
> 縱這邊的鷓鴣叫那邊的鷓鴣……
> 皇冠歸於女王失地歸於道光
> 既非異國
> 亦非故土
>
> ——《在冷戰的年代・忘川》[38]

在情感上「感到自己是中國人」，然而身處的環境香港是社會主義祖國之外，民族身分並沒有因此而固定下來，而是在歷史現實的夾縫中諸般盼顧，無言吞吐，欲往還來。「縱」一字隱含邊陲者的感慨，此岸鷓鴣與彼岸鷓鴣即使情感依舊，但已在歷史現實考量之內。香港既非異國，亦非故土，對未來新中國這個政權「又愛又畏」，未能確定對新政權的政治認同。既然民族身分的認同不能安然繫在國家前景的確定性上，這種身分與政治間所產生的認同矛盾，一時之間實難癒合。為島國命運寫下的《香港四題》（1984.5）四部曲：〈鼠年〉、〈紫荊〉、〈天后廟〉、〈東龍洲〉同樣交錯種種複雜文化情感。面對時空局限，政權移

㊲ 1979年香港總督麥理浩（Murray Maclehose）在北京舊事重提的香港問題終於塵埃落定：隨著英國在新界99年的租約於1997年6月30日期滿，中國將收回包括香港本島、九龍與新界在內的香港主權：香港將結束其自1842年南京條約簽署以來的大英帝國殖民地身分，回歸祖國懷抱。余光中1980年離港返臺休假，且1979年對香港無詩，顯然有某種「過渡」隱喻。

㊳ 《在冷戰的年代》，（臺北：純文學），1984，頁24。

轉，而關於紫荊與梅樹接枝的問題卻依舊「從秋來修剪到春去，落紅似股票的花紅，怎麼已落了一地」（〈紫荊〉1984.5）[39]，落紅滿地實充滿政治玄機。[40]一九八四鼠年的書寫也另有一層歷史意義：「聰明的小耗子，一隻接一隻，已經快跑光了」（〈鼠年〉1984.5）[41]，「跑」究竟只是某種過渡的暫時性行為，還是最終的目的？從此斷絕所有的文化血緣？[42]邊陲者的歷史觀照，已不單純是「中國」與「香港」的身分取捨，亦不只是「回歸」或「移民」的抉擇；在這重重的書寫中，反倒是衍生了更多的凝思／視。香港四部曲一一問世，為末代殖民者以及海島居民提供了種種「來」與「去」的身世百態，在流放與歸來之間，追尋著身分的意義。在老火車站鐘樓下瞻仰著寂寞的短針與長針，俯聽潮來潮往，即使昨日的雙臂依舊，然而「輪回在計時，但港上的風雲千桅已不聽你指揮」（〈老火車站鐘樓下〉1978.3.14）。[43]本身的「留」與「去」，仍得仰靠神明安排，作為最終的解答：

> 來問你，同船該怎樣過渡
> ——不是問嚼完了燒烤
> 渡船的歸途是吉呢是凶

---

[39] 《紫荊賦》，（臺北：洪範），1986，頁154。

[40] 1982年英國首相柴契爾夫人訪問北京，正式談及香港問題，結果引起香港股票及樓價大跌，畫面出現的竟是柴契爾夫人在天安門廣場的人民大會堂跟北京總理趙紫陽兩個半小時的會談後出來，失足跌倒的新聞紀錄片。這個一閃即逝的「失足」鏡頭對香港人來說卻是個凶兆。她這一跌彷彿是在「朝毛澤東的陵墓叩頭」。參見Ching Frank. *Hong Kong and China: For Better or for Worse.* New York: China Council of the Asia Society and the Foreign Policy Association. 1985. p69.

[41] 同註[39]。

[42] 殖民主義之後往何處去？——這是一個後殖民論者極度關切的問題。但在1984年中英簽署聯合聲明之後，英國在香港的殖民統治註定要在1997年結束之時，這問題也成了當年香港各階層居民所關心的切身問題。

[43] 同註[10]，頁78。

是問有一隻更大的渡船

船頭究竟有沒有舵手？

紫荊花十三遍開完

究竟要靠向怎樣的對岸？

　　　　——《紫荊賦·香港四題之天后廟》（1984.5）[44]

透過天后廟來決定對於這座城市的離與歸，我們在此看到了一微妙的景觀：在「大限」壓力下，「女皇」與「同志」政治交鋒已搬上現實的舞臺，試圖尋求一個「落幕序幕」的演出共識，當他們正在展開這種政治對話的同時，香客卻在這個關鍵時刻跑到大廟灣邊這處完全不同處境與氛圍的天后廟裡，在「禱聲喃喃，籤筒窸窣，爐煙嬝嬝的幻影裡」（〈天后廟〉），在私下的感情世界中向神明訴願祈求。當政客正邁向公共場域，從現在步向未來前景，而另一邊廂香客卻仍停留在私下的領域裡，聆聽廟裡喃音。就在公共與私人，政治與個人，國家前景與個人情感等種種交錯關係中，我們可以發現香客來到天后廟這個行為本身暗含的不安與焦慮。面對政治型態正在形成（回歸）這個歷史現實上，藉助神明的護佑來決定個人或國家的命運還是同樣的困難，甚至充滿困惑與不可解。「怎樣過渡？」、「是吉呢是凶？」、「有沒有舵手？」、「靠向怎樣的對岸？」，連鎖式的反覆追問——香客確實已深陷歸與返的焦灼之中。難怪在面對／數算紫荊花十三遍開完的日子[45]，「那心情，在惆悵之外更添上了悽惶。」[46]如此說來，一方面想要尋求解脫，但另一方面又被陷入，這種局面無疑是邊陲凝視者既清醒又不安的矛盾

---

[44] 同註[39]，頁156。

[45] 1985年9月10日，余光中離開居住了十一年（扣除1980-1981返臺任教）的香港，此處十三遍喻指1985起始後至1997年香港主權回歸共計十三年。

[46] 同註[39]，頁2。

所在。也許正因爲如此，詩中才安排一個無法爲世人辯證的女神「天后」的出現，儘管他想藉此「超驗現實」的經驗而避免讓己身陷入前程去返的疑慮中，但最後還是得涉入這種歷史兩難。也就是說，雖想極力擺脫「同志與女皇」的制約，但是終究無法逃脫，「問你」成爲反問自身的最終指向。

香港經驗具現「雙重他性」的微妙——無論母國或香港，她們都是他者。詩作中紫荊花的寓意在這裡相當明顯：她（香港）/他（邊陲者）不過是未成熟而又需父母照顧的人，同時她／他又要擔當游離於不同體系（中／英）之間的「遙遠觀賞者」的任務。香港／邊陲者既被表述爲不能擺脫中國母體的支配，而同時自己又不能抽身於主導論述中的「中國身分」運作邏輯，她／他的被「支配性」使她／他游離於霍爾文化屬性論述的兩軸之間，雖然極近卻只能作其「靜觀」。轉變爲凝視者的「觀」視姿態，顯然說明邊陲者急欲追尋的身分並非靜止不變，就如霍爾所言身分會隨著歷史、環境的不同而有所改變。換言之，「邊陲身分」也將是個開放的意符，它與歷史現實作辯證性結合時，將發展出自己特定的形式與內容。隨著八十年代香港回歸的期限日益落實，不免心有戚戚焉，在〈香港四題〉等系列詩裡，終究難掩歷史蒼茫的皺褶，「那一片面臨變局的青山碧海，我十一年往昔之所托所依，更加惘然。」[47]十一年定居香港，詩人這回爲香港百年殖民史寫傳記，爲回歸過渡祭起文字的飛氈，見證一場史的古老寓言——沒有涕淚飄零，唯見莞爾嘲諷，愛之深責之切，這也無非島上數百萬居民的心聲。余詩參與了島上說不清的故事，以虛擊實，以文字的浮游衍異來挪揄所謂的歷史「大說」，從文化屬性的追尋到歷史主體「不可承受之輕」的變形飄浮，此趟邊陲書寫實際上也參與了皇后與同志的一場政治對話，其中的

---

[47] 同註[39]，頁1。

歷史感觸，因此不言自明。這種情感結構無疑更多是建基在文化關切與社會責任之上，以「失城」爲情感終結也同時將作品帶入另一種詮釋循環——紫荊花開花謝的史詩追戀。

三、傾城之戀：紫荊記憶的銘刻者

一九四二年，年輕的港大學生張愛玲在日軍占領香港的炮火中飽受驚嚇，之後束裝返回上海。回顧香江的滿目瘡痍，她卻寫下了愛情故事〈傾城之戀〉，以及充滿嘲諷意味的戰爭告白〈燼餘錄〉。兩作日後都成爲「張學」研究的經典書目。張愛玲必須回到上海才能書寫香港，且必須就「傾城」與「燼餘」的意象[48]，想像香港的人事風華。與張愛玲的視景相反，即使回到臺灣後，余光中的香港並未因而消失，反而是指向了前程遠大（great expectations）的歸返之路。評論家阿巴斯（Ackbar Abbas）有鑑於香港九七大限情結，提出「消失」的政治學（politics of disappearance）來綜論香港史觀：當我們驀然預見香港即將「消失」，我們方才對香港的「存在」有了切身珍惜。但這種懷舊憶往的努力註定是尚未開始，已然錯失。[49]有關香港的歷史主體記憶因此是個弔詭：這是部關於主體缺席、記憶消失的歷史。回視余光中書寫香港的作品，倒還眞令人覺得似曾相識。在另一個截然不同的時空裡，香港已經「消失」過一次了。香港的大限，譜出了情歸何處的戀曲，香

---

[48] 王德威，〈香港——一座城市的故事〉《如何現代，怎樣文學》，（臺北：麥田），1998，頁287。

[49] Abbas. M. Ackbar. *Hong Kong: Culture and the Politics of Disappearance*. Minneapolis: University of Minnesota Press. 1997. pp1-2.

港的記憶，成全了來自母國大陸的邊陲者另一段生命插曲——對香港沒有理論，只有故事，這樣的一本香港傳奇同時更可能是一本香江情人的寓言或隱喻。

　　一九八五年九月十日，余光中離開居住了十一年的香港。⑤⑩在這段歲月中為這座海島譜出的戀曲，更多是來自詩人對她投入的歷史關注：「港人的命運在會議席上，同志咄咄，爵士諾諾，任人翻雲覆雨，討價還價，而不能自主。」⑤①〈馬料水的黃昏〉（1975.4.25）、〈沙田秋望〉（1977.12.14）、〈船灣堤上望中大〉（1977.12.15）、〈黃金城〉（1977.4.12）等詩裡八仙嶺的晚霞、沙田秋色、馬鞍山的朝暾——深藏離者的情懷。對於這位身處邊緣（相對於大陸）之邊緣（相對於香港）的沙田山居者，那是生命中「最安穩、最舒服、最愉快的日子。」⑤②從別離中追憶海港風情，浮光掠影夾雜眼前，〈十年看山〉（1985.6.8）、〈老來無情〉（1985.6.22）、〈香港結〉（1985.12.2）、〈別香港〉（1985.8.20）等詩篇，已不再是「遠望中原，而是懷著依依惜別的心情。」⑤③一九八六年，詩人闊別香江多年後重返沙田，十一年的香江經驗，詩人早已與香港結下一種愛恨交纏的關係：原以為十年打的一個香港結，可以輕輕地一抽，就可以「從頭到尾，就解了一切的綢繆」，卻萬萬沒想到，「那死結啊再抽也不散」（〈香港結〉）。⑤④在似曾相似與複雜的陌生中，詩作到底如何為這場相遇作「合理的」美學安排：

---

⑤⑩　同註⑫，頁195。

⑤①　同註⑤，頁135-140。

⑤②　後期山居歲月少了紛爭，加上居住環境絕佳，來往皆為鴻儒，使詩人創作更形波瀾壯闊。同註⑨，頁160。

⑤③　同註⑤，頁135-140。

⑤④　《夢與地理》，（臺北：洪範），1986，頁21。

昨日的老世界何在？

太陽何在？吐露港何在？

八仙嶺的蒼蒼，馬鞍山的黛黛

爾等何在？

　　　　　──《紫荊賦・霧失沙田》（1984.3.13）[55]

十年看山，不是看港的青山

是這些青山的背後

那片無窮無盡的后土……

再一回頭，十年的緣份，

都化作了盆中的寸水寸山

頓悟那才是失去的夢土

　　　　　──《紫荊賦・十年看山》（1985.6.8）[56]

〈霧失沙田〉的情懷使人想起隔海臺灣作家朱天心《古都》。[57]朱天心對臺北今昔的反思，一樣讓她把歷史換喻為地理。《古都》的高潮，徒步旅客來到臺北城畔的淡水河邊，卻愕然不知身在何處。記憶變調，史蹟蕩然。沉思香港作為「轉易地」的董啓章就如此感慨道：「當你因為任何原因而在轉換中獲得或失去地圖，你也未必能弄清楚，究竟你最後移走了的是地方本身，是主權、知識、夢想，還是回憶？」[58]在「失去地圖」的瞬間，詩來到「爾等何在？」的連續提問處，「何在？」是建

[55] 同註[39]，頁131。

[56] 同註[39]，頁188。

[57] 《古都》，，（臺北：麥田），1997。

[58] 董啓章，《地圖集──一個想像的城市考古學》，（臺北：聯合文學），1997，頁79。

基於「失」的前提——失去的，才是最美好的。傾城之戀，朦朧而纏綿：「頓悟那才是失去的夢土」，只有在「失」的同時才會在乎曾經的「得」——「十年的緣份」。值得注意的是，對香港的回憶，是與「青山背後的后土」相連繫，霍爾論述中「回溯本源」的一軸終究如此根深柢固，而邊陲書寫的終極意義，無非是尋找文化情感中的女人——香港／情人與大陸／母親。情人，永繫在心中欲斷難斷，促成邊陲者一再歸返。歸返的意義拋開了任何歷史的時空座標，回歸童話般的零度經驗，從而提升爲美學層次的生命啓示錄。微妙的是，詩作中的「情人」乃建基在其獨特的「朦朧美學」：香港既是一個朦朧之城，「她」必須要在「霧」裡始成其爲美。沙田山色以「霧」（〈霧失沙田〉）恆存、十年緣份緊繫「夢土」（〈十年看山〉）、依戀情人乃是在「低回的調子裡」，（〈重回沙田〉1986.2.17），[59]且必須隔著時空距離：

> 在隔海回望的島上，那時
> 紫荊花啊紫荊花
> 你霧裡的紅顏就成了我的
> ——香港相思
>
> ——《紫荊賦·紫荊賦》（1984.4.16）[60]

當九十年代學者批評家疾呼香港缺乏記憶，或只能在「消失」中匆匆回顧從不存在的主體時，邊陲者恐怕要啞然失笑了吧？在眾多空間形貌的交錯中，香港在歷史記憶圖中延伸，在文學天地中延伸，「永遠結合著現在時式、未來時式和過去時式……而且虛線一直在發展，像個永遠

---

[59] 同註[54]，頁42。
[60] 同註[39]，頁151。

寫不完的故事。」⑥《紫荊賦》（1986）裡的詩篇，不無感時應景之作，但更多時候是涵泳了心路歷程點滴的回首。香港、臺北、紐約，幾度往返，旅人風塵僕僕所為何來？各處舊友心知，重逢分手，人世倥傯，終究驛動不已。《與永恆拔河》、《紫荊賦》等詩集顯然要以「不在場」的文字敘述來回應個體認同本身的無從敘述性；開宗明義，回到書名，「永恆」的追尋才是詩作真正的起點。紐約徜徉、臺北歸返、香港的短暫駐足，實是以香港的眼界智慧收納他鄉的繁華。夢裡不知身是客，權把他鄉作己鄉。但在喧鬧的剎那、在邊境的羈留中，邊陲者感知一個遙遠城市的影子，總是如影隨形的追蹤他。從「浮城」到「傾城」的詩作，都可以視為與香港歷史時空蛻變、與自我認同意識的一次深刻對話，由此生發的歷史感觸，不言自明：

> 對於他，紫荊花的花開花謝不再僅僅是換季……而不論在彼岸還是在此岸，紫荊花，總能印證我眷眷的心情。⑥

香港是否混雜或邊緣已是次要的問題，重要的是，在詩中，邊陲者更多的時候是把己身置放在凝視者的位置，介以為自己在香港的身分重新定位，並為此追尋一特定的存在意涵。這點在重返或離港後的詩作明顯看出「紫荊／香港」在邊陲書寫中的象徵意涵。對於香港或大陸，文本取消了「正文內的二元對立」，此乃源自於香港／大陸／臺灣所享有的相同血液與民族遺產，香港與大陸既同且異，充分隱含了霍爾的定義：

---

⑥ 《地圖集——一個想像的城市考古學》，同註⑧及李小良《否想香港》，（臺北：麥田），1997，頁62-69。

⑥ 同註㊲，頁3-5。

　　文化身分是一種既有的（being），也是一種正在成
形的（be-coming）。[63]這兩種身分最後將聚合在一個共
通的、仍然存在母國（homeland）之上，離異的空間與
身分在此重新結合。[64]

凝視（gaze）主體與客體互為置換的轉變而完成的詩篇，是在特定的
跨界敘事之中形成的，這裡值得留意的是，凝視並不等於存心擁戴，或
者試圖要為它們爭取「地位」或「發言位置」。此處更重要的是這種
凝視從未意圖為一切「邊緣」位置尋找棲身之所，而是在文化交替中
以及其所引發的經驗難題中所作的一種回應方式。從「浮城」到「傾
城」，出入於這些詩作之間，我們也才明白賦予這座城的生命的詩，是
如何的迴盪曲折卻又如此多姿多彩。如將班雅明（Walter Benjamin）
「說故事者」的說法稍加改動，我們更可強調為香港說各式各樣的故
事，不同的版本、不同的可能，歷史的命題未嘗不可因故事的又一「說
法」而改變。就如霍爾指出的，身分在言說裡，在文字再現裡，它有一
部分由再現構成。身分是關於自我的敘述；它是我們述說自我，以便瞭解
自己。[65]身分是一種認同的過程，一種不斷建構的言說，通過香港的書寫
經驗來定義香港、從而也認識己身與香港的關係。其中所呈現／再現的文
化身分，是雙軸性的，一軸指向類同與延續，由「望鄉者」代表，另一軸
指向差異與斷裂，由「凝視者」代表。「香港／情人」則成為身分追尋過
程中重要媒介與靈魂人物，「她」又包含兩層經驗：一，在「母親」的影
子下「忽略」她的意義；二，必須在「失去」之後才「凸顯」她的意義。

---

[63] Hall Stuart. "Cultural Identity and Cinematic Representation". *Framework*. 36. Michigan:Wayne State University Press. 1989. pp68-81.

[64] 同註[53]。

[65] Hall Stuart."Ethnicity:Identity and Difference". *Radical America*. 23:4. Boston.1991. p16.

　　身分「屬於未來，也屬於過去」。在這裡，再見是「虛想」，「永訣」倒成了事實，這種自覺無疑是放逐者重新看待自己與家國之間關係的轉捩點。一路出奔到了這裡，終於要面對改朝換代已成的定局——正式告別。告別又是一種兼具回顧與前瞻的姿態，可以平靜回望過去，正因爲有了指向未來的相對立足點；換言之，此番告別香江，彷彿是由糾纏著眷戀與割捨的自我決斷中醒豁的一個出口，由此開始通往未知。因此，這個「情人」也同時連貫了過去、現在與未來，在這個著眼點上，「她」是個既模糊又清晰的倩影，「她」介於希望和回憶之間，曾經共享歡樂也同樣共度患難，是一位代表過去回憶的女人。介於夢與回憶、得與失的心理動力（repetition compulsion），促使邊陲者不斷去溫故知新，「回憶」成爲對香港有詩的根源，最後，我們不妨從齊克果（Søren Kierkegaard）試圖將永恆帶至現世，藉此賦予過去意義的論調裡獲得另一番啓示：

　　　希望是稍縱即逝的可愛少女；回憶是永遠令人無法滿足的漂亮老情人……。[66]

---

[66] Kierkegaard Søren. *Fear and Trembling/Repetition.* ed. & tr. Howard V. Hong & Edna H.Hong. Princeton. New Jersey: Princeton University Press. 1983. p132.

肆

「妻」的解讀：
臺灣書寫①

① 本文發表於臺北：《藍星詩學》季刊20期，2003年12月。
　　題為〈「妻」的解讀——余光中的臺灣書寫〉，頁172-
　　192。余光中將臺灣喻為「妻」，參見〈從母親到外遇〉
　　《日不落家》，（臺北：九歌），1998，頁235-243。

人生就是往前過日子，而回顧時才被瞭解。

——齊克果Søren Kierkegaard[2]

② Kierkegaard Søren. *Purity of Heart Is to Will One Thing*. New York: Harper and Row. 1948. p102.

　　當代關於身分的論述，可說是迴繞著身分的「認同危機」而形成。在這種舊身分已被動搖，新身分未確立的認同危機中，產生了多重變化的可能性。事實上，身分即是由「文化情感」與「現實策略」交織而成，而在文化情感中又往往挾帶著一種無以名之仿若天生的固執。另一方面，現實策略則壓低包括情感在內較偏向「本質」的因素，強調以利害為依歸。當我們著手析解屬性分裂離合狀況時，常發現在意識型態移置的軌道上可能存在一種雙重體現。在主體身分的構形過程中，確認（recognition）必須被理解為誤認（mis-recognition），因此，主體性的分裂構形（split formation）必然涉及一種揮之不去的歷史效應。

　　根據廖咸浩，臺灣人的身分危機往往表現在兩方面：一方面，傳統「中國人」身分觀打平一切（leveling）的傾向受到了挑戰，而使原先被歧視或受壓抑的各次團體間的文化差異（cultural differences）得以顯現，但是另一方面，「吃臺灣米，喝臺灣水四十年而不會說臺語」的說法，經也成為知識分子的口頭禪。[3]「臺灣人」甚或「中國人」的屬性在這裡變得極其曖昧。當余光中透過對「祖國」的認同想像，渴望在自我的文化構形中重讀出一套為其所誤認／確認的身分形構時，另一種意識型態糾結也不斷迫使詩人自我解構，自省一己作為「臺灣人」的身分位置。如何重寫自己的過去（祖國牢結）與現在（臺灣情結）成為關鍵所在。本文將透過余光中詩作，解讀作家眼中的「妻」。「臺灣意識」或「中國」身分如何在詩中被表述、移動、或置換？在「歷史」與「空間」維度的多重游離中，「妻」又被賦予何種蘊義？

---

③ 廖咸浩，〈在解構與解體之間——臺灣現代小說中「中國身分」的轉變〉，（臺北：《中外文學》），第21卷第7期，1992，頁193-195。

一、多重游離的歷史書寫

從八十年代中期臺灣本土化運動如火如荼的展開以來,「臺灣人」是什麼,已開始困擾著住在臺灣這塊土地上的人。陳昭瑛針對有關「臺灣人」的定義中談到:

> 每個住在臺灣的人都可能被質疑或不禁自問「是不是臺灣人」?少數人以他們堅持的標準來篩選大多數人誰是臺灣人,誰不是臺灣人,於是整個社會彷彿患了精神分裂,省籍矛盾、族群矛盾可能只是臺灣人精神分裂的症狀。④

就政治層面而言,對身分的認同質疑暗示著:縱使是自主的民族文化身分,在體現國族主權的象徵資本前,亦必須通過排除他者而建立,即通過排斥異己行為而界定屬性的同一性、或稱一我性。⑤因為唯有當人民的身分「真實性」得以保證,其主權經由合法認可的界限而確定之後,主權(自主的國族身分認同的想像秩序)才得於保存。這樣的主權使人民居有所屬,繼而使他們與劃定疆界之內的集體性主體有所認同,從而

④ 陳昭瑛,〈追尋「臺灣人」的定義——敬答廖朝陽、張國慶兩位先生〉,(臺北:《中外文學》)第27卷第3期,總275期,1995年4月,頁137-140。有關此論題所引發的連串回響,散見《中外文學》1995年2月號《臺灣文學的動向》專輯,3、4月號廖朝陽、張國慶針對相關課題的討論以及陳昭瑛〈論臺灣的本土化運動〉、邱貴芬〈是後殖民,不是後現代——再談臺灣身分、認同政治〉、陳芳明〈殖民歷史與臺灣文學研究〉與廖朝陽的相關回應文字。

⑤ 陳清橋,〈離析「中國」想像——試論文化現代性中主體的分裂構形〉《當代文化論述——認同、差異、主體性》,(臺北:立緒),1997,頁240-250。

與外在的其他「身分」（或稱策略性他者）有所區別、甚至（在有需要的時候）保持絕緣。

　　詩人余光中在中原尋根與臺灣認同意識上經歷不同時空的徘徊，夾雜在臺灣殖民化的多重情結之中，見證這塊島嶼的歷史轉折與變動。[⑥] 六十年代的浪跡西土與七十年代的客守香江，余光中文化尋根與屬性建構的歷史腳步依舊循著原初的認同空缺而來，重返臺灣的作品同時步向一種符號指涉斷裂後的敘述舞臺，尤其面對臺灣意識的重新搬演，詩人必須在延續「故國」歷史記憶與承載身分認同之間，以十分個人化的方式重寫／改寫認知與意識型態轉換之間的空白效應，同時揭露因時空斷層所引發的土地認同的歷史不穩定性。在此多重游離之中，余作如何在中原尋根與臺灣意識上見證這塊島嶼的歷史轉折與變動？詩中所體現的不同時空的徘徊狀態承載何種意涵？我們不妨閱讀以下系列作品。

　　〈降落〉一詩指向一種浮沉不定的邊陲狀態。不著邊際的雲遊、悠悠蕩蕩的足跡印證不斷游離的邊緣位置，虛與實的空間一再施展於「投入」與「不投入」之間，一種企求落實的步調（「降」、「落」），彌漫於歷史舞臺：

> 　　燈火兩三，閃著誰的家？
> 　　燈火六七，閃著誰的城？
> 　　千燈萬燈牽成一張大地網

---

⑥ 此處余光中所身處的臺灣殖民化狀況亦是臺灣人民共有的島國經驗，臺灣的殖民化情況是多變而複雜的。在中國從日本手中接收臺灣開始便有兩種，或說三種情結：日本文化內在化的情結、中國大陸夾雜著西方文化而來的既迎還拒的情結以及近二、三十年來美國在冷戰氣氛下滲透入臺灣的意識型態所構成的情結。見陳映真，〈美國統治下的臺灣〉《陳映真作品全集》第三卷，（臺北：人間），1988，頁206-215。

投入不投入要不要投入？

——《白玉苦瓜‧降落》（1973.6.4）⑦

尋找定位的想望充分流露，然而這層想望卻夾雜著不安，因爲降落的目標更像是個漩渦的中心，也如一個佛洛伊德式的肚臍眼，誤以爲找到一個可以引向欲望與記憶的通道，但是這個降落點卻可能帶回更複雜更混淆的認同空間。近鄉情怯是流放者矛盾不安的心理體現，面對腳下的家與國之同時也是自身尋找定位的過程：「誰的家？」、「誰的城？」、「投入不投入要不要投入？」，面對這片大地之網所承擔的是強烈而沉重的歷史感。「翅膀一斜，蹈火的姿態自焚的決心……奮疾向下撲去！」（〈降〉）降落的姿態與其是個體降服的前奏，不如說是一種孤注一擲（「奮疾向下撲去」）的勇氣，藉此顛覆／重構二元對立的認同策略。〈斷奶〉（1973.11.6）是另一種文化心理的體現，面對狹窄的生存空間，尷尬的國際地位，咫尺天涯的親人故土，〈斷奶〉不得不重新陷入人類最現代也是最古老的疑問之中而難以自拔：我從何處來？又從何處歸去？——

一直，以爲自己只屬於那一望大陸……

竟忘了感謝腳下這泥土

衣我，食我，屋我到壯年……

一直，以爲這只是一舢渡船

直到有一天我開始憂慮

甚至這小小的蓬萊也失去

才發現我同樣歸屬這島嶼……

⑦　《白玉苦瓜》，（臺北：大地），1974，頁121-122。

　　斷奶的母親依舊是母親

　　斷奶的孩子，我慶幸

　　斷了媒祖，還有媽祖

　　　　　　　　　——《白玉苦瓜・斷奶》[8]

以大陸爲母體，黃河與長江則是斷不去的母奶。此種以遙念祖國爲精神救贖的一貫主題一轉爲對「腳下這片泥土」的感激。這個養母（臺灣）的恩情在記憶中已不知覺的消失了無數個春秋，「竟忘了」、「才發現」一種頓悟於焉開展。一舸渡船把「斷奶的孩子」安置在海島彼岸，蓬萊米的餵養與媽祖的護佑豈不叫流浪的吉普賽／蒲公英重新思索這塊土地曾被忽略掉的關切：

　　　這座島嶼是冥冥中神的恩寵，在人的意志之上似乎
　　有一個更高的意志，屬意在這艘海上的方舟，延續一個
　　燦爛悠遠的文化，使他們的民族還不至淪爲真正的蒲公
　　英，淪爲無根可托的吉普賽和猶太。[9]

蘇格蘭詩人彭斯（Robert Burns）祈望有一天「能以別人的眼光來審查自我」，在文學作品中，遙遠的異國往往是作爲一種與自我相對立的「他者」而存在，人們最需要通過「他性」，創造一個「非我」來表達不滿和寄託希望。「無根可托的吉普賽」總是要探尋存在於自己已知領域之外的異域，因此不斷的遠走他鄉成了他追逐永恆的使命，殊不知在重新歸返後，始惘然所有的追逐都儼如一場虛構。1973年詩作〈斷

---

⑧ 同註⑦，頁130-132。

⑨ 〈蒲公英的歲月〉《焚鶴人》，（臺北：純文學），1972，頁244-245。

奶〉是詩人第三次自美返臺後所作，詩人不喜歡臺北，但是他慶幸，他
感激。對「冥冥中神的恩寵」的感懷，「衣我，食我，屋我」之恩澤不
遜於生育之情。象徵臺灣島嶼的蓬萊與媽祖一再出現，指向一種尋求認
同的「歸返」意識，那揮之不去的「泥土」情結則是解構鄉愁的策略：
「土地的意義，因歷史而更形豐富」。[10]作家平路且以泥土作爲其追尋
回歸的方向，泥土眞正是「世界上跟我們最親，最不會丟掉我們的東
西」。[11]然而，值得關切的是，文化身分的追尋往往在霍爾屬性論述的
兩軸之間產生舉棋不定的狀態。一九七九年淡水回臺北途中所作〈隔水
觀音〉（1979.8.15）是往返交錯的記憶，那個最美麗的距離往往不知
覺中又回到歷史原處：

> 依舊是最美麗的距離──對岸
>
> 河流給岸看　岸分給人看……
>
> 三十年，在你不過是一炷煙
>
> 倦了，香客老了，行人
>
> 映水的纖姿卻永不改變
>
> 　　　　──《隔水觀音‧隔水觀音──淡水回臺北途中所想》[12]

這是邊陲者建構身分認同過程中常常經歷的內在糾葛。母親的河綿綿流
長，香客／行人擺渡在河的此或彼，尋求身分位置卻仿如水中倒影、仿
若渺渺煙香，那是「一炷煙」般模糊不清的追尋。「水歸永恆」雖帶出
原鄉情結的恆存，「映水的纖姿」卻是一片無窮無盡的夢的荒原，於是

---

[10] 同註⑦，頁6。

[11] 平路，〈玉米田之死〉，李喬編，《七十二年短篇小說選》，（臺北：爾雅），1983，頁211-
236。

[12] 《隔水觀音》，（臺北：洪範），1983，頁24。

「左顧右盼」的認同意識在邊陲者身上不斷交錯，焦點模糊，「香客」既無此岸可以擁抱，也無彼岸可以依託，唯有「隨洲上的群鷺，上下涉水，來回趁波」（〈隔〉）。一種不明確感在「上下、來回」中浮現，認同的差異與斷裂產生在兩個原鄉（此岸與彼岸）的並存中。於此觀看〈隔水觀音〉的開始與結尾，都是浪跡天涯後的告白，如淡水河般縹縹緲緲，兩個原鄉的形象不斷交織重疊，恍然如夢，一觸即發，只不過此處「最美麗的距離」又將此與彼的觀照揚升為知感交融的美學體悟。從〈降落〉的浮沉浮現、〈斷奶〉視土地作為認同的方向、到〈隔水觀音〉曖昧交錯的原鄉記憶，詩作把國土幻化為歷史追憶與形構的場域，當中的文化記憶即是面對身分難題的再現。幾經游離於「棄婦／美國」和「情人／香江」之後，「妻子／臺灣」成為一度被掏空而重新填補的符號。在這裡，邊陲者的自我告白仿如一永遠也無法終結的歷史詩篇，「我」已非一個單一且永恆的面貌，而是存在於霍爾所言「類同與延續、差異與分裂」的互動之間。倘若以此觀點加以審視七十年代詩人的臺灣意識光譜，就會發現在開放社會多元論述的沖刷回流底下，追尋發言位置的「我」雖然一脈貫穿其中，但是卻不復〈斷奶〉回歸土地就能尋回「我」的平坦簡易，「妻」的「臺灣定位」隨著八十年代時空的轉變也產生了相異的美學回應。

二、春天從歸途出發

克麗斯蒂娃（Kristeva Julia）《吾人即陌生人》（*Strangers to Ourselves*）中指明，「每個人都會覺得，在自己本身（own and proper）的土地上，自己差不多也是個異鄉人」，面對性別、國家、或政治

等身分問題所引發的不安，往往來自人們發現「自己的異鄉性」、「自己本身的潛意識」。[13]從這個角度看，我們發現移根臺北的詩人所居守近二十年的廈門街正是建立在這個生命與形式的對立上——將祖國版圖移置臺灣，並試圖在移置後的方位上延續符號的斷裂，重建作為文化身分的集體論述，但微妙的是，詩人也同樣在此處境下發現了自己潛存的「異鄉性」。如果說五、六十年代書寫的場景是以祖國大陸為其母題，〈或者所謂春天〉（1967.3.4）[14]可以說是詩人對臺北無形失憶後的再召喚。作者一九七一年六月自美回臺，返家的感慨自廈門街巷弄撼動了詩人與詩。[15]「廈門街的那邊有一些蠢蠢的記憶的那邊」（〈或〉），這一片「蠢蠢的記憶」是臺北見證詩人「如何從一個寂寞而迷惘的流亡少年變成大四學生，少尉編譯官，新郎，父親，然後是留學生，新來的講師，老去的教授，毀譽交加的詩人」。[16]模糊記憶源於對臺北早期的忽略，「臺北市廈門街113巷8號」此暫時寄放的永久住址，竟暫放了近二十年之久。「或者」不定語詞的應用與對這座家城「不明確」的情感記憶相繪影，影射異鄉意識與身分的不確定性。符徵的飄浮造就了符旨的流動，主體追尋不到出口，只能安於「暫且為之」的命運，臺北作為一個給予容身之所只能在記憶的邊緣徘徊。至到告別「情人」香江，臺北作為一個「妻」守候的宿命，又再度引發另一饒富意義的出口：

　　廈門街、水源路那一帶的彎街斜巷，拭也拭不盡

---

[13] Kristeva. Julia. *Strangers to Ourselves*. tr. Leon S. Roudiez. New York: Columbia University Press, 1991. p97.

[14] 《在冷戰的年代》，（臺北：純文學），1984，頁89。

[15] 「回家的第一夜，百感蝟集，時空的輪轉，鄉情的震撼，令我失眠。聽著鄰居後院幽沉的蛙噪和廈門街巷底深邃的犬吠，真正感覺自己是回來了。……就這樣，人回來了，心回來了，詩，也回來了」。同註⑦，頁167-170。

[16] 〈思臺北，念臺北〉《青青邊愁》，（臺北：純文學），1977，頁6。

的，是我的腳印和指紋。每條窄弄都通向記憶，深深的
廈門街，是我的回聲谷。⑰

〈廈門街的巷子〉（1980.9.14）、〈長青樹〉（1982.5.9）寫下歷史
漂蕩下畸零人處理己身的歷史與記憶時「若有所失」的滋味：

> 念家的日子，更像是
> 飄浮在外空的破紙鳶
> 辰辰一線
> 永繫在廈門街的長青樹上
>
> ——《紫荊賦・長青樹》⑱

這樣一種自傳式的歷史敘述，少了幾許批評，卻多了一些感念的情義。
浪跡天涯的破紙鳶終究要尋回線的源頭，紙鳶的漂蕩形象與長青樹穩健
的生命力形成強烈對比，漂流之軀最終仍需依附於樹／家的健實不倒。
在這個關鍵點上，從對「家」的消音到發言無疑標示邊陲者時空變隔下
的覺察，但形式的改變卻不等於本質的改變。「念家」是一種需要抑或
情感的彌合？是無從選擇抑或最終的選擇？無論是前者或後者，究其
實，皆為曾經被忽視的「家」給予定位：「把一座陌生的城住成了家，
把一個臨時地址擁抱成永久地址」⑲，以這樣的情感作為基柢，也為文
化身分找著歸屬點。

　　然而另一方面，在離家／返家的糾結裡，常會發現克氏的「陌生

---

⑰ 同註⑯，頁35-37。

⑱ 《紫荊賦》，（臺北：洪範），1986，頁151。

⑲ 同註⑯，頁35-37。

人」情結也被帶入歸途裡，家園已非昔彼，甚或從未存在。地理空間的似是而非逐漸變成心裡空間的似是而非——人是「回來」了，但時空的移轉卻又一點一滴的失去曾念之存之的地盤。這種處境正脫胎於魯迅名作《故鄉》。此種「異鄉性」不就是魯迅的魂兮歸來嗎？這份失落感源於深刻的隔膜感：「臺北和我已經變得生疏，年輕時我認得的臺北愛過的臺北，已經不再。……三十年的時光隧道已成了歷史，只通向回憶」。[20]這種隔膜不僅是由於人和土地之間所產生的情感變調，且也是由於時間的嘲弄與人為的隔閡，把昔日臺北變成今日的負擔。面對這個繁華世界，詩人無法再進入，因此，詩人的矛盾也同時產生於那種被失落所糾結的情感轉移的結果，這又是知識分子的現實洞察力造成了今昔之間令人不堪的歸位衝突。在《故鄉》裡的中心主題是「不能實現為社會服務和道德的理想」，這是魯迅那一代人所懷的理想。魯迅小說中的感傷揭示了處於情感缺口的轉折時期——一種醒悟的知識分子的悲劇理性。在就位南都高雄的詩篇裡，詩人的內心衝突並沒有馬上得到積極的解決，〈拜託，拜託〉（1985.11.14）、〈控訴一枝煙囪〉（1986.2.16）是此種悲劇理性的流露：

> 用那樣蠻不講理的姿態
> 翹向南部明媚的青空
> 一口又一口，肆無忌憚
>
> ——《夢與地理·控訴一枝煙囪》[21]

「忠」的儀式之完成，在仍存活的「有情」歲月中仍保持對「妻」的包

---

[20] 〈隔水呼渡〉《隔水呼渡》，（臺北：九歌），1990，頁166。
[21] 《夢與地理》，（臺北：洪範），1990，頁39。

容。「控訴」源於愛之深責之切。南遷就是為了要逃離文化的失根狀態。[22]但是，在逃離與收編之間卻又形成了一種生命循環。每一次的逃離或尋求自由的失落都再喚起下一次的逃離，也都再次經歷收編或失落的命運。但是，這個逃離的渴望是源自於主體或存有與在境之間的關係本來就是失序的狀態，而非有一個原初的、融合協調的在境存有整體。這一個「此地（here）」與「彼處（there）」之間的分裂造成了主體的存在，也說明主體是同時存在於「空間之中與超越空間的門檻上」。[23]這兩個同時存在的領域在時空的變移之下發展成兩個鄰近分開的（不再是同時存在的）、空間中的點而已，而南遷把生命對彼處的渴望轉變，在這裡只是空間的移動罷了。在這時空都成了問題的生存再現裡，人的感知結構（structure of feeling）也必然發生相應的轉變，需要一種新的再現模式，藉以更清楚的理解這一相互關聯的世界。於是，我們發現，《夢與地理》（1990）與《安石榴》（1996）是一種特殊窗口的再現——重新賦予「妻」身分定位的合理性。〈讓春天從高雄出發〉（1986.1.7）、〈高雄港的汽笛〉（1986.9.17）、〈雨，落在高雄的港上〉（1988秋分前夕）等詩作成為重塑內在認同的儀式之一：

> 太陽回來了，從南回歸線
>
> 春天回來了，從南中國海
>
> 讓春天從高雄登陸⋯⋯
>
> 讓木棉花的火把
>
> 用越野賽跑的速度

---

[22] 余光中於1985年9月10日離臺北南遷高雄。傅孟麗，《茱萸的孩子——余光中傳》，（臺北：天下文化），1999，頁328。

[23] Kracauer. Siegfried. *The Mass Ornament*. 1963. ed. & tr. Thomas Y. Levin. Cambridge. MA: Harvard University Press. 1995. p69.

一路向北方傳達

——《夢與地理‧讓春天從高雄出發》[24]

從春天出發是源於信仰的破滅，也源於對信仰的完美堅持。前者是基於儀式的未完成，後者也無非是儀式的延續。「太陽」與「春天」象徵新生的氣息，薪火相傳顯然是從心／新出發的精神寓意。以木棉花的話語、以接力賽的速度，述說春天的信息：錯位的歸返不是句點，在時間的沉澱之後，春天又再度尋找到了生的意義：「我是歸人，不是過客。」[25]以文化弄潮兒的姿態，再次成就轉折後的發言主體。此時的歸人投注更多的本土關懷，從〈埔里甘蔗〉（1986.4）到〈芒果〉（1989.7.15）、從〈臺南的母親〉（1988.4）、〈龍坑遇雨〉（1988.9.4）到〈惠蓀林場〉（1988.9.18），關切之情滿載紙上。這些零星的生活片斷得於進入此類作品中，目的顯然不在於尋求答案，而是爲了「對被遺忘的存在的探詢」。《安石榴》強烈流露的本土關懷與朝向積極的本土認同成爲詩集的核心基調，試圖改寫以往以祖國爲中心的中原文化論述，而以本土多元聲音取代：用春雨祝福南投的鄉土（〈埔里甘蔗〉）、象徵本土意識的臺灣檳榔被喻成甘津的屏東口香糖（〈初嚼檳榔〉1987.10.18）、一向爲臺灣本省籍居守的臺南成爲守護的城堡（〈臺南的母親〉），這類道德式的敘述，於焉成爲對此「妻」所負的道義責任。

彷彿過度的重複只是一種補償儀式，補償被遺忘的歷史，補償式微的道德批判。這種在歷史與道德的強大磁場召喚下的書寫，當可理解爲一種心理狀態，但也可理解爲邊陲者所經歷生命場景的認同循環：一種

---

[24] 同註[21]，頁37-38。

[25] 〈樂山樂水，見仁見智〉《憑一張地圖》，（臺北：九歌），1988，頁91-92。

必然的角隅狀態，又是一種同時代的邊陲流放者必然經歷的歸返之途。
這一系列歷史符號的往復搬演可以視為書寫者的自我反省與重新整合，
宿命理論不一定得推演一個超越的符旨做為終極依歸，那毋寧已是群體
的屬性，居於其中的人所必然擁有的匱缺。當經歷時間與記憶的遺忘與
重建，邊陲者又將再度回到原初的位置，在這裡，原初與終結感也將以
不同形式構築詩的另一層生命內涵。

　　如此觀之，換身分＝換空間＝建構主體，成了邊陲者積極尋找一個
穩固身分位置的歷程，在空間中流竄，不斷以丟失舊空間，進入新空間
來確認身分。然而，邊陲者往往忘記自己的「身體空間」原來處處烙有
過往印記，「思想空間」原來布滿往日痕跡。不管詩人願不願意看到烙
印、觸碰痕跡，它們都在那兒，無法立時被消解。而這種舊的身體／思
想空間，即使不太願意認可，都不可避免阻礙了新空間的追求──因為
今日來自昨日，所有空間一概由舊日的時空經驗決定和命名。詩人的母
親葬於臺北圓通寺，父親和岳母曾居臺北，家國遞變決定他的臺灣身
分，臺大給予他知識分子的身分，臺灣文壇給予他臺灣現代詩人的身
分。詩人的今日來自昨日的臺灣，臺灣為他設計了空間藍圖同時也賦予
詩人書寫身分的曖昧性。

　　於此，在家國的情愛上，詩作呈現兩個信仰：一為「妻」（臺灣）
一為「母」（大陸）。前者成為放逐他鄉後的避風港，並為此提供了倫
理道德的依據──對「妻」的忠誠。堅持一份「忠」的信仰，必要的條
件是目標的完整無缺，以避免重蹈「背棄」的唾罵。相對於後者，朝思
暮念的「母」毋寧是抽象而不落言詮的，在缺乏「惡」的參照下毋需爭
辯，而成為一純然祈慕的對象。無論是妻或母，都不經意的為其邊陲書
寫提供了完滿的依據。

三、離與返的辯證揚棄

　　空間是個抽象的地理概念，方位則是個被賦予意義的空間。然則空間在何種情況之下會變成方位呢？答案是：被命名之後。從此方位在身分認同的象徵與心理層面上扮演了一個潛在的重要角色。方位不僅明示有形的地理疆界，同時也暗示層層網狀的社會關係。位置政治（politics of location）的形成固然需要一個可以稱之為方位的空間，然而更重要的是社會關係網路，我們通常必須面對這些社會關係——不論是種族的、階級的或性別的——來界定或模塑自己的屬性。我們從外頭往裡面看，同時從裡頭往外面看。我們把注意力擺在中心，同時也擺在邊陲。邊陲與中心雖是彼此隔離與對立的兩個世界，但卻也必須相互界定，才能構成整體。作為時代歷史與政治意識的過渡者與召喚者的回憶錄，余光中形諸於文字，回「家」之後積極地努力參與了與「家人」的溝通。臺灣作家蕭蕭對詩人的「臺灣結」如此評價：

> 　　「夢」與「地理」是虛幻與真實、遺忘與生存，截然二分的那一刀。中國的「夢」，是千疊遠浪盡處若有若無的地平線；臺灣的「地理」已然是一匹側踞的海獸逐漸在詩中成形，在心中壯大。[26]

遠浪外的地平線曾是故鄉的標誌，歷史、時間、民族的物質沉積，父輩的記憶都在彼岸，在那大中華民國虛構的版圖之中。如今，版圖的重被

---

[26] 蕭蕭，〈余光中結臺灣結——《夢與地理》的深情〉，收錄於黃維樑編，《璀璨的五彩筆——余光中作品評論集》，（臺北：九歌），1994，頁182。

肯定意味著溝通場域已逐步成形，本土論述的真實度得到了保障，對生存空間與歷史想像必有其特殊的感知方式和內在認知：

> 所謂家，不應單指祖傳的一塊地，更應該包括自己耕耘的田。……這也許不是「出生權」，卻一定是「出力權」。「出力權」，正是耕者有其田的意思。[27]

在此節骨眼上，「記憶逸出歷史，而與人類學相遇」。[28]最固執的守護神的記憶被移轉至那塊畢生辛苦經營的「田」。「出生權」排除在歷史之外，「出力權」獲得人類學的解救，讓「家」獲得必然性（而去除了偶然性）。在這裡，其實也涉及了歷史的局限性，歷史的真實度再次受到生存意識的信心挑戰與肯定。過量的歷史雜音將使放逐者不勝負荷，因此不得不通過不斷的重複考驗以篩淨記憶。余光中在評論張系國小說時表達了這樣的心態：

> 我們這一群植根於臺灣的中國人，究竟是怎樣的中國人？我們是什麼？我們應如何安身立命？……在我看來，籍貫不重要，出生地點不重要，甚至現在身在何處也不重要。只要關心臺灣，自認是這個社會的一份子，就是植根於臺灣的中國人。[29]

---

[27] 〈沒有人是一個島〉《記憶像鐵軌一樣長》，（臺北：洪範），1987，頁20-29。

[28] 語出Kristeva. Julia. *Strangers to Ourselves*，同註[13]，p138。

[29] 余光中在〈天機欲覷活棋王──張系國小說的新世界〉裡特引出張系國在《讓未來等一等吧》後記裡的一番話。收入於《青青邊愁》，同註[16]，頁126。

詩人的靈魂深處所抱持的信仰是如何讓己身更無怨無愧的在這塊土地上安身立命，藉由邊陲的思維鞏固且合理化本身的判斷，詩人充分的意識到自己也無非必須藉由邊陲書寫來作爲己身的客觀參照。這樣的認知立場在積極的意義上也可作爲作者多年來幾經外在現實及歷史神話的連番洗禮之後對政治意識型態的調整。如今的「信仰」與其說是一種頗爲普遍的政治價值守則，毋寧是一種當下現實的歸返。在此，如何讓己身更客觀的在邊陲土地上安身立命，藉由邊陲的思維鞏固且合理化本身的判斷變得更爲重要。來到生命的臨界點，以他鄉爲落葉歸根的最後終站，在歷史與政治的纏結之外，「人類學」或許是一個極佳的逃逸出口。當重新追溯「你不知道你是誰，你憂鬱；你知道你是誰，你幻滅」（〈大度山〉1962.4.16）[30]的認同困惑到「你知道你是誰了，你放心」（《五行無阻》後記，1998.8）[31]的自我定位，其中所隱含的內在聲音無疑切合了「補史之闕」的意義。〈後半夜〉（1989.4.7）情感的召喚尤其顯明：

> 無風的後半夜格外的分明
>
> 他知道自己是誰了，對著
>
> 滿穹的星宿，以淡淡的苦笑
>
> 終於原諒了躲在那上面的
>
> 無論是哪一尊神
>
> ——《安石榴・後半夜》[32]

---

[30] 《天狼星》，（臺北：洪範），1976，頁9。

[31] 《五行無阻》後記，（臺北：九歌），1998，頁177。

[32] 《安石榴》，（臺北：洪範），1996，頁84。

「原諒」過去來自於「知道自己是誰」的智慧；「苦笑」的背後，是時空的沉積投射出線性時間終結的隱喻，後半夜已是站在線性時間的盡頭。一直以來供奉的廟堂神話，無論是在此或彼的對話中，此刻已是立足於線性時間之外來解碼，在某種程度上解構了邊陲性的時間敘述，一種不再有中心或邊陲的無中心性，也唯有站立在極度「分明」的時空經驗上，始能完整的從秩序符號中游離出來。詩人如斯說：「多看他人，多閱他鄉，不但可以認識世界，亦可以認識自己」[33]。在這裡，邊陲者倒是走了一遍意識型態的鋼索，歲月沉澱下來的內在本質，使塵封久之的內在秩序得以通行「無阻」：

> 任你，死亡啊，謫我到至荒至遠……
> 到夢與回憶的盡頭，時間以外
> 當分針的劍影都放棄了追蹤
> 任你，死亡啊，貶我到極暗極空
> 到樹根的隱私蟲蟻的倉庫
> 也不能阻攔我
> 回到正午，回到太陽的光中
> ——《五行無阻‧五行無阻》（1991.9.25）[34]

渾沌必然開鑿，死亡的言語和不可逆的時間共同棄置在已寫定的夢與記憶的盡頭。邊陲者卸下時空局限的翅膀遁形無阻，在陰陽五行金木水火土的符號世界裡折沖往返，從物形到物情的過程中頌揚新生的意義：「頌金德之堅貞，頌木德之紛繁，頌水德之溫婉，頌火德之剛烈，頌土

---

[33] 〈假如我有九條命〉，同註㉕，頁58。

[34] 同註㉛，頁50-53。

德之渾然」（〈五〉）。陰陽五行的符號詮釋毋寧是邊陲書寫深層結構的詩化解體，藉此觀象特質企圖跳出主體認同的局限性。詩中以逃離自五行的象徵秩序為目的，「遁」的意圖並不為路上的關寨所阻，「頌」乃是起始於「遁」的過程。在新的秩序尚未成形的間隙，逃遁的意念堅貞如故。為新生頌歌，因為死亡已不具意義，由此揭櫫了生的另一個原型：以太陽（光）為主的豐饒神話中，永恆的生死循環已不為所懼。不懼於死意謂掌握了生，死亡在「夢與回憶」的時間盡頭、在「至荒至遠」、「極暗極空」之處轉而成了一種力量、一種無形的超脫——唯有意識死亡，才瞭解終極的生存之道——死亡從而變得不足畏怯。在游移於生之義務與死之權利之間，「回到太陽的光中」是最牢靠的信仰。把新生的智慧之果，植入生存的反思之中，邊陲書寫因而饒富意義：「髮下的富足猶可開礦……貯藏可用到下一世紀」（〈老來〉1994.3.16）。[35]不再急切的辯解、過去經驗的重述、印象式的碎片之浮起與隱沒、個體的內在感悟，在在表明了邊陲者的意圖不在邊陲「書寫歷史」，而毋寧是生命的獨白與呼喚，呼喚那些游散漂浮在邊緣中的孤魂，在他們逐漸的沉睡中重現甦醒的意義：過去的貯藏並不會在時過境遷後消失，只要記憶的靈魂猶存，主體意識仍然清晰，一如古木雖老，其胚前的記憶與青翠的靈性「將驚心的橫切面，開膛剖出」（〈老樹自剖〉1994.10.16）。[36]

　　此處開啟的視域與其是一部寂寞的斷代史，毋寧是一季花謝花開的生命獨白，且十分清楚的了悟那已非個人的歷史。在線性時間與永恆時間的臨界點上，「妻」和過去的自己展開一場無聲的內在對話，當中包含了交錯與理解、矛盾與包容、釋懷與感恩的豐富語言。追本溯源同時是開鎖與閉鎖的感傷結構，在來回反芻絞碎記憶的橫切面、咀嚼游離的

---

[35] 同註[31]，頁153-154。

[36] 同註[31]，頁168。

主體身分之餘，訴諸文字的斷代史已成了邊陲者在時空交錯的經驗中，不斷經歷離與返的辯證揚棄之後另一番邊陲告白。

如果說余作中的身分概念來自空間，自然也受制於空間。不同的空間展現不同的邊陲書寫。這個重疊的無數空間因此集結了無數個身分。純粹或從零開始的空間轉移是不可能的，因為邊陲者永遠戴著原先的文化、語言結構或意識型態的眼鏡；換言之，邊陲者帶著移動的結構一起離或返。[37]因此，在此地與彼處之間的來回同時也是此地進入彼處與彼處進入此地的雙向移動，它對結構的重複只是完完全全的複製（re-production）而已。Jacques Ranciere提出一有趣的概念：邊陲書寫就是尋找概念（concept）的肉體（flesh）。[38]概念在「這裡」，其肉體卻在「他處」；透過離與返的過程，空泛的概念得到了肉體。當我們把邊陲追尋的文化軌跡重新引入歷史轉折之中，我們不僅把過去、現在與未來的遞變也一併聯繫起來。事實上，真正有可能幫助邊陲者走出心理困境、度過精神荒原的，反而非政治畫餅，而是通過自身多重游離於邊陲之後的自我醒悟。只有在「棄婦」遭到解構、「情人」被永恆銘刻之後，才能意識到「妻」的真實存有。此處告訴人們，追尋文化身分的路途是如此崎嶇而漫長，一如鄭明河〈寂靜之旅〉中永無休止的追尋：

穿梭於航程中，我們當中有越來越多的人看到，我們不但同時活在多個世界，而且這些不同的世界，實際上是同一地方——那片我們每一個人此時此地所在的地

---

[37] Trinh T. Minh-ha. "Other than Myself/ My Other Self". In George Robertson. *Travellers' Tales: Narratives of Home and Displacement*. et al. eds. London: Routledge. 1994. p1.

[38] Ranciere Jacques. "Discovering New Worlds: Politics of Travel and Metaphors of Space." In George Robertson. *Travellers' Tales: Narratives of Home and Displacement*. et al. eds. London: Routledge. 1994. p33.

方。[39]

　　邊陲書寫的游離不定一方面加諸於邊陲者龐重的不安全感，加諸於他實質上、時空上、以及精神上的困擾，也因此轉換成爲藝術創作的泉源。換言之，空間與身分的追索，同時也讓邊陲靈魂尋獲棲息之所。當我們在余光中詩作呈現的「離」與「返」的多重視域中探討身分與空間命題時，似乎必須摒棄一個歷史的假設：存在著一個完整的、互古不變的、未經觸動的「民族」、「民族文化」本體，任何一種類似假設都是一種歷史的後傾。作品的邊緣話語提供了內視與自省的契機，此處需要的不只是一種充滿洞見的獨到理解，且是一種再批判的內在更新歷程。成長於江南的記憶、日帝殖民下以及殖民後極權時代的臺灣、身爲有色人種在美國的生活與教育經驗、徘徊在大英帝國與民族意識的交鋒記憶，種種的缺席與在場在在譜出一個出乎意外、極度兩難的文本，處處讓書寫者困惑並不斷求索、不斷調整詮釋角度和立場。於此觀之，余光中的邊陲書寫清楚地勾勒了邊陲者身分認同處境，文本所呈現的內外張力，無論有形或無形，寫眞了邊陲者的身心枷鎖，具現知識分子的身分困境。

　　如果說文學是作家的論述場域，那麼透過文字的演繹，余光中已經爲自己創造了一個話語空間。在這個空間中，詩人擁有一上演戲劇的時空舞臺，也同時取得變換身分的機會與權利。根據克哈奇格・托洛利安（Khachig Tololyan），漂泊離散者是跨國主義的象徵，因爲他們體現著邊緣（borders）。[40]於此，余光中所書寫的與其是眞實的存有，毋寧是邊陲者身分追索的另一種美學終結。

---

[39] Trinh T. Minh-ha. "An Acoustic Journey". *Rethinking Borders*. ed. John Welchman. Minneapolis. Minnesota: University of Minnesota Press. 1996. pp17-18.

[40] Tololyan Khachig. "The Nation-State and Its Others: In Lieu of a Preface". *Diaspora* 1.1.Spring. Toronto: University of Toronto Press. 1991. p6.

伍

五行之外：
「中──國」再現①

---

① 本文節錄發表於臺北：《藍星詩學》季刊22期，2005年12
月。題為〈英雄‧倩影──余光中詩作「神」與「史」的
中國符碼再現〉，頁224-242。

文學不建構中國，文學虛構中國。

——王德威[2]

---

② （香港：《明報月刊》），1999年1月號，頁9。

　　史碧娃克（Spivak Gayatri C）提醒我們，文本所扮演的權威和本源的角色，既是眞實的，又是虛構的。[3]語言在這裡經由一連串關係的系統，一個充滿相似與差異的網路，以一種特殊的方式產生意義、製造意義。無論是書寫的虛構性或虛構性的書寫，文本早已陷入再現的策略之中。於此，我們再一次面對什麼是「中國」的問題。當「中國」這個辭彙不再是本質性的範疇，當「中國」在文本的再現過程中被視覺化與符號化時，我們無疑必須面對這個符號的虛構想像性。

　　本文嘗試通過余光中詩作出現的「地理」、「性別」、「神話」與「歷史」等符號元素，探討其中所蘊含的「中國」符碼再現策略以及由此展開的交錯對話。當沉默的文化歷史事件或人物被賦予聲音與語言，此「發聲」或賦予語言能力，是否涉及對沉默的文史等形象的再描繪與詮釋？而此再描繪與詮釋可能將涉及主體與符號的再現意圖。也就是說，詩中所描述的物件並不重要，詩中如何透過「神」、「史」抑或各類文化想像與「中國」對話？如何建構文本的性別權力話語？如何回溯歷史交替中「中國」符號生產過程與本身參與的符碼再現才是詮釋的重點。

一、一紙墓園

　　人生存於大地，無論定居或遠行，常常是在地理經驗中構築其存在世界。地理經驗與作者關係之探討，一般較爲習見，至於地理、空間與

---

[3] Spivak. Gayatri.C. "Can the Subaltern Speak?" *Colonial Discourse and Post-Colonial Theory: A Reader*.eds. Patrick Williams and Laura Chrisman. New York: Columbia Press. 1994. p38.

文化想像之形成，以至閱讀行為之建構，則有許多尚待探討的地方。地理想像創作經驗常是以虛構代替真實，不強調親歷其境的臨場感，而是後退到一個想像距離，以觀看歷史、體驗詩意的角度，進行創造性的、想像性的書寫。認同經驗常是通過對想像維度符號運作過程中最具個人化的主體性進行不斷的集體性再整合，而人類卻往往不知覺地參與了這個集體的想像經驗，從中展開想像藍圖，並據之而存在。

憑一張地圖

　　在「讀萬卷書，行萬里路」的文化脈絡中，地理作為文本的背景，具有主導功能和先決條件，此處地理乃在文本之外。但「峙山融川取世界」的觀念則與此相反，地理已置放在文本之內，甚而地理「即」文本，於此意蘊世界乃決定了外部現實世界的觀看視角。無論是地理想像或實際羈旅，「觀看」與「想像」顯然對書寫有所助益。在余光中詩作中可以發掘大量的地理修辭，大河山川似乎為文本而存在，從地圖、文字、書畫中暢遊外部世界，以自構的地理經驗作為文本，故國江山乃成為意蘊世界的文本符號。「地圖不但展示地理，也記錄歷史……歷史離不了政治，所以地圖也反映政治」[④]，伴隨著傅柯所說的空間關係的激烈重組、空間障礙的進一步消除，以及一個新地理形式的浮現。[⑤]在與時空隔離後，通過地圖展開視域想像常夾雜著象徵與轉喻功能，同時也標示出一個欲望空間的開展：

---

④ 〈天方飛毯原來是地圖〉，（香港：《明報月刊》），1999年5月號，頁97。

⑤ Foucault Michel. "Questions on Geography", in C. Gordon. ed. *Power/Knowledge-Selected Interviews and Other Writings*, 1972-1977. New York: Pantheon Books. 1980. pp 63-77.

　　　　地圖的功用雖在知性，卻最能激發想像的感

性……。⑥

　　　　一張印刷精緻的地圖，是一種智者的愉悅，一種令

人清醒動人遐思的遊戲。⑦

「地圖」不是一個被固定住的客體，也不只是表面的圖像，而時常是極
佳的轉喻出口，圖像只是一種置換，一旦產生，立即會帶出無數的聯
想。「閱讀地圖」之所以因此產生意義，則類同於儀式之於信仰般的象
徵性動作，它超越現實世務，讓思緒走向一知性的遐思領域，構成與自
我生命的內在之旅，這是余光中地理美學的演出儀典──「一張空白的
紙永遠是一個挑戰」⑧，與儀式不同的是，它可能為時甚長，並帶著遐
想與抗衡兼具的時空想像。每一個人的存在，往往都踏上了這趟地圖式
的探索之旅，以不同態度和方法在探路前行，而在這虛無縹緲的廣大世
界中，須與真際的疆界不斷對話，須向一切的未知問津探路。如果說地
圖是「智慧的符號、美的密碼、大千世界的高額支票」⑨，那麼我們或
可在余光中詩作中找著另一存有視域：

　　　覽世界於娟好纖小的地圖
　　　窄窄的世界竟豪闊地展開
　　　　　　　　──《天狼星‧少年行》（1960春）⑩

---

⑥ 同註④，頁94。

⑦ 〈地圖〉《望鄉的牧神》，（臺北：純文學），1974，頁56。

⑧ 同註⑦，頁52。

⑨ 同註④，頁94。

⑩ 《天狼星》，（臺北：洪範），1976，頁1-3。

在東經與西經之間匆匆

跋山涉水，尋找牠心中

一個叫烏托邦的福地

——《安石榴‧地球儀》（1989.8.12）⑪

「距離即是美」成為詩作中的美學信念。一切所熟知的、同質的東西往往不會產生美感，反而是陌生的、遙遠的、異質的、異己的東西才是美的。這種差異之美不是靜止地存在於某個陌生事物本身，而是能動地存在於主體和客體的距離中，存在於異和同的「中間距離」（middle distance）中。在「纖小」的地圖與「窄窄」的世界裡，試圖越過此狹隘的通道通往外部「豪闊」的世界，「狹」與「闊」的差距對比道出對圖外世界強烈的想像欲求，形象地表述「美」的地圖哲學：「一切異己的事物都是美的源泉」。⑫相對於內部世界，外部世界是一種美；相對於現在，古代是一種美；相對於可感知的現實世界，想像世界是一種美。「跋山涉水」努力構築的烏托邦世界恆存在一同心圓裡，地球儀的福地雖是一個虛構的故事，一個烏托邦神話，但故事本身卻自始至終維持著它的內在虛幻性——「看地圖，是夢的延長」⑬，對圖外世界的好奇探訪，也經由此開啟另一道世界之窗。行程中的生命就像一個球體，無法完整地滿足，唯有超廣鏡面的視角，從距離、從想像中，把自己由故國零碎的風景中拼貼出來，而地圖遂成為唯一可供咀嚼故園夢土的方法：「一張地圖，遠望就算是止渴」（〈忘川〉1969.3）。⑭將地理想像訴諸於文字，地理修辭出現的頻繁成為「行萬里路」精彩的詮釋。藉

---

⑪ 《安石榴》，（臺北：洪範），1996，頁109-111。

⑫ 同註④，頁93-99。

⑬ 〈焚鶴人〉《焚鶴人》，（臺北：純文學），1972，頁223。

⑭ 《在冷戰的年代》，（臺北：純文學），1984，頁34-35。

著空間經驗時間化的呈演，詩人在文本中連綴符號、建構經驗的路線，畫出意義的視界地圖，藉以尋得「在世之中（being-in-the-world）」的智慧。

想像與詮釋

　　從地圖通往國族想像，國族如何被建構呢？巴巴（Homi K.Bhabha）指出，民族／國家有如敘事，在時間的迷思中喪失其起源，唯有在想像中完全實現其界限。想像已不純粹只是模仿或組合感知的腦力活動，而是對形塑一個完整現實世界的一種心靈理解活動。也因想像的存有，「中國」的意符只好忙碌地再現與書寫：從泰山到華山、從長江到黃河，以至長城到大戈壁，頻頻出現在〈還鄉〉（1988.3.11）、〈問燭〉（1985.10.26）、〈忘川〉（1969.3）、〈民歌〉（1971.12.18）等詩作裡。再現的地理景觀無非爲了心中那個不可歸的故土，藉助時空的超越滿足遙想的欲念。〈春天，遂想起〉（1962.4.29）即是對「現在」的描寫，是一個「絕對時間」[15]，整體看來，則是從過去流向未來的連綿時間觀：

　　　　江南，唐詩裡的江南，九歲時

　　　　採桑葉於其中，捉蜻蜓於其中……

　　　　江南啊，鐘聲裡的江南

[15] 「絕對時間」、「相對時間」二見梅祖麟、高友工著〈唐詩的句法、用字與意象〉，收於梅祖麟、高友工著，《唐詩的魅力》，李世耀譯，（上海：上海古籍），1989，頁112-118。

> 站在基隆港，想一想
> 想回也回不去的
> 多燕子的江南
>
> ——《五陵少年·春天，遂想起》[16]

過去曾是現在，未來將是現在的延伸，「現在」既是現存（pres-ence），又是非現存（non-presence），是連綿時間的一道缺口，因為時間處於虛無之中，才需要文字銘記。站在基隆港（現在）想回去（未來）那個九歲時的江南（過去），這種時空交替的經驗，這樣的一種循環不已、強迫重複的底層韻律彷彿在喃喃的說出「這……」、「那……」、「此……」、「彼……」，試圖以一種含混的方式去演示（demonstrate）或指出（designate）一個（特殊）的「空間」，一個「今後將成為對象物或指涉物的點」。[17]唐詩裡的古典江南與鐘聲裡的童年江南，成為想像欲望投注之處。以這樣的方式去命名一個幽深之所在，那地方彷彿就在他物種構成的基礎之處，似乎又在外部某處，也從而發覺自己的際遇與時空的牴觸，而有「想回也回不去」的「時不我與」之嘆。以超現實的地理再現，作「想像故國」的理想追尋，外在形式上是想像而超乎現實，內在結構卻以時間為棟樑，心中卻始終離不開昨日中國的影子。詩中出現的地理空間，正是以重建記憶來補充匱乏，以文字來再現母體。在余光中詩作中屢次出現的江南，顯然是個在空間上超越此在現實的地帶。「方位（place）」模塑了人的視界，「江南」作為一個超現實位置既是真實的，也是隱喻的；它不僅是可以清楚標示（mapping）的地理與歷史空間，這個空間也同時讓人產生一種置

---

[16] 《五陵少年》，（臺北：大地），1981，頁71-72。

[17] Kristeva. Julia. *Place Name*. New York: Columbia University Press. 1977. p287.

身其中的歸屬感（sense of located-ness）。如此，我們賦予空無的符旨、符旨的空白空間，逐漸產生其重要性。換言之，我們是藉由各元素自身的相關位置來理解表意作用，而非其內容，因此，「江南」碼符的再現，僅僅是想像視域裡一個虛空的中心。

　　童年中國或許可算是一個地理拼貼，拼貼是由不相同的「地名」拼湊在一起，在最佳的情況下，產生一種新的眞相。這個新的眞相，可能對原本的眞相作直接或暗示性的批判，也可能做得更多。如果拼貼成功，它就自成一個獨立的個體（It's an itself）。江南以不同的時間與空間層次出現在詩作中，地理中國也不免產生時空交錯而又一再重寫的畫面：「江南的水村到巴蜀的山城」（〈圓通寺〉1976.4.18）[18]、「在我少年的盆地嘉陵江依舊」（〈蜀人贈扇記〉1987.9.6）[19]、「廈門和鼓浪嶼，德化和永春」（〈母與子〉1991.12.25）。[20]「地名」成爲想像和眞實這兩個概念的隱喻，試圖將一切幻象的、夢境的，一一沖破時空的阻隔出現在當下的「現實」面前，這實際是以寓言的方式表現了想像和眞實的「面面相覷」，同時戲劇性地展示了異和同、虛和實之間的張力。〈問燭〉（1985.10.26）是另一種呈演：

> 一截白蠟燭有心伴我
> 去探久已失落的世界……
> 它就是小時候巴山夜雨
> 陪我念書到夢的邊緣……
> 桌上的這一截眞的就是

---

[18] 同註⑩，頁34-35。

[19] 《夢與地理》，（臺北：洪範），1990，頁136-140。

[20] 《五行無阻》，（臺北：九歌），1998，頁56-58。

四十年前相望的那枝？

又怎能指望，在搖幻的「光中」

你也認得出這就是我

認出眼前，咳，這陌生的白髮

就是當日烏絲的少年？

——《夢與地理‧問燭》[21]

實際上，巴山夜雨中的「我」已存在於時間之外，季節往返給「我」帶回時間，但「我」並沒有因此返回時間的真正發展中，而只是進入無限重複的時間循環。「四十年前」在無限的循環中已成為一片不可超越的虛空，它使「我」返回真實的存在成為不可能。在感覺的強斥力支持下，錯覺猶如一堵超密度的牆，阻止人對外部實在的切進，「巴山夜雨」僅在記憶裡回轉。換言之，最後的結果是「我」作為敘事者的虛無。面對燭火的瞬間，回望四十年前，在此表現的僅是一種本能（instinct）的反映。這一連串浮現在「我」腦海中的昔日畫面，自是反映一種斷續、間歇的時間。然而這種反映充其量也不過是一種表象（presentation），顯然並未進入人的自我意識中；讀者見不到任何屬於個人意向活動（intentional acts）的描述，而僅是在燭火搖晃的光中追憶兒時的巴山夜雨。但那確實是一種記憶的整理，將空間經驗視為一個「情況（situation）」，其基本結構深植於時間之中。在這裡，四十年前與四十年後仍是同一個方向。這種將重心從空間轉移到時間的現象，使時間意象退隱為詩中一種內在的時間性，是一種蘊藏在詩人「意旨（internationality）」甚至於身體行動（bodily mobility）的綜合

---

[21] 同註[19]，頁1-3。

時間性。[22]回看余光中的詩，應能進一步了解它的空間經驗時間化的運作。以時間辭藻勾勒地理空間，同時轉入一個時間漩渦的冥思，一方面將存在牢牢繫於自身的歷史性之內，而另一方面又基於一種「不確定性」的深切體認，重新確定人生造際在時間領域內之多變性。詩作中夢的地理學將空間意義的生產，設置在個體的心靈之中，涵義是從地理符碼衍生而來，而此地理符碼係起源於個體之外，自時空互動過程中浮現出來，透過空間語言這個機制，去生產空間和想像空間。〈當我死時〉（1967.2.24）等詩呈現出來的「地理中國」是與現實脫節的想像描述，書寫成為尋找想像力存在的假象空間：

> 用十七年未饜中國的眼睛
>
> 饕餮地圖，從西湖到太湖
>
> 到多鷓鴣的重慶，代替回鄉
>
> ——《敲打樂・當我死時》[23]

自我所在的位置成為被關注的焦點，在視野中失落的首先是原鄉一角。「饕餮地圖」成為「回鄉」的途徑，這個行動的目的無非以瞭望神州解鄉愁。但是神州可望而不可及，所謂現實只是讓瞭望者看清自己羈旅的心境，充其量只能故國神遊。「地圖」成為記憶想像建構與再現的換喻，眼前面對的「西湖」、「太湖」、「重慶」並不是地圖的實體，而是記憶與想像的版圖。視天地自然為一書寫文本的結果，地理中國乃轉換成存有視域，它是再造中國的心靈景象，是一種純粹的美感觀照，為個人內在情境的投射，一如〈湘逝〉（1979.5.26）：

---

[22] 王建元，〈中國山水詩的空間經驗時間化〉載於簡政珍編，《當代臺灣文學評論大系卷一——文學理論》，（臺北：正中），1993，頁48-79。

[23] 《敲打樂》，（臺北：九歌），1986，頁55-56。

西顧巴蜀怎麼都關進

巫山巫峽峭壁那千門

一層峻一層瞿塘的險灘？……

唯有詩句，縱經胡馬的亂蹄

乘風乘浪乘絡繹歸客的背囊

有一天會抵達西北的那片雨雲下

夢裡少年的長安

　　　　——《隔水觀音‧湘逝——杜甫歿前舟中獨白》[24]

湘水滿載古典詩詞以及文化中國的側影，在千古的崩濤聲裡構築千年的
方舟之「夢」，追憶的流水乃爲現實中缺席的中國而來；即便是湘江舟
中遙念詩聖杜甫也不忘「夢裡」長安。「巴蜀」、「巫山巫峽」、「瞿
塘」、「長安」只能是蓋茨（Gates, Jr）所謂的「想像的能指」[25]，是
一種神話式的在場與缺席，文本中存在一個內在的「想像自我」，那是
一種別樣視點的俯察，因此它不可能是一種複調的對話，而只能是民族
的獨白。〈湘逝〉中的風景充其量只能在古詩中展現，將杜詩重新搬
演，召喚歷史時間，頌念地理空間，將記憶的結晶安置在現實的盛唐詩
書中。這般連續動作，像是以文字水泥堆砌歷史城牆，一旦書寫完成，
地理構圖與古詩文也被關在牆內，而書寫者則恆在現實牆外。「地理中
國」的呈現是對「窺視」的不間斷關注，永遠執著於表現邊緣化處境，
它無意探究眞實文化的連續性，而是把中國作爲一個特性的代碼加以表
述；它並不考慮現實中國具體的時空變化和更替，而是依戀這個社會和

---

[24]　《隔水觀音》，（臺北：洪範），1983，頁1-10。

[25]　Gates Henry Louis, Jr. "Criticism in the Jungle". *Black Literature and Literary Theory*. ed. Henry
　　　Louis Gates. Jr. New York: Methuen. 1984. pp1-24.

民族文化的總體隱喻。用「想像」構築「似眞」的幻覺，並以此爲橋樑，使文本縫合於抽象的時空倒錯話語中，在提供這種時空差異美的同時，也對想像欲望的窺視提供了超文化的認同模子，其窺視既把「中國」用「差異美的空間距離」劃在歷史之外，又用「想像」式的對被壓抑的欲望和無意識的精心調用，將「中國」召喚到歷史之中，造就現實與歷史之外的另一種時空書寫。也因此，對詩人而言：「風景可以是一面鏡子，淺者見淺，深者見深，境由心造，未始照不出一點哲學來」。[26]表現在〈黃河〉（1983.5.7）中的風景，乃由「遠」而延伸的思索，實是由水的形質而作的延伸：

> 河卻是新來的河水，遠從塞外……
> 從青海的高臺
> 巴顏喀喇的山根地脈，崑崙的石胎……
> 從河源到海口，奔放八千里的長流
> 爲何一滴黃漿
> 沾也沾不到我的脣上？
>
> ──《紫荊賦・黃河》[27]

山水、物體從記憶中捕捉出來，詩中地理成爲「被緬懷、被重建」的故土。面對香港藝術家水禾田在香港藝術中心展出的六十幀黃河照片，「神遊」之姿乃與文字並置，通過文字呈現眼前不在場的「黃河」，讓照片中沉默的黃河說話。黃河「奔放八千里」的神秘性源自「中國」文本，從「想像認同」的源頭而來，將「黃河」典型化爲一種想像泉

---

[26] 《隔水呼渡》，（臺北：九歌），1990，頁183。
[27] 《紫荊賦》，（臺北：洪範），1986，頁90-95。

源，在平面攝影圖中舒展神遊之樂，「黃河」成爲想像性地理（imagi-
nary geography）中的想像。身處空間之外凝視「黃河」，提供一種
空間性的潛力——將時空重新創造（re-creation）及取代／移置（dis-
placement）隱喻化。地理中國的再現使文人想像出另一個中心，一個
是表面的，另一個則是象徵化的，深植於內在自我。

　　余光中詩作中地理中國的本質揭露人類潛意識下虛擬的幻象，試
圖在地理方位的挖掘與自我探索之間尋找歸屬，並在再現「方位」的書
寫過程中，處理地理、時空、家國之間的辯證關係。將想像世界化約爲
理念，或隱或顯締建人們的心靈世界。透過余光中詩中所提供的想像語
境，揭露人類尋求眞相的過程即是簡單與複雜的弔詭二元關係。在此，
我們再次在詩中發現了維克多・雨果（Victor Hugo）的古老直覺：想
像即書寫。余光中作爲空間的使用者，乃是一種讀者，隨著他的想像轉
移，取用了發言的片斷，將之實現於詩的語言。詩作中的再現策略成了
意符尋找意旨的過程，它向未知開放，地理位置的茫然，時間軌跡的不
定，構成余詩想像地理的美學基調與辯證張力，最後在與一切的眞際尋
問與對話中詮釋了自身的存有。

二、在她者與他者之間

　　記號系統並非僅是個別意識現象或個人心理的內在現象，而且也是
社會性的、客觀的、在個人意識之外被賦予的，因而人的意識是「在人
之外」的，是在個別機體邊界之外的，所以作爲記號系統的語言是超個
人的社會現象。如果說語言是由代表不同意識型態的符號構成，其中每
一種語言每一個字都隱藏巴赫汀（Bakhtine. M）所說的「潛在對話性

質（internal dialogism）」。在巴赫丁看來，對話策略中的這兩個聲音──「我」與「他者」，是人類生存中最小的必要因素，也是永恆對立關係的表現。[28]

檢視余光中詩作所呈現的詩學體系，「中國」儼然已成爲文本中的「他者」，甚或是以變化多端的「她者」出現。這個「符號他者（Semiotic Others）」像是母親，像是父親，像是戀人，像是不可復得的理想境界，或是一個熟悉卻陌生的空間，它已被抽離自身，以一種永恆的矛盾存在於文字中。此處透過探索詩中不同的符號轉義，不同的象徵系統召喚，觀察這些符號的迭變、所牽引的文化位置與內在矛盾以及此類符號在替代性轉換過程中被壓抑的原初對象。

圓通寺內的搖籃曲

實際上，余詩中搖籃的美學實踐不僅僅是一種心靈實踐，更指涉深層的民族認同與自我探尋。圍繞著一個搖籃的理想模子加以鑄造，無數篇章重複著無數搖籃以及無窮盡的「中國」隱喻。詩人艾略特（T.S. Eliot）肯定重複，期望能在其中尋回永恆的眞實（eternal verities）；但是，史坦茵（Gertrude Stein）卻認爲重複僅止於表相的再現。[29]若我們把藝術焦點，集中於時間縱向的臨場感上，我們將明白，重複不再止於重複；史坦茵說，一切只是對於重點改變所作的堅持而已。搖籃，

---

[28] Bakhtin M."Discourse in the Novel". *The Dialogic Imagination: Four essays*. Texas: University of Texas Press. 1985. p338.

[29] Stein Gertrude. *Lectures in America*. Boston: Beacon. 1935. pp166-167.

作為被靜觀凝視的客體而存在，它只是個引子、起點，文本以小說敘事般帶起的想像則遠在搖籃圖像之外，那是從一個理想對象——悠遠故國中辨識出的追戀本質，必須仰賴主體經由實踐方能使具像顯形。搖籃便是一個文化追戀的原初結晶，成為再現中國的一個入口、通道：

> 又親切又生澀的那個母體
>
> 似相連又似久絕了那土地
>
> 一只古搖籃遙遠地搖
>
> 搖你的，吾友啊，我的回憶
>
> 　　　　——《與永恆拔河‧九廣鐵路》（1975.9.29）[30]

「母體」、「土地」展示一個記憶往返的場域，「又」與「似」介詞連用仿如搖籃搖擺的構圖。無論是「靈感的搖籃」（〈雲〉1955.6.5）[31]或「忘憂的搖籃」（〈九廣路上〉1974.12.9）[32]都是母親意象的中國載體。「古搖籃」呈現在記憶版圖裡，經由語言文字全面的與存在的現實斷絕，指涉具體現實的不可能性：搖擺永遠搖不回歷史過往，搖籃也只能在「我的回憶」裡作為心靈安身之所。搖籃被賦予生命，從靜態形象中導引出生產性，只不過同時它又只是一個抽象的世界，在一塊失根之地搖擺，它擺盪在這裡又擺盪在那裡，在水與風的飄蕩中尋找遺落的內在屬性話語：「微笑的水面像一床搖籃，水面的和風是母親的手」（〈揚子江船夫曲〉1949.6）。[33]船作為一個浮游的空間片斷，它是一個沒有定點的地方，以其自身而存在，自我封閉，同時又賦予大海的無

[30] 《與永恆拔河》，（臺北：洪範），1979，頁18-19。

[31] 《天國的夜色》，（臺北：三民），1969，頁99-100。

[32] 同註[30]，頁9-11。

[33] 安春海編，《余光中詩歌選集》第一輯，（長春：時代文藝），1997，頁5-6。

限性。從一個港口到另一個港口，從一個航向到另一個航向。而漂浮不定的水與風則是一個像泉湧般流動的空間，同樣是搖擺不定，惟獨以「微笑」及「和風」安撫內在屬性的不安與迷茫。從詩中搖籃意象，我們可以看到一種追念中的精神故鄉：「搖回那沃美的盆地啊搖籃，搖回抗戰的年代啊抗戰」（〈贈斯義桂〉1979.11.15）。[34]與土地牢牢相聯的搖籃帶著泥土的氣息，母子相依爲命，經驗孕育之恩也遭遇歷史之痛，如此的尷尬處境同樣出現在五四的文化搖籃裡：「那嬰孩的乳名叫做五四……在驚魘和失眠交替的現代，卻垂下搖倦了搖籃的手」（〈蔡元培墓前〉1978.4.4）。[35]父母親與孩子是家庭單位的基本構成要素，此時母親遭逢歷史裁決，文化核心身分不明，唯獨聽到「那嬰孩洪亮的哭聲，鬧醒兩千年沉沉的中國」（〈蔡〉）。「家庭」顯得不健全──父親已死，或如母親般身分不明，父母雙雙隱退或缺席，走向墓園預示死亡與再生。歷史瓦解，搖籃停擺，詞語終結，唯一支撐的僅僅是黃河泉源，它再現了「母親」的終極意義：「你祖露胸脯成北方的平原，一代又一代，餵我辛苦的祖先」（〈黃河〉1983.5.7）。[36]

提起黃河，自然會想到中華民族的「母親河」或「搖籃」，從而生出無限的崇高感，它是「中國」或「中華民族」的精神表徵。這個民族母親河，是中華民族新生的希望──「最老，最年輕的，你這母親」（〈黃河〉），於此完成黃河作爲橫跨時空的中國形象之塑造。黃河的美，與其在於自然景觀，不如在於它的歷史意蘊──它作爲「母親河」並因著對中華民族哺育或滋養從而被賦予悠久的中華文化傳統表徵。在這裡，黃河不是因爲被當下眺望才產生以上的表徵意義，而是它本身就早已被潛存的歷史文化優先賦予上述意義。而這種意義早已以代代相傳

---

[34] 同註24，頁49-50。

[35] 同註30，頁32-35。

[36] 同註27，頁90-95。

的方式被注入中華民族的血脈裡，成為某種「心理定勢」或「期待視野」。這種注入，由於漫長的文化熏陶作用，是同時充滿文化理性和親情意味的，以致無需思索就能感受到它的崇高魅力。於是，作為照片中靜止凝固的物體——黃河，其書寫意義只不過是一種受到「心理定勢」或「期待視野」預先制約、走過場似的姿態而已。在經歷搖籃隱喻的美學銘刻，含混的「母親」形象終究是以缺席的身分出場。然而「文字」並未封阻「她」的存在，圓通寺是另一道出口。我們不妨再度跨入圓通寺的門檻，去尋找極具血肉的母親與「中國」的象徵意義。

　　從「載母親向永恆」的永恆性（〈月臺〉1958.7.23）[37]、「中國，母親，七級的浮圖」（〈四方城〉1976.4.18）[38]的空間性到「母親啊，滴著我的回憶」（〈招魂的短笛〉1958.7.14）[39]的記憶性，試圖以此提煉、昇華母親／中國的完整形象。母親的歷史——實質上的具體性被抽離，已從「生物性的母親」純化／升華為「中國人的母親」，在與土地長眠之處進一步提升「中國大地之母」的境界——永恆的「中國」隱喻：「啓骨灰匣，可窺我的臍帶，聯繫的一切」（〈圓通寺〉1960.12）[40]以及原初的烙印：「是我記憶中最早的形象」（〈母親的墓〉1967.1.14）。[41]於此具體經驗一個通過——獻祭——復歸的儀式，被命名的空間顯然並非停留在圓通寺內，而是一個比它更純粹的他方：一個本質性的中國，一個想像的、理想的存有、一個隱喻——「母親」。詩中命名了「她」，生產出「它」，進入她的內部，讓她生產出具純粹血統的「我」。而此一「母親」是純粹文化性的，或者說，她的

---

[37] 《鐘乳石》，（臺北：中外畫報），1960，頁79-80。

[38] 同註[10]，頁39-41。

[39] 同註[37]，頁75-76。

[40] 同註[16]，頁35-37。

[41] 余光中母親骨灰於1967年1月21日自圓通寺移往碧潭永春公墓，歸土安葬。余母江蘇武進人，1905年生，1958年歿。同註[33]，頁147。

文化性已凌越了生物性──以文化性（中國性）來純化，重新定義她的
物種屬性──她母憑子貴。生物上的母親被分離，具現另一個想像的、
更爲始源、更爲純粹的、一個「記憶中最早的形象」（〈母親的墓〉）
──原始母親（archaic mother）的出場。

父系話語中的逐日者

　　西方精神分析學說在探究文明的起源上，揭示人類文明的父權主體
論說。拉康（Lacan Jacques）的象徵秩序學說進一步窺探父權社會秩
序與欲望的關係。[42]在東方，在充滿意識型態信仰和政治論述的文化體
制結構內，「中國」在傳統上便是一個權力與政治交集的符號。另一方
面，文化象徵的重寫，往往是透過藝術家極爲個人主觀的扭轉，具有個
人的知覺性與顛覆力，卻只能處於象徵系統的邊緣，游離不定。藉各種
文化符號的搬演以延展殘存的文化記憶。「日／太陽」在此結合了多重
意義──它同時作爲民族之祖、理想之子與精神父親的隱喻，並在父系
話語中建構歷史之父甚或精神英雄的再現權力。對於「日／太陽」此符
號背後所呈現的政治策略與意識型態脈絡，在尋根之途中扮演一定的歷
史知覺性，透過「日／太陽」意念脈絡的延伸，本文嘗試觀察余作逐日
式的文學內蘊與「中國」符號、以及當中的父者形象與太陽圖騰所隱藏
的文化內涵。

　　按照羅素（Russell Bertrand）的解釋：集體理念世界是當太陽照
亮著物體時，我們所看到的東西；而萬物流轉的世界則是一個模糊朦朧

---

[42] Lacan Jacques. *Ecrits: A Selection*. tr. Sheridan. Alan. New York: W.W.Norton & Co.1977. p120.

的世界。眼睛可以比作靈魂，而作爲光源的太陽則可以比作眞理或善。㊸
在黑暗之中所有的追尋都搖擺不定，思想視域只能從日光照亮的客體那
裡收穫意義，日光因捕捉客體意義的視域而豁然開朗，使人們從意義的
黑暗走向理解的光明。不妨閱讀此處夸父逐日的信念：

> 與其窮追蒼茫的暮景
> 埋沒在紫靄的冷爐
> ——何不回身揮杖
> 迎面奔向新綻的旭陽

——《紫荊賦·夸父》（1982.4.20）㊹

惟有對文化象徵符號所代表的傳統意涵採取反面觀看的距離，才能躍升
到認知的彼界，我們在這裡不妨把這寓言場景作一文化探源的詮釋。新
綻「旭陽」賦予生命意義，在追逐光明理想的父之形象中擺脫灰暗地帶
的蒼茫暮景，這是一種夸父逐日般牢不可破的毅力。窮追不捨的信仰酷
似梵谷對「日」的體驗：

> 向日葵苦追太陽的壯烈情操，有一種知其不可爲而
> 爲之的志氣，令人聯想起中國神話的夸父追日，希臘神
> 話的伊卡瑞斯奔日（余〈凡高的向日葵〉）。㊺

㊸ 羅素著，《西方哲學史與從古代到現代的政治、社會情況的聯繫》上冊，何兆武、李約瑟譯，
　　（北京：商務），1988，頁167-168。

㊹ 同註㉗，頁16-17。

㊺ 〈凡高的向日葵〉《從徐霞客到凡高》，（臺北：九歌），1994，頁183-190。

在培根（Bacon Francis）的理念世界裡，「上帝才是善的主宰，光的父親」。[46]在暮靄中醒察「精神之父」光之所在，從「旭陽」那裡借渡一束本體精神話語的隱喻之光。在這層推演性概念的符號展演中，理想的君／父如太陽般是一道向四方擴散的光，其終極隱喻播散在客體上，使客體成為緣光意義的載體，與「發射最強光的位置──旭陽」對立的「最深重的黑暗──暮靄」，同時作為理性的概念象徵。隨著依附父之法勾勒一文化王國，一種明確的權力版圖也得以重建：「新生的太陽，新生的旗，新生的希望」（〈叫醒太陽〉1987.8.5）。[47]無論是對理想之父的追尋或是精神之光的體驗，在此再現策略中流露了文化人的欲望同時卻也攜著不安。為此符號尋到中心位置，卻也可能是佛洛伊德式謎樣般的肚臍眼，我們以為找到了一個引向解構欲望與記憶的通道，然而這個孔隙／空洞符號卻也可能向更複雜黑暗的空間走去。被無限上升的神格化的主掌象徵次第的父親，在內容層面上我們也同時目睹了他／父的終究缺席：他始終不在──

> 曾經，我翻遍所有的史籍
>
> 找那古國最難忘的一頁
>
> 直到有一晚，忽然，我發現，
>
> 那一頁竟是──父親的臉
>
> 　　──《在冷戰的年代・讀臉的人》（1968.5.19）[48]

---

[46] 培根著，《新工具》，關琪桐譯，（臺北：商務），1966，頁73-74。

[47] 同註[19]，頁131-133。

[48] 同註[14]，頁113-115。

史籍作爲主體棲居的精神家園，迎合古人「經，如日中天」之說。[49]在本體的意義鏈上，南宋史學家鄭樵認爲孔子與「六經」都是太陽的化身，熔鑄了東方詩學文化傳統的「向日情結」，使得後世不得不在一種文化心理上以信仰朝向太陽來看這此在世界。[50]藉著引用古中國文化之文本，回溯並尋思文化根源，由此引發經驗世界與文化思維的內在斷裂，這樣的偶然有其歷史必然性。「夜」讀遇「父」的寓言驗證一種嵇康般的處在「暗室」的概念性替換：

> 處在暗室，睹蒸燭之光，不教而悦得於心，況以長
> 夜之冥，得照太陽，情變郁陶，而發其蒙也。[51]

在嵇康看來，處於「暗室」者其心靈的洪荒即是以信仰「六經」之光，對「讀臉的人」而言，正象徵了在文化浩瀚中尋父取光的終極旨意。「向日情結」沉重的文化負擔使得詩極像一篇想像性祭文，面對一個「理想父親」的祭壇，如同古代阿蒂斯神廟前的祭司，獻上的是一個男人所能奉獻的最寶貴的東西：歷史意識型態欲望與原初信仰。作爲逐日的文化崇拜，經由象徵秩序賦予其中意義，這似乎是烏托邦英雄在現實中的必然命運，這個理想父親藉由文字符碼呈演，但他始終是個不曾出場的父親，再現「父親」的欲望因此難以斷絕。這一個內心隱秘的欲望

---

[49]《四庫全書》編目以「經部」爲首部，「經稟聖裁，垂型萬世，刪定之旨，如日中天」又是《四庫全書總目・經部總序》的首句表達。一部濃縮《四庫全書》之精神的《四庫全書總目》就是這樣在「經，如日中天」的起勢句中鋪演，並統領起整個古代東方華夏的文化傳統。

[50] 鄭樵在《六經奧論・總文・夫子作六經》中曰：「天不生堯舜，百世無治功。天不生夫子，萬世如長夜。堯舜治功顯設一時，夫子『六經』照耀萬古」。（南宋）鄭樵撰，《六經奧論六卷總文一卷》見《四庫全書薈要》經部第七冊，經解類，（臺北：世界書局），1985，頁1120。

[51]《張遼叔自然好學論》（魏）嵇康撰，見《全上古三代秦漢三國六朝文》（清）嚴可均校輯，第二冊，（北京：人民文學），1962，頁1337。

同樣是一個童年窺視者的欲望，窺視的目的經常並非是對所窺視對象的
批判和改變，相反的，是尋求被象徵秩序──父之法所包容和接納。

「尋根」主題一開始便已被編寫在余光中的潛文本（sub-text）
中，走上它漫長的尋根之路──尋找政治之根、異域之根，文化之根、
家族之根、形式與美學之根。尋根的美學實踐證明，它也同時努力地爲
我們提供一個強有力的、當代文化象徵秩序中的正面男性（或父性）形
象。就此而言，藝術引用彼此間因跨越符號疆界而產生之混沌、陰陽共
生（並存）之牽連而形成有趣的對比。他（父）／她（母）成爲意義指
涉不定的符號，在詩作中構織成文化書寫的焦點場域，同時展示「中
國」之軀體性（corporeality），這是一種文化符號的內省行爲，表達
出人們努力爲自我尋求出路。

三、神話英雄再生

神話思維如同人類的實踐精神，一方面對客觀世界充滿不安與崇
拜，另一方面又在不斷尋求「獲得自己」的出路。[52] 這種探索源自於企
圖找到現代文明與遠古文明之間的聯繫，以及一個民族潛在的動力，並
找出本民族文化在整個人類文化起源中的恰當位置，以增強民族自信和
應有的自我反思。

羅蘭巴特（Barthes Roland）認爲神話是對語言和種種媒介再現的

---

[52] 神話思維作爲人類最初形成和發展起來的一種原始思維形式，是原始先民用想像和借助想像認識
物質世界的一種現存實踐的思維，或叫「實踐精神」。引自武世珍，《神話新論》，（上海：上
海文藝），1987，頁3。

過程，是一種「再政治化（repoliticization）」的言說。人依其需要去政治化，也即巴特所說的，神話的定義並不來自其訊息物件，而是來自神話吐露此一訊息的方式。[53]從這個角度而言，神話內容已不重要，反而是再現的意義起著關鍵作用。就質來說，神話符徵（signifiant）貧乏而符旨（signifie）豐富；就量來說，神話有大量繁複的符徵，而它的符旨則總是被典型化。卡西勒（Cassirer Ernst）則提出神話是作為符號（symbols）而存在，它們都各有一種獨特的「看」的方式，唯有通過語言的媒介作用，實在的事物才得以轉變為心靈知性的物件，其本身才能變得為我們所見。[54]而在卡西勒眼中那是一種單純「回憶的藝術（recollective art）」。在這種藝術中，一切努力都只是強調感官所知的某些特徵，只是在人為的意象中把它們呈現給記憶。因此這樣一個事實就越明顯：一切表面上是「再現」的東西都以意識的原始自發活動為前提，思想內容之所以能夠再現，以產生代表它的符號緊密相聯，在產生這個符號的同時，主體意識也變得自由獨立起來。

由此我們不妨觀察余光中作品〈羿射九日〉（1957.8.12）、〈五陵少年〉（1960.10）、〈燧人氏〉（1961.2）、〈禱女媧〉（1992.7）、〈天狼星變奏曲〉（1976.4.18）等系列詩，如何透過語言文字的演繹引領后羿、盤古、燧人氏、女媧等神話人物出場。其動力不見得是懷古抒今，而是在於對「中國」的「精粹部分」與「神型」的強烈投注，以便重建「英雄中國」的精神秩序。這種書寫策略，在《天狼星》（1976）的系列作品如〈古龍吟〉、〈四方城〉、〈大武山〉（1976.4.18）中有進一步表現。就在此系列神話的虛構性中，或許余作更大的雄心／野心就是重建中國文學的英雄傳統，藉神話英雄人物的出場，重建傳統文化的英雄形象，並藉此重整母文化（相對於西方文

---

[53] 羅蘭巴特著，《神話學》（*Mythologies*），許薔薔等譯，（臺北：桂冠），1990，頁2。

[54] 卡西勒著，《語言與神話》（*Sprache und Mythas*），於曉等譯，（臺北：桂冠），2002，頁9。

明）的弱勢位置，加強書寫的文學意義。

多重變奏

中國上古神話中關於創造發明之父的文化英雄記錄，具征服型的英雄形象；文化型的超人在希臘則具有天神的身分，而各民族體系神話的內在精神主幹，均為父權意識——「神系」是為宣傳父權正統而設。(55)英雄史詩的產生是一種具有世界意義的文化現象，是各民族累代發展起來的智慧之果。神話故事究竟是宗教的神話還是某種程度的歷史傳說，都是對某種歷史現象的折射和表現。在具有高度發達文明的民族那裡，人類的精神文化常寄寓在宗教的蟬殼之中，精神文化的最高凝煉體即為宗教。神話具歷史化、倫理化、尤其是人格化政治化傾向等；奧林匹斯系與少典氏帝系，都是父權世界觀的神話代表。而中國古典神話中一個最顯著的特徵就是神話人物的歷史化。這些神話人物在儒家正教的影響下，很早就演變成為上古時代的歷史人物。或許我們可以從詩人如何應用古傳說反覆論證己文化中看到「中國」符碼的痕跡，並藉此精神力量，施展文化新生的能力。余作在這裡以轉向神話英雄再生力量的召喚，開展一個具有神話孕育生機與自我更新創造的文化主體。盤古、后羿、燧人氏等神話人物的出場，不純然是借古喻今，揭示神話存在的手段，同時也可視為一種再創並設定自我內在世界的力量。盤古此一符碼多次出現在不同詩作中：

---

(55) 謝選駿，《神話與民族精神——幾個文化的比較》，（山東：山東文藝），1987，頁33。

鏽的是盤古公公的巨斧

劈出昆侖的那一柄

　　　　——《天狼星・古龍吟》（1976.4.18）[56]

宇宙的瘂攣，天河的決堤

盤古的倉皇坐起

一座神的傾倒，一顆星的毀滅

　　　　——《鐘乳石・羿射九日》（1957.8.12）[57]

〈古龍吟〉、〈羿射九日〉環繞盤古開天闢地的精神——開創天地，重整宇宙秩序。從神話學的角度來看，盤古作爲文化民族英雄，對中華民族具有普遍共同的象徵意義。盤古開天闢地神話在系列創世神話中具有特殊地位，它永遠被擺放在首位，即被放在系列創世史詩的開頭或篇首，這是因爲原始先民們當時已認識到，「天」、「地」是世間萬物賴以生活和存在的場所。沒有天和地，世間萬物就無所依附，世間萬物的來源也就無從談起。藉此神話骨架，托用盤古「掃天崩的殘局」、「牽開積雲，渾沌的謎底就揭曉」（〈天狼星變奏曲〉1976.4.18），爲人間尋找出路，也爲自我尋求開示。漢族古籍《三五曆紀》記載「天地混沌如雞子，盤古生其中」，「陽清爲天，陰濁爲地」大都認爲宇宙是渾渾沌沌的。天地相連，由盤古把天地分開，始有滋生萬物的大地。盤古開天闢地，被描繪爲勞動世界「左手執鑿，右手持斧，或用斧劈，或以鑿開，自是神力。久而天地乃分，二氣升降，清者上爲天，濁者下爲

---

[56] 同註⑩，頁31-33。

[57] 同註㊲，頁23-26。

地，自此而混茫開矣」。[58]再看詩作中盤古形象：「盤古捋住長髯，凝住碧瞳，沉吟著」（〈對奕〉1958.7.22）[59]、「握住永恆，永恆有多長，盤古的蒼髯，可以繞渾沌幾轉？」（〈握〉1962.8.22）。[60]盤古「蒼髯」是開天闢地與生命恆常延續的象徵，盤古「以血液爲江河，筋脈爲地裡，肌肉爲田土，髮髭爲星辰，皮毛爲草木，齒骨爲金石，精髓爲珠玉，汗流爲雨澤，身之諸蟲，因風所感，化爲黎甿」。[61]他把身軀的一切交付給大自然，垂死化身，變成世間萬事萬物，突出不朽的英雄形象。作品中盤古精神活靈活現：舊秩序崩裂，英雄登場。而這往往也是文明的開端：弭平來自於自然、原始的不可預測之力量。〈羿射九日〉透過具有宇宙特質的神話符號，達到雙重意象的重疊，傳統與現代的並置凸顯借古喻今的措意：

> 將英雄的意志託付給遠征的箭
>
> 它埋伏我懷中
>
> 一個欲與光競賽的萬米選手
>
> 將戰士的決心託付給不屈的弓
>
> 它奮臂掙扎
>
> 要拉直我的命運之弦
>
> ——《鐘乳石‧羿射九日》[62]

發表於五十年代末的〈羿射九日〉，搬演羿和十個太陽的故事，象徵性

---

[58] 袁珂，《古神話選釋》，（臺北：長安），1986，頁2。

[59] 同註[37]，頁77-78。

[60] 《蓮的聯想》，（臺北：水牛），1999，頁73。

[61] 同註[58]，頁2。

[62] 同註[37]，頁23-26。

亦是儀式性地鋪成雙重矛盾的歷史認同與文化寓言。「英雄的意志」、「戰士的決心」對映「遠征的箭」與「不屈的弓」（〈羿〉），以抗拒民族衰敗的刻板歷史形象，重建國族民運之弦。羿神話和十個太陽神話緊密相扣，羿之所以成為古代人民愛戴的英雄，主要就為他當日「十日並出，流金礫石」（《楚辭・招魂》）傳說中堯之時，憑著他英勇的精神和神妙的射技，仰天控弦，一口氣射落九個太陽，只留下一個太陽，替人民解除了嚴重的旱災威脅。〈羿〉詩藉引古中國神話，回溯並延續歷史根源，並藉此再造男性中心價值體系的中國文化意識型態架構，以儀式化的史詩敘述召喚集體記憶。重建「中國」形象就得向自我挑戰：「不畏天譴，不畏焰獄的無期徒刑」、將憤怒化為力量：「我憤怒，我憎恨，我鄙視暴君群的太陽」（〈羿〉），展現了民族氣魄和頑強的鬥爭意志。這種以神聖化論述的儀式架構與意識型態張力，同時也顯露不安的修辭策略：以「羿射九日」的表述意圖同時讓我們注意到，傳統神話帶出了現實的考驗——文化再生不是輕而易舉的，如何拉直命運之弦？其過程就如羿射日般的艱巨，不斷經歷決鬥、毀滅與再生。於此同時，我們看到另一股民族豪氣也在燧人氏此「民族老酋長」（〈燧人氏〉）中開展：

　　一條運河貫通四肢和百骸
　　唱起熊熊的讚美詩
　　讚美燧人氏
　　　　　　——《天狼星・大武山》（1976.4.18）[63]

　　擎火炬，吶一聲喊，吶一聲喊

---

[63] 同註⑩，頁56-61。

看我們肩起火神，在一顆

死了的星上

——《五陵少年・燧人氏》[64]

燧人氏起源於火的神話。傳說中的燧人氏是個極有睿智的人，依常理燧明國終年罩在黑暗之中，人民能在光亮之中作息自有其理，林中閃爍之光的來由讓青年最終解除了迷惑：樹與鳥一啄之間所爆發出來的燦爛之光讓他想出了鑽木取火的方法，由此傳授給天下百姓。火神神話不論是直接給人們以火，還是間接給人們啓示教人們取火，作爲這些行爲的主人和初民的密切關係標示另一層意義：它不僅在時空上和人類同處一世界，在生產、生活和感情上也和人類休戚相關，對這人類的救贖者自然讚美有加。火神精神鑿痕累累的穿越作品，爲一顆失去靈魂的「星」作得救的見證。〈火把〉（1977.4.8）則把燧人氏視爲文化薪傳的象徵：「記憶的那頭傳來一枝火把，夜的心臟，從燧人氏的手掌」。[65]把文化和記憶徹底的美學符號化，文化火源得以延續，因此「這火把，不能在我們的手裡熄去」（〈火〉）。超越文化相傳的不朽性，當實存轉換成符號，有限的存有即向無限開展。在「火」字的形與義中，仍可看見神話場景中餘燼繚繞，神話的背後銘刻了文明源頭生存於草昧之界的先祖的原始經驗，他們的勞苦、艱鉅、歡樂、憂懼、理性或感性都賦予讀者豐富的現代照鏡。

每一個古老的傳說都有它感人的史前史，神話的集體經驗。這些集體經驗在文字的演變中以不同形式登場，而復活古老神話的原始生命力遂成爲余作的志業之一。民族英雄的再生通過盤古、蚩尤、大禹等與宇

---

[64] 同註⑯，頁38。

[65] 同註㉚，頁161-163。

宙展開對話，五千載黃粱一夢的原始場景與藝術感性在字裡行間顯現生
機。

女媧圖騰

　　如果說對美的神話崇拜將影響我們觀看事物的方法，那麼符號的
再現也必足以影響／代替真實世界。除了致力於傳統英雄神話的中國形
構，余作也帶領讀者回歸女神祭典儀式，藉推崇女神的尊貴，再現「中
國」精神。處於虔誠膜拜的位置而反覆再現女神姿態，由此引發潛在的
女神吶喊，以顛覆歷史中國的壓抑特質，而此象徵聲音則來自創世女神
──女媧的銘刻。

　　在一種富有中國象徵意義的女體聲音中，女媧圖像展示了女神特質
──一種獨特的女性類型及神話式的智慧。從正史背後破籠而出，女神
的轉化書寫提供一種類比和凝視自我所需要的文化資源。女媧神話體現
女媧的創世功績，以及女神創生滋育萬物的生命力量，這種力量貫穿在
文字之中──〈羿射九日〉、〈迷津〉（1963.3.16）與〈禱女媧〉是
其中之例，在文本虛構與歷史敘述中形成一種顛覆現實的空間，女媧符
號成為這些詩中不可或缺的表徵：

　　　　一陣隕石如紅瀑布之譁然濺地！
　　　　女媧氏，煉更多的五色石去補天！
　　　　　　　　　　　　　　　　──《鐘乳石，羿射九日》[66]

---

[66] 同註[37]，頁23-26。

女媧所展示的生命力流露在詩的語言中，是以作爲回歸中國傳統力量
的資源。女媧的出現是在「四極廢，九州裂，天不兼覆，地不周載」
之時，「煉五色石以補蒼天，斷鼇足以立四極」（〈淮南子‧覽冥
訓〉）。石頭正是堙塞洪水最好的工具，直至「蒼天補，四極正；淫水
涸，冀州平，狡蟲死，顓民生；背方州，抱圓天」[67]，確實道出女媧的神
通和本領，歷經萬難，終將災害平息，使沉溺在痛苦深淵中的人類得到
最終的救贖。作爲創造人類、修補天地殘破、使世界獲得重生的大地母
神，在〈羿〉詩中成爲動力之源。經歷變型神話的轉化過程，以大自然
的原始力量啓發文化體悟──一個具有女神孕育生機與自我更新創生的
文化書寫於焉誕生。質言之，這一個記號空間變成了一種具有顛覆力量
的場域：「可以補天，可以塡海……可以煉」（〈迷津〉）。[68]女神文
化語言成爲內在動力之河，驅動身體語言，展現對母文化再生的召喚。
母文化的缺席化身爲隱匿的敘述者，藉詩作探出歷史的觸角，馳騁於女
神話語之間，從歷史文化中擇取能量去向自身作內在探索。隨著符碼力
量的無窮性和內在驅動性，加強了主體自我的認識，不只是探尋，且同
時挑戰了歷史和文化想像的集體關係。女神的象徵意義不但成爲想像力
及敘述力量之來源，在文化和自我意識之間更呈現相互辯證的關係。

　　在〈禱女媧〉的召喚儀式中，我們看到女神的出場已是當務之急：
「災區已升高，褻瀆一直到你的腳下」、「杞人在世紀末告急的祈禱」
（〈禱〉以下同）。[69]女媧的救世力量成爲另一種英雄符碼，藉此符碼
的神聖性，爲人類建立「最純潔的青釉」、「最高貴的感情」。作爲符
號化的女媧化爲書寫歷史、辯證文化的儀式與象徵，女神的現身已被賦
予救贖者形象。「她」是古老智慧的庇護所、個人回憶和遠古神話縈繞

---

[67] 同註[58]，頁28。

[68] 同註[60]，頁119-122。

[69] 同註[20]，頁68-77。

的大地，就像一個由現實的碎片組成的神權夢土一樣，另一方面，又像一種文化追尋。

謝閣蘭（Segalen Victor）把神話看成是一種「可重寫的文本」，[70]彷彿它是可以隨意拆裝的語言積木，其價值只在於被不斷地解構和重構。歷史的眞實性和文學的虛構性在余光中的神話文本中接受了再現的挑戰，此種神話文本在歷史中敘事，撕裂歷史，又以詩的形式重構歷史，爲「中國」再生性提供另類文本生命和詮釋意義。余詩中擁有其獨特的神話中國再生符碼系統與權威表述，它必須也只能在其唯一的語境──當代中國現實中得到詮釋。這兩套經典編碼：現實政治與民族傳統文化的相互編織與交替使用，儘管不無微小的裂隙與矛盾，但卻可在主導意識型態的權威話語中得到充分的彌合與消解。借用神話人物粉墨登場，古今大搬風的神話符號，展現個人對中國文化再生的呼喚，我們看到詩中以堆塑英雄、凝結英雄形貌來固定文化的論述結構，進入這個框架，也不免向一個磁場中心出發，而進入再現「中國」的無限延展。

四、歷史的緘默與發音

布魯克斯（Peter Brooks）以敘事的欲望（narrative desire）解釋構成閱讀過程的動力和衝動。過去（歷史）爲人刻意壓抑不得彰顯時，會構成一種「拉康式」的欠缺（Lacanian lack），從而產生「欲望」。此種欲望在文本中表現於角色對空白、縫隙試圖做的塡補，更經

---

[70] 謝閣蘭著，〈重寫神話〉，收入樂黛雲等編，《文化傳遞與文學形象》，秦海鷹譯，（北京：北大），1999，頁257。

由敘事化（narrative）方式引起讀者同樣的欲望，而在作者／讀者的共同努力下，將湮沒的過去再現。[71]何金恩（Hutcheon Linda）在討論現在與過去時指出：「對於過去的認知成為一個再現的問題，亦即應當如何建構及詮釋，而非客觀的記錄。」[72]因此，再現過去或歷史本身即具有敘事以及詮釋的動力，此種力量來自作者與讀者在論述空間所產生的互動力。再現歷史，使歷史不曾缺席的力量，不僅涉及作者的書寫策略，也涉及讀者的閱讀策略。作者與讀者雙方透過文字媒介，一同尋找失去的環節：由個人的迷思，延伸至家國的缺憾，更進而呈現出整個歷史的湮沒，這是對歷史採取的一種「以虛求實」的再現方式。在再現「歷史中國」的論述策略中，余光中詩作如何呈現歷史想像經驗？如何在意識型態領域中挪用歷史符號？必須注意的是，此意識型態符號在促成「自我運作」的功能時，常遭遇歷史的分裂與自我離異（split self），在重讀有關歷史、意識以及主體批判論述的過程中，我們同時也要探察詩作如何顛覆歷史，並讓歷史重新發音。

載體：蘆溝橋

　　史學者康斯丹狄諾（Renato Constantino）指出：「倘若要使現在饒富意義，過去不應只是沉思默想的對象而已。」[73]歷史旨在掌握過

---

[71] Brooks Peter. *Reading for the Plot: Design and Intention in Narrative*. New York: Vintage. 1984. p37.

[72] Hutcheon Linda. *The Politics of Postmodernism*. London: Routledge. 1989. p74.

[73] Renato Constantino. "Notes on Historical Writing for the Third World". *Journal of Contemporary Asia*. New York: Routledge. 10.3. 1980. p234.

去，其實最後的指涉還是現在。檢視余氏史詩書寫經驗中種種被壓抑、消音但卻以不同形式的敘事殘存於記憶中的「過去」，當可發現書寫進程中隨處可見的歷史符碼。余作中一種「傾北斗之酒亦無法燒熄」[74]的歷史召喚隨處可見，古今歷史人物被重新搬上現代舞臺，透過呈演各自的符號文本，重新思考、重新塑造過去的歷史意涵。數篇以蘆溝橋為象徵載體的詩作中，可以發現一種歷史真理之聲，詩的想像性再現並不止於忠實的記錄過去，而更是一種「預言式的回顧（a prophetic vision of the past）」。這種回顧和現今的關懷縱橫糾葛，歷史的漏洞與窘困並未使人裹足不前，反而有助於拋掉歷史權威，重新創造「對抗記憶（counter-memory）」[75]的歷史新知。

從〈在冷戰的年代〉（1968.5.7）[76]、〈楓和雪〉（1966.12.9）[77]到〈老戰士〉（1972.9.28）[78]，「對岸的櫻花武士」、「防空洞的歲月」、「夷燒彈的火光」、「在同一個旋律裡咀嚼流亡」（〈在〉），皆是個人或集體歷史記憶。重新發現過去及其所捕捉的記憶——不管其敘事面貌為何，確如康氏所說的「揭露整體事實的過程中不可或缺的部分」。記憶的內容也許不盡相同，但卻是民族共有的歷史經驗和遺產，它交織著國族長久以來被扭曲、壓制以及被邊陲化的獨白。老戰士的舊傷口正好可以用來對抗歷史敘事中被迫隱沒的印跡：

[74] 〈逍遙遊〉《逍遙遊》，（臺北：時報），1984，頁153。

[75] 根據傅柯的說法，「記憶」是為「傳統的歷史（traditional history）」和知識所擁有，這種歷史和知識經由傳遞、銘刻、批准，而有了名過其實的「真理」的地位。而「對抗記憶」抵抗官方對於歷史延續性（historical continuity）的說法，反對作為知識的歷史（history as knowledge），並且揭露知識的偏面／片面（knowledge as perspective）。參見Foucault Michel. *Language, Counter-Memory, Practice: Selected Essays and Interviews.* ed. Donald F. Bouchard. Ithaca: Cornell University Press. pp156-160。

[76] 同註[74]，頁105-109。

[77] 同註[74]，頁9-10。

[78] 《白玉苦瓜》，（臺北：洪範），1974，頁65-67。

撫不盡的累累塞外摩挲到江南

他撫摸中國像中國撫摸過他

撫不平的累累記憶不平

亦血亦汗亦淚亦流水

　　　　　　　　──《白玉苦瓜・老戰士》

從「塞外摩挲到江南」以地理空間凸顯歷史時間，頻頻以「撫」字重現，以安撫之手縮短時空距離。「血」、「汗」、「淚」交織混合並以「流水」爲交集，源源不絕的流水隱喻與「中國記憶」融爲一體。如霍爾所言：「過去不僅是我們發言的位置，也是我們賴以說話不可或缺的憑藉。」[79]藉老戰士將歷史「撫」出，重新讓歷史有了發聲的權力。〈楓和雪〉在歷史的敘述脈絡裡，透過父女對話：女兒的「大眼睛裡沒有蘆溝橋」（〈楓〉），試圖連接即將斷裂的歷史臍帶之同時也多少透露了歷史被消音的隱憂。在這些「再記憶（re-memory）」的時間裡流動，兼顧過去同時也渴望與現在結合。「蘆溝橋」的再現讓湮沒的歷史重新發聲，卻不帶有權威的口吻，而是，以說故事的方式讓橋下流水娓娓道來：「水流橋不流……蘆溝橋是永永久」（〈老戰士〉）。在橋之外斷斷續續的再現歷史中國之夢，也同時爲重構民族自我而努力。流水的隱喻與歷史的書寫動機結合，點點滴滴伴著橋上的永恆記憶，對於失去歷史的族群而言，「緬懷（remembering）」或「再記憶」不僅意味著重新挖掘被掩埋的過去，整個行爲本身即是心理重建、重歸所屬的認同過程。

---

[79] Hall Stuart. "Ethnicity: Identity and Difference". *Radical America*. 23:4.Boston. 1991. pp18-19.

解構民族靈魂學

　　「中國」作為一種歷史再現的代碼，也同時是歷史想像的源泉——把原有歷史敘述中未被釋放的一面加以釋放，以彌補被壓抑的「潛歷史」。歷史的召喚離不開主體意識的焦慮——一種民族集體的匱乏性以及「主體」之缺席所引發的歷史無奈。歷史的破碎經驗使得民族靈魂像是飄蕩的吉普賽人，在不同的歷史場域裡游移，從蘆溝橋到咸陽城、從史可法到李廣，從南京大屠殺到鴉片戰爭，這些破碎歷史片斷再次在詩作裡被搬演。

　　〈刺秦王〉（1981清明節）（以下同）[80]以文字具現一個英雄的失敗以及「暴君」秦王的權威形象。「一滴滴，刺客的恨血」（〈刺〉）洗不盡咸陽與六國的憤恨。詩中試圖塑造一個反諷的歷史意象和角色——暴君，以及落寞英雄——刺客。此處用過去不具傳統英雄主人翁氣勢的主角方式（anti-hero）表現出一個非但沒有雄赳赳氣昂昂，反而是一個失落的歷史英雄人物形象：

> 斷了，左腿，敗了，壯舉，
> 空流了太子的熱淚，
> 一滴滴……
> 遍天下的豪傑啊，誰來救他？
>
> 　　　　　　——《隔水觀音・刺秦王》

---

[80] 同註㉔，頁143-147。

藉過去的史實與正反歷史人物（荊軻、秦始皇、秦舞陽、燕太子丹等）的出場，道出歷史的衝突與矛盾。這是一首經由敘詩者「窺伺」歷史事跡的作品，而敘詩者也介於史事與讀者之間。詩前部分把重心放在刺客刺秦慘敗的經過，後半部則移轉至捲土重來的決心與意圖。「贏家的棋變成輸家的棋」，歷史裡沒有絕對的贏家與輸家，歷史再現意圖由此建立自身的註腳。詩的末端將欲望化成行動，除了楚兵千炬之外，更結合心靈動力以成就這段「完美的歷史（the beautiful history）」。當「那把匕首斜插在柱上，猶在閃動歷史的鏡子」時，敘詩者也同時介入一種美學、歷史和多重自我的關係中。在刺秦王的「歷史鏡子」中一再塑造預言式的歷史詮釋，弔詭的是「預言，是再也不說的了」——歷史詮釋都有其限度，也沒有結束。

鞠躬盡瘁，成仁取義的先賢志士，是另一種歷史再現素材。史可法作爲明一代完人，極具民族英雄色彩。其慷慨就義，悲壯節烈的精神再度被詩人記錄於梅花嶺上：「青史的驚魘掀到你這一頁，懍然於刀瘢猶未合血漬猶未乾」（〈梅花嶺——遙寄史可法〉1982.8.2以下同）(81)，英雄的血跡未乾，它共耀於書寫的餘墨中。從「天寧而去的背影」到「霍山你的威靈」，對於不在場的歷史他者，再現歷史的渴望更形強烈，無家可歸的英雄之魂只得安息於筆觸之下。除史可法，李廣此飛將軍的英雄側影在〈飛將軍〉（1973.7.18）(82)中同樣被銘刻：「兩千年的風沙吹過去，一個鏗鏘的名字留下來」。在千年史事中重新爲李廣塑形，其銘寫的意義，已被深化爲詩人內在歷史經驗。「鏗鏘的名字」不被千年風沙吹去，在靜默相對裡，見證了「飛將軍」的重生，縈繞不散的民族幽靈在文字鋪成中再現歷史印跡。

---

(81) 同註㉗，頁59-61。

(82) 同註(78)，頁125-127。

　　冰冷的武士刀在南京人身上的「進出」則是對沉默歷史的吶喊。當半世紀的歷史傷口一夜驚醒，「所有的血都不曾忘記」（〈進出〉1982.9.29）。[83]詩中用「武士刀」與「血」呈現民族創傷經驗，並在詩末向敵軍怒吼：「從今天起，只准出，不准進」。從歷史記憶出發，那被歷史滅跡的武士刀所帶出的正是一種充滿國族慘遭閹割的意象。記憶戮穿了皮膚、刺穿了肉，民族的血化為記錄、變為文字。以文字構成的歷史和其無法表達的事件本身實際血腥的一面。從文字的記憶中，肉體的刺穿和血的流失被記錄下來，而文字本身被加諸了肉體的層面，無論是〈梅花嶺〉的血漬或〈進出〉的血，以墨水為隱喻是為血管中所流的血，而另一寫作的隱喻是進出民族肉體以血的流紋為文字或以血漬為永遠洗不掉的字跡。文字因而擁有了實質肉體的存在，而不僅是白紙上的一些黑點。

　　詩人在重重史的創傷中試圖以詩的言語安撫集體記憶，〈放心吧，欽差大臣──焚寄林則徐〉（1986.9.13）[84]只是這股浪潮中的一個點，或是一個代表性的象徵呈現。「蒼白的病夫」為「岸上側影的雄風」所取代；從前是「戰戰兢兢地關著窗子」，如今是「大大方方地坐著」；從前是「走私的蝦艇」，現在是「昂然的貨櫃船」（〈放〉）。「蒼白病夫」、「側影雄風」；「戰戰兢兢」、「大大方方」的對比，試圖在一明一滅的歷史煙火中，在昂首闊步的瞬間，重現民族尊嚴。跨過時空之外，來到現實的臨界點，文字顯然代替了當年的落寞，它非但安撫了墓園中的靈魂，也為飄散的史之言語找到了安置之所在。

　　超越時空的有限，在歷史框架外，沉默的歷史事件與人物不再對歷史裝聾作啞，它又回過頭來發揮它的力量，被遺忘的片斷重新進入讀者

---

[83]　同註⑳，頁70-72。

[84]　同註⑲，頁72-75。

的記憶，使得人們再次憶起古中國尚存的餘威。就像佛洛伊德（Freud Sigmund）所說：「被壓抑的總是要回來的」，歷史的多元性與主體的複雜性於此呈現了多重逆反的書寫意義，衍生出潛存瓦解的意識，則是尋求「新」的自我認知模式的必然途徑。於此，我們見著詩作中所隱含的一種對歷史文化鑽之深，敬之重的意念和感情，它充分流露於各系列史詩中，無論在主觀意圖上還是在客觀效應上，它始終維護了史詩品格的真與美。

五、中國──倩影

在古今中外許多男性的作品中，常藉女性來表現第二自我。正如佛洛伊德所說，人所愛的物件實際上是自己的影子。人們所追求愛的物件，都是自戀式尋求認同的過程。而自我需要與理想的自我形象結合，或是與自我所匱乏的特質結合，為的是要完成自我的整體發展。[85] 根據劉紀蕙，在這類男性作品中，說話行動的主體──「我（I）」──都是男性，他們所追求的理想物件實際上是他們自我的延伸。[86] 他們在女性身上看到自己的影子、第二個自我，如同鏡中的倒影；她們成了男性的影子、男性的夢土、男性想像力的象徵符碼。這些女性不需要有獨特

---

[85] Freud在《論自戀》一文中指出自戀是一種保衛自己的本能，使自我的不足得到補償。Freud Sigmund. *On* Narcissism: *An Introduction, General Psychological Theory*. New York: Collier. 1963. pg56-82. 另，心理學家榮格（Carl Jung）在討論集體潛意識時，則提出anima的觀念，他認為男性的靈魂是藉著女性的形象表現。Carl Jung. *The Basic Writings of C.G.Jung*. tr. R.F.C.Hull. New York: Pantheon Books. 18vols.1959。

[86] 劉紀蕙，〈女性的複製──男性作家筆下二元化的象徵符號〉，（臺北：《中外文學》），第18卷，第1期，1989，頁115。

的面貌個性，她們皆可以保持沉默，因爲她們的說話無非是男性的聲音、男性的思想。因此，在男性文學中，女性成爲男性意義認同與自我表達的形式，是自我另一面相的複製。[87]透過書寫的自我投射過程，女性成爲象形符號，代表文化中男性所追求的某種「陰性（feminity）」特質。[88]周蕾則提出：

> 古典中國文學中並不缺乏陰性……。中國文學史是男性變成女性的歷史。從前男性作家用女性聲音及「陰性」風格寫作；在現代，男性作家爲女性作爲他者的位置；以毛澤東對馬洛（André Malraux）所講的話來說，「中國女性並不存在」。中國女性在論述結構而言是少數的少數，是女性（即中國男性）的他者。[89]

周蕾（Chow Rey）在此提出一關鍵性問題：中國女性是他者的他者。因此，中國文學史上陰性風格的出現並不等如女性聲音，而只是「男性變爲他者」欲望的顯現。[90]換言之，女性人物的出場變成了男性的凝視者，而中國與女性則變成一爲二，二爲一的客體。此種論述策略將「中

---

[87] 同註[86]，頁116。

[88] 女性主義者克麗斯蒂娃（Kriateva Julia）認為中國文化具有「陰性」（feminity）特質，她並以女媧煉石補天的典故，創造了人類及書寫的神話並帶出中國思想傳統中的陰性主義。克氏在〈孔子——吞食女性的人〉一文中所作的結論：「父系禮節經常有一種讓『陰』（yin）流傳的風俗與實踐伴隨」。這實際上與道家思想之重陰柔以抗衡儒家之主導思想有關，以強調陰柔來達至剛柔陰陽之活潑轉化。Kristeva Julia, "Confucius: An Eater of Women". *About Chinese Women*. tr. Anita Barrows. New York and London: Marion Boyars. 1986. p51.

[89] Chow Rey. *Writing Diaspora: Tactics of Intervention in Contemporary Cultural Studies*. Indianapolis and Bloomington: Indiana University Press. 1993. p11.

[90] 朱耀偉，《當代西方批評論述的中國圖像》，（臺北：駱駝），1996，頁1。

國」陰性化、他者化，同時質疑這些「女性」、「他者」被壓抑的不公平意識型態。

　　縱觀余光中詩作，不乏以歷史女性人物再現「中國」的詩例，這些女性人物是否只是作家筆下的一種「女性表徵（female token）」？無論是將「中國」陰性化或他者化，將歷史女性融於詩作中，這些「女性」與「中國」之間存在何種再現意義？本節藉詩中歷史女性為敘述框架，重新思考男性作家筆下的象徵符碼，如何藉歷史女性來定位「中國」。

彼岸佳人

　　「中國」長期以來在他者眼中的邊緣化處境往往帶給人們不同程度的認同反思。在「尋找母親」的歷程中，找不到可供認同的母親。政治壓抑與歷史顛覆之間的困窘，常延伸至自我身分的邊緣化。從歷史神話中產生，卻又沒有歷史神話庇護。在這種心態上，人們尋找歷史，卻沒有史，尋找神話，卻又似乎是無神可尋。在一種富有中國象徵的（女性）白色墨水中，余詩形構的女性圖像其實有著矛盾銘刻的辯證關係──擺脫長期以來的政治制約與歷史壓抑，走出性別錯位和政治死角。在這層意義下，從女性「邊陲」身分出發，成為再現「中國」的極佳管道。

　　余作多番出現以牛郎織女為例的愛情典故。[91]牛郎織女因戀愛而觸忤神旨，各均受罰，遙望清淺銀河彼岸佳人，一水之隔，不得相會，夫妻倆無法過河，只好隔河對泣。「盈盈一水間，脈脈不得語」（〈古詩十九首〉）之苦，終感動天帝，允許他們在每年七月七日由烏鵲架橋，在天河相會。在〈七夕〉系列詩中，詩中人以男性修辭位置，對織女說話，「對岸」是他永遠也是最初的召喚：「每一次相見像一次初戀」（〈七夕〉1952.8.26）。[92]詩中織女的隱喻已不是一個固定的客體，也不只是表面的敘述圖像，而時常是「中國」的轉喻。織女只是一種置換，一旦產生，立即會帶出無數的聯想，而觀看模式亦會在不同的程度上流露被壓抑的離散經驗：

　　　　為何這銀河永不枯竭

　　　　讓我過河來長伴你苦織？

　　　　　　　　　　　　　　——《舟子的悲歌・七夕》[93]

文字強加於沉默的歷史記憶中，河東織女隱隱機聲襯映河西從未停止的悲歌，文本也由這「永不枯竭」的銀河出發。歷史溯源來到姮娥刀鋒處，〈中秋〉（1980.10.19）以嫦娥此女性符碼重溫歷史：

　　　　刀鋒過處，落我們在兩旁

　　　　中間是南海千年的風浪

---

[91] 〈七夕〉（1951.七夕《舟子的悲歌》）、〈七夕〉三首（分別作於1952.8.26、1953.8.15及1953.七夕《藍色的羽毛》）、〈中秋夜〉（1978.9.18）、〈中秋月〉（1975.9.15）（《與永恒拔河》）、〈碧潭〉（1962.7.10《蓮的聯想》）等詩篇皆引用牛郎織女的典故。

[92] 《藍色的羽毛》，（臺北：藍星），1954，頁28-32。

[93] 同註㉝，頁33-34。

　　寞寞是我的白晝驚短

　　悠悠是苦你的夜長

　　　　　　──《隔水觀音・中秋──姮娥操刀之二》[94]

　　「羿請不死之藥於王母，姮娥竊於奔月，悵然有喪，無以續之」（〈淮南子・覽冥訓〉），姮娥一刀揮成歷史的殘缺。「月裡嫦娥」是古時人們遙想天際、翅翼飛騰於宇宙、翔遊月宮的想像來源，儘管遙隔「南海千年」歷史風浪，姮娥此一刀仍爲歷史傷痕提供反思的契機。織女與嫦娥承載了即熟悉又遙遠的中國符號影子，或者應該說，曾經熟悉親切、此刻卻成爲遙遠時空之外不可復得的「歷史記憶」。正因爲這些中國符號不是絕然的外文化他者，而是文化內既親切又隔閡、如同潛意識母體般的符號介面，所以在文本中出現時，往往呈現出相當曖昧複雜而又愛恨交織的心緒，但藉女性人物的現身說法，卻爲詩作設計出另一個「中國」符碼，並向邊陲位置開展歷史省思。

眞正的女子

　　重讀余作歷史女性，常會發現這些女性實際上乃扮演文化群體中沉默的他者角色，然而在這些經驗背後，卻隱藏民族救贖者的歷史使命。這些女性符碼支撐起歷史救贖與自我意識的雙重自我：一方面忠於愛情自我，一方面忠於家國，在兩難取捨中，終以犧牲小我成就大局。

---

[94] 同註[24]，頁99-101。

〈昭君〉（1983.5.16），在「一出塞無奈就天高地邈」、「沉重的邊恨與鄉愁」中，昭君尙「獨自去承受」（〈昭君〉），(95)女性歷史／自我救贖的使命被肯定。從符號再現視角而言，藉昭君出塞和親的記載，把女性身體視爲銘刻歷史意義的場所，以及把女性身體作爲歷史救贖、反抗政治權威的媒介，不約而同賦予女性身體以身俱來的創造性資源。昭君出塞邊疆，從此不得歸返，是流放者最貼切且感同身受的歷史照鏡。在天高地邈處以一個沉默女性出場，這個角色傳達出一種堅毅的韌性與智慧：女人因爲安天知命而成爲倖存者並得以爲歷史作見證。歷史的遺恨與鄉愁展現在昭君此象徵符碼中，可以說在對現實世界的歷史眞實做了文字記載之餘，卻也始終掩不住尙待整合的政治悲情。此種將女性寫入歷史中國的再現模式，無疑也是一種對集體歷史記憶緬懷與悼念的投射。

余作筆下的貴妃、西施、孟姜女，也具有多重複雜的自我，她們就像一面鏡子，借用波拉德（Porter）的觀點來說，即在鏡子前，窺視者／讀者總是可以從中窺探到其他衆生的面孔。(96)在倒溯的時光中回到蓮池邊，不妨閱讀楊貴妃與唐明皇的愛情悲劇：「如果我們已相愛，那是自今夏開始，自天寶開始？」（〈啊！太眞〉1962.7.23）。(97)從「今夏」至「天寶」，歷史中國在愛情墓園裡化身爲永恆意義的象徵。另一端，從長城處傳來「孟姜女無助的哭聲」（〈大寒流〉1974.2.26）、(98)以及江南和碧潭處西施、范蠡的影子，無一不在余詩中展現，西施與孟姜女的愛情忠貞爲古中國的殷殷眷戀寫下淒美的註腳。

詩中女性自我的形塑大部分看似從屬性質，但每一種類型實具特

(95) 同註㉗，頁96-97。

(96) Porter David. *Between Men and Feminism*. ed. London & New York: Routledge. 1992. p2.

(97) 同註(60)，頁45-47。

(98) 同註(78)，頁153-157。

殊含義，是一種文化指涉空間和想像投射。女性人物被符號化後，其歷史、身體、聲音等從歷史場景中拉出社會的表層，歷史主體亦可望在分裂的符號結構中脫穎而出。作爲歷史中國的象徵符碼，她們也同時具有救贖者的歷史側影：昭君長抱琵琶，悲吟浩嘆於玉門之外，出塞於匈奴大漠，以保國家；貴妃爲救國危，割玄宗之愛而自縊；西施爲國雪恥，捨身報仇，使破落不堪的越國揚眉吐氣；孟姜女爲盡忠報孝、遠修長城的范喜郎守候，最終千里尋夫不得而投城自盡。救贖者的答案都不在她們的命運之中，而是在歷史重寫之中，這些答案，一如巴爾（Mieke Bal）所言，早已在敘述語言中顯現，只等仲介者（mediator）在主體和受體之間進行解剖的功夫。[99]作者在此是仲介者，一如文本的角色也是仲介者一樣，這使得讀者——另一個仲介者，在這裡有了轉移和延伸符碼的空間。織女、昭君、西施等歷史倩影，一旦推入文本成爲歷史演繹場所，性別將因重寫而獲得新的隱喻。於此，余作歷史女性的象徵意義不只限於女性墓碑上的印跡，而是對「中國」以及自我歷史位置的重塑。這些女性作爲文化象徵符碼的替身，開展內在探索的文化空間，在詩語言的推演中，展示再現中國的儀式。愛情未死，恩情尚存，作者複本下的女性文本，銘刻著一個真正的女子——新中國歷史典範。

古代中國本身就是一個「美感世界」，而且曾經有過輝煌的文化，在有限的浪漫中包含有：從東方的大海裡尋找或假想的蓬萊仙境。就如清代的李汝珍在他的小說《鏡花緣》裡，曾將〈山海經〉似的異民族觀多少改造成浪漫式的異文化誤讀，在有限的浪漫式的誤讀中，仙境、桃花源和「女兒國」皆是人間夢土，他鄉異地都成了一種隱喻。它們的特點是神秘和絕對美好的烏托邦。因此，相對於慷慨激昂的神話英雄再現，或隨處擷拾的歷史創傷，我們更可察視詩中所遙念的古典女性，在

---

[99] Bal Mieke. *Narratology: Introduction to the Theory of Narrative*. tr. Van Boheemen. Christine. London: Toronto University Press. 1989. p9.

某種程度上是對某些歷史遺物和原始記憶的緬懷遙想和闡釋,是對歷史文化所作的非歷史主義的處理。因而雜然紛陳,令人炫目的歷史女性所暗喻的那些終極性價值所在,不得不被看作是自我浪漫精神和擴展欲的一系列象徵性語符,一種追尋文化精神之純粹的美的情感代碼之外,強烈的意識到沉默歷史背後餘音縈迴的淒美。

余詩中女性角色都有其共同的處境:姮娥的忠貞、織女的深情、昭君的悲壯、西施的傾心、孟姜女的癡戀,一再傳達古典情感纏綿的情致。通過古代女子的風情,追述屏障內歷史中國的倩影,但這類透過女性身分的包裝書寫也同時隱含顛覆現實中國的試驗意義。鍾玲以屈原〈離騷〉一詩爲例,其中具女性書寫的閨怨風格句子:「眾女嫉余之蛾眉兮,謠諑謂余以善淫」,可解讀爲屈原向君王表明心跡,他是因小人讒言才遭受罷斥。以此說明男性作家試圖以文字表達內在政治嘲諷或怨訴,作家化身爲位於邊緣的、受壓抑的女性身分之時,其心中多般隱藏一掌握權力的政治物件,也是其心向往之、心中所求的物件,而此物件通常是在上位的君主。在歷史墓園中,沉默的女性成爲詩中再現「中國」的代碼,來到墓園的邊緣,對這些沉默者的銘寫,同時也象徵歷史自我的尋思,透過與墓中女子靈魂的結合,成全歷史對話。於此,作品中「中國」的再現乃打破固有論述的定義性限制,嘗試跨越性別界限,拓展出異樣的歷史空間,讓「中國」書寫成爲歷史呈現與自我顛覆的精神泉源。

探究余作「中國」符碼的再現策略,提供了跨符號閱讀的另一種可能性。符號方塊呈現主體意識建構的過程,作品在多重文化詮釋的進程中不斷遭遇到「中國」符碼的交替轉變,文本游移於五行之中。符碼再現具有一定的書寫意義:表達對過去及偉大中國傳統的渴望與深厚情感之餘,同時也透露詩中試圖尋求的美學價值。於層層覆蓋的文字或符號間穿梭,在搜尋「中國」再現意識的過程中,同時讓我們看到試圖虛

構而虛構不著的內在矛盾，試圖尋根而尋不著的赤子無奈，一種自邊陲情懷逐漸轉向女神再生力量的召喚。此種內在矛盾與召喚同時揭露了整體文化場域中尚未化解的不安與內在衝突。詩作呈現的「中國」乃作為一種文化的總體象徵，同時蘊涵審美與文化雙重意味，是地理的、政治的、神話的、歷史的，以及凝聚著豐富古典魅力的文化想像；這個想像符碼──「中國」──兼融時空距離產生的差異美、陰陽共生的理想「父親與母親」精神、剛柔並置的神話英雄、愛恨交織的歷史典故，因此，它絕非是平面的，而是立體的、活生生的「中國」。然而，一個耐人尋味的事實是：作為國體名稱的「中國」要直到作為文化象徵或藝術形象的歷史「中國」走向衰亡時才出現。換言之，現代「中國」的誕生恰好成了歷史「中國」衰亡的墓誌銘。也正由於這種衰亡，現代中國人才可能更加清晰地重新喚起對於「中國」一詞豐富的文化想像。

羅蘭巴特認為寫作的本質（構成寫作的作品的意義）就是對「誰在說話？」這個問題不作任何回答。敘述中的錯位說明語言是一種超然物我的生命體，它對一切事物進行檢驗，卻保持一定的距離和超脫，而這種距離和超脫卻達到無可理喻的嚴酷程度。讀者在反覆的波濤中穿行，無疑是一次發現意義的航程。

陸

跨越邊界：中西文本
跨文化閱讀

我本來要寫的，是另外的構思。

等到即將完成，才感到始料未及。

——約翰‧班揚John Bunyan[1]

[1] "…nay, I had understood. To make another, which when almost done, before I was aware, I this be-gun…" 本仁約翰（John Bunyan）著，《天路歷程》 *The Pilgrim's Progress*，王漢川譯注，（濟南：山東畫報），2002，頁31。

　　跨文化閱讀往往是一種來回／出入多重文本與多重「現實」間的活動，它引發我們探索「現實」的豐富性，在不斷闡釋的既定認知中，重新建立對話關係。在多重關係上採用不同視角可以幫助我們探索文化系統運作時所產生的層層機轉、探索藝術創作本身如何蘊藏、釋放並展現能量，以及其中所牽涉的隱藏文本（hidden text）所呈現的內在動力。回視多重文本交錯互融最主要的目的，不在於重述或重新界定文本的內容與經典的辯駁，而是在於更多地發掘多重文本之間潛存的對話關係以及其中含藏的寓意。

　　在余光中的文學創作經驗中，體現了多元文化之衝擊與影響。從現代主義思潮至傳統中國文學的投注，詩人對文化主體性之對應、接納，以至替代（substitutive）、置換（displacement）的認同轉化，皆是追蹤詩人主體書寫的關切點。本文通過余光中三重要詩作：《蓮的聯想》（1964）、〈白玉苦瓜〉（1974.2.11）以及〈湘逝〉（1979.5.26），考察詩人在中西文學經典閱讀碰撞中的互文經驗，中西互文如何在詩作中展現？其中有何意義？一個關鍵問題：余光中如何在中西互文本交匯處建構其中國現代詩經典式邊緣話語？

一、重讀《蓮的聯想》

　　《蓮的聯想》（1964）是詩人余光中第一次赴美（1958-1959）返臺後完成的作品，收錄1961至1963年的三十首詩作。七十年代余光中作品充斥古典的聲音：「在古典悠悠的清芬裡，我是一隻低迴的蜻

蜓」。[2]顯然詩人志不僅於此，詩作中古典文本深入淺出，書寫脈絡由泰晤士河移置東方：「一百條泰晤士的波濤也注不滿長江」。[3]在詩歌創作的美學試驗中，其作品與古典語言曾展開漫長跋涉，而《蓮的聯想》是這趟探索旅程中重要的一環。論者曾以「融會東西方之美」、「一朵不乏古典趣味的現代蓮」等評之。[4]享譽詩壇的余氏信手拈來即成詩，但卻在《蓮的聯想》作品中注入大量典故，這是個耐人尋味且饒富意義的過程。《蓮的聯想》融合中西文化創作技巧，詩作中出現的「中」「西」典故或互文本、以及《蓮的聯想》所蘊含的跨文化再現策略究竟可作何事觀？在重讀的基礎上，本文以跨文化多重視角，審視當代文人如何透過「蓮」文化想像與「中」「西」典故對話、如何在跨文化交會處建構這朵「現代蓮」。

故事：東方物語

　　傅柯（Foucault Michel）曾說過：一本書的領域從來就沒有清楚的界線；除了書名、前頭幾行以及最後的句點以外，它就與其他書、其他文本、其他句子的指涉系統糾結不清。書，是整個網狀系統中的

---

② 安春海編，《余光中詩歌選集》第一輯，（長春：時代文藝），1997，頁281。

③ 《青青邊愁》，（臺北：純文學），1977，頁15。

④ 德國詩人杜納德（Andreas Donath）在余光中詩集《蓮的聯想》德譯本中對余詩之評價分別見於 Andreas Donath著，黃國彬譯，〈融會東西方之美──《蓮的聯想》德譯本導言〉（Yu-Guang-Dschung: *Lotos-Assoziationen. Moderne Chinesische Liebesgedichte*. Tubingen und Basel. Horst Erdmann Verlag. 1971）以及張健〈由《蓮的聯想》到《或者所謂春天》〉，收於黃維樑，《火浴的鳳凰──余光中作品評論集》，（臺北：純文學），1979，頁44及47。

一個結。⑤用這段話來描述《蓮的聯想》再也恰當不過。從書名開始，幾乎每頁都可以找到指涉「蓮」的影子。詩作中的「蓮」是古典中國形象的再現，其潛在的書寫意義隱藏在唐詩樂賦、中國傳統文學典故裡。唐明皇與楊貴妃、西施與范蠡、牛郎織女等中國傳統典故貫穿於〈下次的約會〉（1962.8.3）、〈啊！太眞〉（1962.7.23）、〈訣〉（1962.8.27）、〈碧潭〉（1962.7.10）等詩。「如果舴艋舟再舴艋些，我的憂傷就滅頂」、「這雙槳該憶起，誰是西施，誰是范蠡……從上個七夕，到下個七夕」（〈碧潭──載不動，許多愁〉前引宋詞人李清照（1084-1151/56間）〈武陵春〉；後二句取自西施、范蠡以及牛郎織女典故。〈等你，在雨中〉（1962.5.27）則有姜白石（1155-1221）〈念奴嬌〉「青蓋亭亭，情人不見，爭忍凌波去」側影：

> 永恆，刹那，刹那，永恆
>
> 等你，在時間之外
>
> 在時間之內，等你，在刹那，在永恆……
>
> 步雨後的紅蓮，翩翩，你走來
>
> 像一首小令
>
> 從一則愛情的典故裡你走來
>
> 從姜白石的詞裡，有韻地，你走來
>
> ──《蓮的聯想・等你，在雨中》⑥

⑤ Foucault Michel. *Language, Counter-Memory, Practice: Selected Essays and Interviews* ed. Donald F. Bouchard. tr. Donald F. Bouchard and Sherry Simon. Ithaca: Cornell University Press. 1977. p127.

⑥ 《蓮的聯想》，（臺北：水牛），1986，頁11。

詩中傳達了這樣一種文化語境：傳統與現代的融通是不受時空阻礙的，現代情懷和感悟可以被遠古的歷史文化所啓發。在雨中所等的那一朵蓮儼然投射到姜氏〈念奴嬌〉對荷花繾綣的古典情懷中。「青蓋亭亭」的荷花在姜白石心目中仿如一廉幽夢的古典美人，湖面上朵朵出水芙蓉則是一群「凌波微步」（曹植《洛神賦》）的仙女，深恐過早零落衰敗、香消玉殞的憐愛之情交融其中。其餘詩篇如：「包一片月光回去，回去夾在唐詩裡」（〈滿月下〉1962.6.13）；「我是商隱，不是靈均」（〈觀音山〉1962.6.24）；「唐朝，今夕，唐朝，經驗瞬息的輪回」（〈啊！太真〉）[7]等作出入於《古詩十九首》、《詩經·蒹葭》、晚唐五代詩詞、姜白石等作品中，將古典中國轉移到文字上，在蓮池內外一展古雅馨香，經由「古馨香」的文化洗禮，喚起古老的東方記憶。

　　然而，在細讀這類典故的同時，我們並不應只簡單地看其浪漫的一面。這些典故內容都有一共同點——虛幻而短暫。「移情作用，於蓮最爲見效」[8]，在絕大部分的情況下，這些愛戀情節爲詩中「蓮」注入夢幻似的劇情，最終卻在男女雙雙缺席的情況下宣告理想的幻滅，這是詩中典故「參與」蓮的「再現」過程——「在時間之外、之內」（〈等你，在雨中〉）被遺留下來獨自「等待」的「蓮」構成劇情的主要內容。對這朵「蓮」來說，「愛情」的刹那消散並不賦予「完整」的生命意義，相對於「短暫」的「永恆」，成爲「蓮」生命投注另一所在。易言之，余光中詩裡呈現的中國傳統文學典故並未能滿足主體「蓮」的欲求，愛情典故的虛幻還涉及文化閱讀過程中一種被邊緣化的問題，「蓮」於此揭示並提供了重建中國文學主體性的重要線索。

　　再具體一些，是來自華清「池」中〈長恨歌〉的故事：

---

⑦ 詩作見註⑥。

⑧ 同註②。

輪迴在蓮花的清芬裡

超時空地想你……

如果我們已相愛

那是自今夏開始，自天寶開始？……

今夕何幸，永恆在我們的掌握

如果你是那朵蓮，太真，讓我做

那朵，在水中央

——《蓮的聯想・啊！太真》⑨

中唐詩人白居易（772-846）的名作〈長恨歌〉頻頻出現在《蓮的聯想》詩歌中：「臨別殷勤重寄詞，詞中有誓兩心知」（〈下次的約會〉序詩）、「可憐七夕是碧落的神話，落在人間。……寄在碧落。而中元，中元屬於黃泉」（〈中元夜〉1962.8.15）、「黃泉迢迢，……碧落在兩者之上」（〈訣〉）。在〈長恨歌〉裡，唐玄宗與楊貴妃的愛情悲劇令這些詩增添纏綿悱惻之情，癡愛的執著形象躍然於「今夏」現代時空裡。詩人在池中愛情快要消失的時候喚起人們對它的注意。〈啊！太真〉在時空之外將「蓮」／貴妃（號太真）合而為一，「情人死了，愛情常在。廟宇傾頹，神明長在。芬芳謝了，窈窕萎了，而美不朽」⑩。「超時空的想你」來自於此銘心刻苦中，蓮的清芬終究源於此歷久彌「新」的長恨。在詩中「蓮」的具體再現中，此恨綿綿終無絕期，然而在這無望的另一端，似乎也暗藏了希望：「今夕何幸」——「蓮」的主體再現是從歷史中取得它的文學定位，同時又與歷史設下美學距離。

　　〈茫〉（1962.8.9）或〈幻〉（1962.8.10）這樣的詩題宣告了主

---

⑨　同註⑥，頁45-48。

⑩　同註②。

體書寫的不確定性：「天河如路，路如天河，上游茫茫，下游茫茫，渡口以下，渡口以上，兩皆茫茫」（〈茫〉）、「星在天上，人在人間」（〈幻〉）皆有「上窮碧落下黃泉，兩處茫茫皆不見」（白居易〈長恨歌〉）的側影；細細讀來，「情」在這些詩中表現的已非即時的激情，反之，它是一種對愛情虛構性和不可實現性的反映：

> 夏即永恆，蓮池即另一天地……
>
> 一切愛情故事，只是一個故事
>
> 一切愛情都是死結
>
> ——《蓮的聯想·幻》[11]

然而在這個「死結」處詩人卻又巧妙地建構了理想愛情可貴的永恆價值——因為它是「故事」，因而得以延續。「此地已是永恆，一切的終點」（〈茫〉），由此，詩人在蓮池中延長了愛情「故事」的不朽性，把永恆的追尋投射到文化圖騰「蓮」中。此處對「蓮」的處置來到了一個歷史的出口：一方面為所有的愛情悲劇預設了結局的「不可能性（impossibility）」，另一邊廂則為此類愛情提供了另一個逃離現實世界的窗口，那是在蓮池中重新繪製的完滿構圖：「夏即永恆，蓮池即另一天地」（〈幻〉）。簡單地說，此朵蓮充滿了弔詭性，在所呈現的愛情典故中，它是完整而又不完整的，它是過去歷史的產物，其有限性只能通過不完整來體現「完整」：

> 永恆不是一條漫無止境的直線，永恆是一個玲瓏的
>
> 圓……。蓮心甚苦，十指連心，一股都不能不理，而愈

---

[11] 同註⑥，頁61-4。

理愈亂。死去的都不曾死盡，今年的蓮莖，連著去年的

蓮莖連著千年前的蓮莖。⑫

如此看來，「東方物語」顯然有了新的觀照——中國傳統文本只是提供
一種參照語境，文中一再反覆書寫的「蓮」爲文學主體性提供一種反思
的距離。「反思」的旅途是艱辛的，「不能不理」而又「愈理愈亂」就
充分反映了其中的複雜性。這種對「蓮」的聯想因此亦就構成自身對文
學傳統的認知關係，當面對那「死去的都不曾死盡」的存在時，正是詩
人投向它的注視，促使「它／蓮」永恆意義的再生，因爲詩人清楚地知
道這種循環關係——「永恆是一個玲瓏的圓」。換言之，詩人從這類傳
統典故中尋找力量，並正視主體書寫的諸般複雜心態。這當然是一險
著，但他終究在《蓮》裡，表白了他更大的期待：從「蓮池」愛情的虛
幻中重構另一天池，並對過去賦予新的詮釋。這一嘗試，未嘗或已。

相遇：西方聯想

　　《蓮的聯想》提供的愛情場景有助我們瞭解詩人在其文化美學試
驗中所嘗試帶出的訊息，其中文本浮現最鮮明的影子，不全然是表像的
描繪，其深邃之處可能是文本所反映的書寫世界——一種相當弔詭的跨
文化閱讀空間。這樣的空間不僅是屬於東方的，它同時也充斥莎士比
亞（Shakespeare, 1564-1616）的愛情劇《仲夏夜之夢》（*A Midsum-
mer Night's Dream*）、《羅蜜歐與茱麗葉》（*Romeo & Juliet*）、《愛

---

⑫ 同註②。

的徒勞》（*Love's Labour's Lost*）以及但丁（Dante Aligheri, 1265-1321）《神曲》（*Divine Comedy*）等西方古典名作，並試圖在諸般西方古典傳統中重新建立另一層文化命題：

> 月光一生只浪漫一次
>
> 只陪你去赴一次情人的約會
>
> 然後便禁閉在古典詩裡
>
> 去裝飾維洛那的陽臺，仲夏夜之夢
>
> ——《蓮的聯想‧月光曲》（1962.7.26）⑬

我們來到了「蓮池」另一端。透過《月光曲》展現著愛情浮世繪，而此處的文化舞臺則從天寶故國移至莎劇維洛那（Verona）的陽臺中。羅蜜歐與茱麗葉是莎翁筆下引人悲泣、浪漫動容的愛情故事，維洛那是《羅密歐與茱麗葉》劇中出現的城市，由一條蜿蜒的「阿迪傑河」（Adige River）穿越其中，至今，整個古都還遺留著羅馬時代的遺跡；《仲夏夜之夢》則是莎翁另一早期愛情喜劇，描述兩對雅典青年的四角關係，並穿插仙子和精靈，營造出奇幻的繽紛世界。⑭無獨有偶，詩中以雙重愛情幻景的形式呈現，更凸顯「一次情人約會」的可貴。愛情故事的虛構性結構被重複和轉化，「情人」在月光的襯托下仰之彌高、望之彌遠、宛如女神般地接受追求／（或膜拜），她遠不可及，但又是至善至美的理想化身。這樣的西方古典傳統在詩人精心塑造下重現

---

⑬ 同註⑥，頁51-54。

⑭ 《仲夏夜之夢》（*A Midsummer Night's Dream*），大約完成於1595-1596年之際。劇中交織著三個議題：婚姻與愛情的錯綜關係、仲夏夜森林的魔力與夢境以及愛情與婚姻在此的變形。莎士比亞透過村人演出的劇中劇，對當時戲劇傳統和劇中愛情婚姻關係作出諧擬和嘲諷。《莎士比亞叢書——四大喜劇》，梁實秋譯，（臺北：遠東），1999，頁2。

意義，在傳統語境中重新注入「愛情典故」的不朽性。

　　如果西文傳統愛情典故可以再次以「回應月光」來恢復其生命力的話，「西方」同樣承載「回應」傳統的能力，只不過在這類西方文本中，我們一方面看到西方的再現，另一方面又看到其中的不足，它們最終要與東方文本在「月光」中相遇：

> 　在彼此的眸中找尋自己……
> 　渡我向你，渡你向我
> 　把永恆剪成繽紛的七夕
> 　比特麗絲啊，向我凝望
> 　垂你的青睞，如垂下
> 　千級天梯，接我越獄，接我攀登
> 　當你望我，靈魂熊熊自焚
>
> 　　　　　　　　──《蓮的聯想・凝望》（1962.7.4）[15]

〈凝望〉具現的戲劇張力在於愛情破滅經驗使「觀視」的能力增加，亦加強了「尋找（look for）」的動機。「在彼此的眸中找尋自己」由此提供了出路，「中」與「西」的曖昧關係若隱若現，同時道出了兩種文學傳統仿如繾綣的愛情故事──它們都有歷史的缺憾：無論所借助的傳統如何牢牢地彼此注視，傳統本身仍待另一種再生。詩中一方面引用比特麗絲（Beatrice Portinari, 1266-1290，佛羅斯一貴族女孩，後適Simone de Bardi，一生僅見但丁兩面，竟成《新生》《神曲》的靈感）西方典故，另一方面則帶入七夕牛郎織女的中國式愛情，這種「視

---

[15] 同註⑥，頁33-35。

線」上的符號衝突所隱含的反諷意味，恰在現實中雙方傳統（中／牛郎織女、西／比特麗絲）缺席之下得到恰當的表現。換一種說法，在彼此的眸中「凝望」，才能在「凝望」之中重現生機。也因此，此處不容忽略中西文本所扮演的角色，它們本身都發揮了「借渡者」的功效（「渡我向你，渡你向我」），只不過詩人不甘停留在彼此的凝望中，而是借助「越獄」、「攀登」提升靈魂自我，在古典傳統中尋找救贖的無限可能。

以此觀之，西方典故的互涉經驗顯然為跨文化閱讀提供思考的基礎，層出不窮的敘述模式、文本推演，無疑為了滿足渴望有所不同和「置身他方（to be elsewhere）」的想望。然而仔細觀察，讀者或可發現：西文經典所賦予的啟蒙意義，更多是建基在浪漫愛情典故的「他者」列車上，而列車窗外的風景才是作者孜孜以求的。在西方之旅中仍要與東方相遇，這顯然是作為自我探索與文學價值提升的必要途徑。詩人急欲尋求創新的閱讀與書寫策略，是在《蓮的聯想》所展開的新古典主義之後，我們在其中尚可推論其作品蘊含的另一層文化本源——東西方融會之旅。

無國界之愛

要在兩種異質文化中建立共同話語，最佳的方法可能就是通過「愛」這全球性流通的符碼。被提升到相互融通這個層次的永恆之愛，成為「蓮」的生存策略，一種全心全意要銘刻並掌握「瞬間」與「永恆」的當下歸返。《蓮的聯想》呈現的愛的獨白自有它的存在意義，它的客觀性與透明性可以被解讀為一種橫跨異文化的適宜溝通渠道。詩人

在中西文本中通過這個「全球性的人類情感本質」做了恰到好處的處理，其可貴之處是在維繫中西戀人關係的同時又將此種情感本質給予昇華。然而，東西方愛情典故在詩人眼中最初可能僅以愛的「想像形式」存在，它們的殘缺不全基本上是「虛幻」的意旨過程：

> 以為攀一根髮可以逃出煉獄
>
> 以為用一根情絲
>
> 可以繫雲，繫月，把一切繫住……
>
> 斷無消息，石榴紅得要死……
>
> ——《蓮的聯想·劫》（1962.6.28）[16]

義大利文藝復興先驅但丁重要著作《神曲》[17]之一〈煉獄〉與李商隱（813-858）「曾是寂寥金燼暗，斷無消息石榴紅」（〈無題二首之一〉）以及〈劫〉內文之間創造出何種張力？「試煉」與「斷無消息」都是靈魂的煎熬，「以為」一詞兩度體現期待的幻滅。葉嘉瑩把李商隱此句「石榴紅」三字看作是指「石榴花」而言，它既可表現眼前顯明之意象，又可暗喻一種春去夏來的明顯時間之感。[18]「斷無消息石榴紅」，女子在斷無消息的期待中，因見石榴紅綻，而更加深其期待之思，同時夾雜著一股傷春自哀之情；因「斷無消息」而恐美人遲暮的不

---

[16] 同註⑥，頁28-29。

[17] 但丁是歐洲由中世紀過渡到近代資本主義時期的文學巨匠、義大利文藝復興的先驅。《神曲》是其代表作，也是世界文學史上最為重要的文學作品之一。《神曲》共分《地獄》、《煉獄》和《天堂》三部。每部由三十三首「歌」組成，加上全書的序曲，總共有一百首之多，計一萬四千多行。

[18] 如葉氏所指，以石榴花之綻放來表現時間及季節之感，是常用的一種詩歌意象。見葉嘉瑩，《中國古典詩歌評論集》，（臺北：桂冠），1991，頁163。

能及時見用的感慨和喻托在〈劫〉中，連同〈煉獄〉中的煎熬，這眞是一條充滿挑戰的「劫」途。此處大體所使用的中西典故都指向愛的不完全，這是《蓮的聯想》所呈現的書寫策略，正源於這份缺憾，文本因而隱藏另一層意義：傳統戀人／文本面臨「缺陷」的時候，「集我的期待於一個焦點」（〈劫〉）往往成爲另一道出口。

在愛的期待過程中最有趣的，並不僅表現在中國古典文學或西方文本之間存在明顯相似或可相互參照的情感基調中，當「愛」被理解爲「全人類的情感本質」的時候，似乎同時也強調了兩者之間的不可缺席，其影響程度仍要依賴彼此的相互「融會」始顯現其價值。此處〈兩樓〉顯然是饒富意義的構圖：

> For lady, you deserve this state;
> Nor would I love at lower rate.
> 任大鴉的黑靈魂飛返希臘，艾德嘉
> 西方有一枝病水仙，東方
> 有一枝蓮。今夏，我歸自希臘，歸蓮池邊
> 因蓮中有你，池中有蓮
> 古典東方美的焦點，你的眼
> 當美目盼兮，青睞粲兮，你的眼
> 你的眼牽動多少柔麗的光。星移
> 海換，領我回東方……
> 這裡是我的愛琴海，是愛情海
> 如一只蜻蜓，我飛來……
> 你入水爲神，你出水爲人

　　兩棲是你的靈魂……

　　　　　　　　　——《蓮的聯想‧兩棲》（1962.9.5）⑲

詩中以美國詩人愛倫坡（Edgar Allan Poe, 1809-1849）〈致海倫〉⑳
中段「For, lady, you deserve this state」為題詞，完全符合余光中所
表明的：要解〈兩棲〉一詩，宜先誦〈致海倫〉短詩。㉑此詩坡十六歲
中學時代時所寫，因愛上一位同學的母親簡斯蒂恩‧斯塔那德（Jane
Stanard），為她的美貌所感動，未幾，她就病故。坡傷心之餘，寫了
此首悼詩，並將她喻為古希臘神話中的海倫。〈兩棲〉並未對海倫的愛
情故事多所著墨，但卻技巧地轉化這個文本。「西方有一枝病水仙」喻
指愛倫坡的病水仙（海倫），此古希臘神話中的水仙將愛倫坡帶返羅
馬，〈兩棲〉則將此愛情場景移至現代炎夏蓮池邊。這片借助西方典故
為參照的「愛琴／情海」成為探索文化本源重要之「他」方。相對於
蓮花，作品標出了水仙，水仙花開乃源自希臘神話那咯斯索。那咯斯
索欲擁抱水中倒影而溺於水，死後變成水仙，在溺處開花。㉒借用典故
之筆，海倫倩影穿透蓮池內外。「在那以前，我是納息塞斯（Narcis-
sus），心中供的是一朵水仙，水中映的也是一朵水仙。那年十月，那
朵自戀死了，心田空廓者久之。」㉓此時病水仙已為美目粲兮的「東方

---

⑲ 同註⑥，頁87-90。

⑳ Edgar Allan Poe. *To Helen*: "On desperate seas long wont to roam. Thy hyacinth hair, thy clas-
sic face. Thy Naiad airs have brought me home. To the glory that was Greece, And the gran-
deur that was Rome…"愛倫坡〈致海倫〉中譯：「……我慣於在狂暴的大海漂蕩，你捲曲的秀
髮，古典的面容，水仙般綽約的風姿和模樣，使我回到希臘的光榮，回到羅馬的輝煌」。《英詩
300首》，顧子欣譯，（北京：國際文化），1996，頁530-1。

㉑ 同註⑥，頁90。

㉒ 見Andres Donath〈融會東西方之美〉，同註④，頁47。

㉓〈夏是永恆〉《蓮的聯想》新版序，同註②。

蓮」所取代，可以說，「西方水仙」之死提供了「溺處開花」之可能；一個「領」字牽引著救贖者的文化使命，也因此，池中物將不再全然是一枝純粹的東方蓮，而是能「入水為神，出水為人」的兩棲靈魂。詩中詭異之處：不僅寫蓮，同時還有池中蜻蜓。蓮與蜻蜓為兩棲之物，蓮為靜態，蜻蜓則屬動態，靜動之間所孕育的探索過程仿如作者與讀者之間跨文化書寫與閱讀之旅，又恰似東西方靈魂融合相遇的橋樑。詩人為這趟探索旅程作了滿意的鋪設，無論是「岸上人」或「池上蜻蜓」都在其應有的感知距離之內賦予「水中蓮」存在的意義，它可以說被視為一種自我指涉、自我衍義、自我尋索的符象，然而卻加速了詩人的文化美學實踐──「領我回東方」。西方飛降而來的文學養料與東方美學思維，重構現代古典版的「兩棲」，為中西文本主客自由換位作了滿意的見證，池中之旅的文化表徵因而添上新意。

把各種文學語言綜合為一體，有時會產生整合作用：以創新的方式把破碎的文意世界重新「再現」為一個完整的藝術整體。「蓮」所建構的文化主體性，是以三種話語的相互交錯為標誌：中國、西方和現代詩。詩人如是說：「那是神、人、物三位一體的『三棲性』。它，她，他。」[24] 這三種話語均與有待辨認的「客體」共同運作。愛情典故為文化隔閡開啟一道通往世界之窗：詩人在此恰當地掌握了其間二律悖反的關係，乃是根據自己的意願塑造一朵「荷葉可握世界」[25]的「蓮」──「一個純東方，純中國的存在」。[26]「蓮」在此重塑了傳統也延續了傳統，也因而使這朵「蓮」的文化視野，超越了顧影自憐的局限。

以此觀之，《蓮的聯想》並不只是簡單地具有文本世界經驗轉化之功能，而是在相互交替中力求創新。在歷史條件的局限下，作家所堅

---

[24] 同註[23]。

[25] 同註[23]。

[26] 同註[6]，頁3。

持的文化信念以及美學淬煉，恰爲當代文化夾縫中的知識分子提供思辨的契機。「對於傳統，一位眞正的現代詩人應該知道如何入而復出，出而復入，以至自由出入」，[27]這是繼《蓮的聯想》之後新古典主義詩學實踐的努力與堅持。結合中國古典文學與新詩的功力，拼合古今場景，縱橫中外典律，正體現了「自由出入」的美學精神。作爲文化再生的實踐，在詩作上的語言追求，不論是西方取鏡或對中國古典的觀照，都在在表現於自身處境的超越。就此而言，東西方成爲意義指涉充滿無限性的符號，在詩作中卻構織成文化書寫的焦點場域，展示著「古典傳統」之軀體性（corporeality），這同時也是一種文化符號的內省行爲，表達出人們努力爲文化自我尋求出路。

通過跨文化閱讀，將活生生的文本意義和本質窮盡，《蓮的聯想》念茲在茲的，無非是爲現代詩學建構一池應許之地——超越疆界的文化空間。中西典故貫穿文本，二者不是對立的，而是相輔相成的。出入於「中西」之間，是對文化價值的再思，是藝術眞我的內在對話與辯證。作品中的愛情典故承載積極張力，把這個「全球性共通符碼」如此轉化可算是饒富意義的文化互動。余作在兩個傳統中重構文化主體性的做法，是融合中與西而建立一個新的文學觀，其原則是互補，而非宰制。這樣我們或許可以更清楚地理解中西經典文本美學救贖的力量。體現歷史時間與當下的內在聯繫，這種信念同時建立在共時性的基礎上，即把傳統聚攏於現時，在這個角度上，《蓮的聯想》見證了一代文人的文化信仰——它是傳統的繼承者，也是現代性的開拓者。

---

[27] 《掌上雨》，（臺北：大林），1984，頁189。

二、重讀〈白玉苦瓜〉

　　余光中的作品一度深受英美浪漫主義文學影響，梁實秋爲余光中處女詩集《舟子的悲歌》（1950）寫下書評：「他有舊詩的根柢，然後得到英詩的啓發。這是很值得我們思考的一條發展路線。我們寫新詩，用的是中國文字，舊詩的技巧是一份必不可少的文學遺產，同時新詩是一個突然出生的東西，無依無靠，沒有規跡可循，外國詩正是個最好的借鏡。」[28]余氏在其少作《舟子的悲歌》表達其心路歷程：「影響我的新詩最大的還是英詩的啓發，其次是舊詩的根柢，最後才是新詩的觀摩。」[29]「啓發」與「根柢」之間存在何種關係？在現代與傳統之間余光中汲汲營營者所爲何來？

　　此處以余光中七十年代名作〈白玉苦瓜〉（1974.2.11）展開論析。本文將在兩篇重要論文——黃維樑〈詩：不朽之盛事——析論《白玉苦瓜》〉[30]及劉紀蕙〈故宮博物院vs超現實拼貼〉[31]的評述中重讀〈白玉苦瓜〉。劉氏以「凝視模式」評論余詩（尤指讀畫詩），並由此提出文化認同建構的問題。而其中〈白玉苦瓜〉一詩的視覺圖像乃指向「屬於他處的體系」，記憶中的古中國文化儼然是他者的母體，「詩人有意的自我閹割，目的是要脫離那碩大的母親，並且切斷文化記憶的臍帶」以便「建立自我的疆界」。[32]另一方面，黃氏論文則以「詩之不

[28] 見（臺北：《自由中國》），1952年4月16日。

[29] 《舟子的悲歌》自序，同註②，頁2。

[30] 同註④，頁274-292。

[31] 〈故宮博物院vs超現實拼貼——臺灣現代讀畫詩中兩種文化認同之建構模式〉，收入於劉紀蕙，《孤兒、女神、負面書寫——文化符號的症狀式閱讀》，（臺北：立緒），頁296-339。

[32] 同註[31]，頁311-313。

朽」[33]強調〈白〉的母愛、受難與「中國」的意義，並將〈白〉和十九世紀英國浪漫詩人約翰・濟慈（John Keats, 1795-1821）名作〈希臘古甕歌〉（*Ode on a Grecian Urn*）相比較，認為後者是「西方的」，前者則為「中國的」。[30]無獨有偶，兩篇論文都試圖為〈白玉苦瓜〉的「中國性」寫下註腳。通過文字的再現，〈白玉苦瓜〉如何「建立自我的疆界」，是否旨在「脫離」與「切斷」母體？同樣作為博物館內被吟頌的希臘古甕與白玉苦瓜是否截然二分？透過美學的投射與轉化，兩者之間如何透過時空的超越建構自身的歷史意義？本文在此希望從上述評論的基礎上作進一步探勘。

想像之謎

　　文學作為人與人情感維繫與溝通的橋樑，其中充斥共同精神的表達與真實心靈的顫動，也正是詩／藝術給處於迷茫中的心靈提供生存的參照點。在這個意義上，狄爾泰（W.Dilthey）斷言：「詩向我們揭示了人生之謎。」[35]對於濟慈這位富於古典精神的浪漫詩人，余光中渴望通過「再度體驗」與濟慈相溝通是可以理解的：「我與其做一隻青蛙亂鳴，不如做一隻啞嘴的夜鶯」、「讓濟慈做一隻哀吟的夜鶯」（〈詩人

---

[33] 同註④，頁279。

[34] 黃文認為：「〈希臘古甕歌〉斷言古甕之不朽，且『美即真，真即美』成為英國浪漫主義詩中的名句。……古甕有的是男歡女愛，苦瓜則為慈母之愛；古甕上呈現的是狂歡，苦瓜中蘊藏的則為苦難，〈希臘古甕歌〉是西方的，〈白玉苦瓜〉則為中國的。」同註④，頁278-279。

[35] 引自王岳川，《二十世紀西方哲性詩學》，（北京：北大），1999，頁26。

之歌〉1952.5.28）。[36]以夜鶯喻濟慈，顯然是因濟慈名篇〈夜鶯頌〉（*Ode to a Nightingale*）而有所啓發。死於肺結核的濟慈以僅僅五、六年的創作生命，留下許多不朽的文學作品，英國詩人雪萊（**P.B. Shelley**，1792－1822）以此紀念逝者：「詩人是一隻夜鶯，棲息在黑暗中，用美妙的歌喉唱歌，來慰藉自己的寂寞。」[37]如果說濟慈〈希臘古甕歌〉與余光中〈白玉苦瓜〉之間同樣誦唱著屬於他們各別的美學思想，那麼兩者之間共存的文學信息將提供我們一定的參考價值。

余光中曾在數篇散文中反覆論及「想像」的美學意義和藝術體驗的問題：「想像，可說是眞理的捷徑，沒有了想像，物我的交融與合一是不可能的。……想像是啓美的一道電光，排開一層層現象，而直攫意義。」[38]余光中推崇想像之眞，一九七六年在倫敦召開的第四十一屆國際筆會中，即以濟慈的想像詩論爲其演說主題。[39]濟慈有名的「無爲之說（**Negative Capability**）」──「一個能夠處於無定、神秘、疑惑之境，而不致可厭地急於追求事實與理性」[40]的詩學體驗一再強調「想像」作爲通往藝術的永恆之途。余光中在〈想像之眞〉中強調詩的想像地位，將無限的遠景引入有限的生命，使有限與無限接通。把「想像的眞實」與「心中感情的聖潔」視爲至高的詩意境界，切合濟慈「眞」與「美」的藝術本質。根據濟慈詩觀：「緊凝（intensity）是每種藝術的極致，能緊凝，則一切雜沓可厭之物皆煙消雲散，而與美和眞接壤」、「我必須清楚見到美後，才能確切感受它的眞」是濟慈詩藝致力的目

---

[36]　《藍色的羽毛》，（臺北：藍星），1954，頁34-35。

[37]　濟慈著，《濟慈詩選》，馬文通譯，（臺北：桂冠），1995，頁1。

[38]　〈想像之真〉，同註③，頁64。論及「想像」之文散見〈藝術創作與間接經驗〉《從徐霞客到梵谷》，（臺北：九歌），1994，頁518-519；〈象牙塔到白玉樓〉《逍遙遊》，（臺北：時報），1984，頁122。

[39]　〈想像之真〉，同註③，頁64-70。

[40]　引自《葉慈詩選》，朱維基譯，（上海：上海藝文），1983，頁60。

標。⑪一八一七年十一月二十二日濟慈致友人班杰明貝禮的書簡：「我所能把握的，只有心中感情的聖潔和想像的眞實——想像據以爲美者，必定爲眞。」⑫通過「美」以求其「眞」是濟慈的詩學理念，那是藝術生命通往永恆之途；「想像」對余氏發揮何種層次的作用？且聽詩人如此道來：

　　　　想像是詩人的煉金術，可以把現實變成境界。想像如水，使現實之光折射成趣。想像如麵粉，使經驗的酵母得以發揮。觀察止於理性的邊境，想像則舉翼了過去。想像，是詩人天賦的自由之權利。⑬

我們或許可以說，濟慈與余光中對「想像」的詮釋兩者都發生著同一種意識型態幻象（ideological illusion）。唯獨通過「想像」構築與現實相異的幻象世界，詩人才由此尋獲藝術的自我疆界。進一步言之，倘若我們從美學與歷史的角度解讀〈白玉苦瓜〉與〈希臘古甕歌〉，大致可以在當中發覺置放在博物館內的苦瓜與古甕只訴說故事，而非正史，套用布魯克（Cleanth Brook）的說法，也就「當然沒有附上名字和時間」，古甕的歷史性因此是「超於時間，在時間之外（history is beyond time, outside time）」⑭。詩因此提供了具足的、超越歷史的元素去建構藝術之永恆性。然而有趣的是，藝術之具有永恆形象性，往

---

⑪ 同註㊴。

⑫ 同註㊴。

⑬ 同註㊴。

⑭ 在*'Ode on a Grecian Urn'*的衆多評論者中，Cleanth Brook是首位以史家的視野去細察詩中對古甕之描繪的評述者。Cleanth Brook. *The Well Wrought Urn*. New York: Harcourt, Brace & World,1947; reprint. 1975. p156.

往是因為藝術已失去對其時代的歷史直接關係，因此，在貧乏的現實世界之外，詩人透過詩筆置身在幻象舞臺之中隨即變得理所當然。

根據菲尼（A.W.Phinney）對〈希臘古甕歌〉的解讀，詩中關於歷史與藝術之關係的確認，以及這些觀點在新批評主義中的重申，原來只是浪漫主義的實例。[45]真如麥肯（Jerome McGann）所倡議的：「每一位浪漫主義詩人的偉大幻象，原是那個主張詩歌，甚或意識，能夠使人從歷史和文化的殘骸中得自由的思想」[46]——一種在以後的日子不斷地在針對浪漫派之批評中，居主流的幻象。在已消逝的歷史中緬懷或追逐歷史傳統，「想像」無疑是「天賦的自由」。早夭的年輕詩人濟慈相信，大地的詠詩永不寂止，「想像」無疑擴大了對藝術世界的解放視野，因為它同時滿足了詩人的內在渴求：透過想像，詩開啓一個更恆遠的主體世界。

古甕與苦瓜

「詩人在寫下一句詩，他已經活動在這個空間裡；我們說一句話，已經呈現出我們歷史的根源。」[47]站在歷史的舞臺，〈白玉苦瓜〉所表

---

[45] A.W.Phinney. "Keats in the Museum: Between Aesthetics and History- 'Ode on a Grecian Urn'". *Coleridge, Keats and Shelley*. ed. J.Kitson. Peter. Basingstoke: Macmillan Press. 1996. p132.

[46] "The idea that poetry, or even consciousness, can set one free of the ruins of history and culture is the grand illusion of every Romantic poet". J. McGann. Jerome. *The Romantic Ideology: A Critical Investigation*. Chicago: University of Chicago Press. 1983. p91.

[47] 葉維廉，《中國詩學》，（北京：三聯），1992，頁72。

露的文化關懷與美學追尋有多少是與〈希臘古甕歌〉相呼應的？在「西方」與「中國性」之間到底存在何種文學張力？根據劉紀蕙的說法：「詩人將古中國的文化記憶具象結晶爲可觸摸之藝術品的修辭策略，以及詩人所採用的母子性別位置，卻都清楚流露出詩人要與母體斷絕關係的意圖。」[48]此處不妨細察余光中在〈白玉苦瓜〉自序中如何回首憶往：「整塊大大陸，是一座露天的巨博物館，一座人去樓空的戲臺，角色雖已散盡，餘音嫋嫋，氣氛仍令人低徊……。」[49]人去樓空的「低徊」是值得留意的關鍵所在。顯而易見的，評論者的各種說詞已隱藏在對〈白玉苦瓜〉所展開的系列問題上。如何可以通過內部美學分析或歷史語境來解讀古物？是否能以現代視野再現古物，抑或，它們總不免與其歷史淵源有著千絲萬縷的關係？黃維樑在對〈白〉詩分析中，將此詩分成三節，「首節描述成熟中的白玉苦瓜，次節回顧它從前孕育成長的歷史，末節則言其永恆不朽。」[50]本文同意這樣的分法，但此處也同時嘗試將全詩以歷史話語、邊陲獨白及主體再現三種闡釋策略去解讀。其中在歷史與美學詮釋之間不單是關係著藝術與生命的張力，全詩同時將歷史話語賦予戲劇化的理解。最後的「主體再現」或可被視爲一種辯證性部分的總結，但這並不表示「白玉苦瓜」的意義或詩本身可以被簡化爲一個基本的公式，其中歷史的關聯性是脈脈相扣的，因此，三種理解過程都必須混合起來發揮作用，缺一不可。

　　　　似醒似睡，緩緩的柔光裡
　　　　似悠悠醒自千年的大寐
　　　　一只瓜從從容容在成熟……

---

[48] 同註㉛，頁311。

[49] 《白玉苦瓜》自序，（臺北：大地），1995，頁6。

[50] 同註④，頁277。

古中國餵了又餵的乳漿

——《白玉苦瓜‧白玉苦瓜》（以下同）

博物館作為歷史文明的產物，館中無限累積的時間從未中止於高築它的巔峰，累積各時代文物，建立歷史檔案的方式，是把所有時光、世代、形式、品味收編在一個地點的意志，在時間之外，建構一個不被破壞的千古文明，在一個不變的位置上，組織某種持續、無限時間的積累。而置放於博物館玻璃框內的歷史文物則有待框外觀者建構其記憶再現系統。抒情懷鄉、遙想遼寂的「古神州」歷史情懷，在六、七十年代的臺灣是普遍存在的。置放在臺北故宮博物院的白玉苦瓜承載的歷史宿命是與母國關係的斷連。首節起始「千年的大寐」與「古中國的乳漿」——歷史的美學召喚呼之欲出。濟慈所題詠的古甕，上有情人對所愛者愛之永恆追尋以及祭祀鎮民獻祭的浮雕，以古希臘神話為背景，有二千多年的歷史。[51]根據〈希臘古甕歌〉的歷史解讀，濟慈對希臘古甕的讚頌乃源於對希臘精神（the Greek spirit）的崇仰。濟慈友人塞文（Joseph Severn）認為那實為美與樂的宗教之結合（the Religion of the Beautiful, the Religion of Joy）。濟慈深愛這個生氣勃勃的古代精神：「它是個不朽的青年，宛如聖靈之無過去、無現在。」[52]菲尼（Phinney）指出濟慈只是通過諸如拿破崙博物館（Musée Napoléon，即羅浮宮）等書本及經常出入大英博物館去認識古代藝術。[53]或許，用更確切的話說，博物館其實造就了濟慈將希臘古甕當作一個藝術標誌的處理手法。雖然濟慈的古甕已從過去割斷出來，頌詩的第一和第四節則嘗試找回往

---

[51] 同註④，頁274-292。

[52] "It's an immortal youth…just as there is no *Now* or *Then* for the Holy Ghost". Sharp. William. *The Life and Letters of Joseph Severn*. London: Cambridge University Press. 1982. p29.

[53] 同註㊺, p136.

昔[54]——十九世紀浪漫主義的美學傳統。無獨有偶，美學意識從不曾由歷史意識中完全脫開，透過把作品與其時代語境分開，博物館將苦瓜轉化爲一件藝術品。因此，剔除它原本的歷史內容，它成爲詩人自己對藝術的揣摩之媒介。而說到底，苦瓜與古甕所衍生的對話關係，在於兩者之間隱藏的歷史投射。不妨檢察〈白玉苦瓜〉自序這麼一段話：

> 感慨始深，那枝筆才懂得伸回去，伸回那塊大大
> 陸，去沾汨羅江的悲濤，易水的寒波，去歌楚臣，哀漢
> 將，隔著千年，跟古代最敏感的心靈⋯⋯這樣子的歷史
> 感，是現代詩重認傳統的途徑之一。[55]

〈白玉苦瓜〉所渴慕的是詩人意識裡根深柢固的文化之根——「千年」、「古中國」的歷史傳統。另一方面，在歷史話語之外，詩人余光中似乎受著另一個現實處境所影響，即「苦瓜」屬於一個時序上和地理上都十分遙遠的世界，一種似曾相識卻又遙不可及的痕跡：

> 茫茫九州只縮成一張輿圖
> 小時候不知道將它疊起
> 一任攤開那無窮無盡
> 碩大似記憶母親，她的胸脯⋯⋯
> 皮靴踩過，馬蹄踩過
> 重噸戰車的履帶踩過
> 一絲傷痕也不曾留下⋯⋯

---

[54] 同註[45]。

[55] 同註[49]，頁6-7。

對詩人而言，觀賞／書寫「苦瓜」不僅是窺其美，更重要是要瞭解它的歷史——包括創造它的那個世界（「茫茫九州」、「母親」）以及其後它的歷史（「皮靴踩過」、「馬蹄踩過」、「履帶踩過」），最後是歷史事實本身——「一絲傷痕也不曾留下」。詩人此刻站在歷史的邊陲檢閱歷史，「『縮』成一張輿圖」與「一任攤『開』那『無窮無盡』」，將自己置於無窮九州的邊緣觀視這片沃土，幸與不幸、恩慈與傷痕在時空之外化為烏有，這是〈白玉苦瓜〉另一層的邊陲體悟。

正如伽達默爾（Hans Georg Gadamer）所說，藝術品在博物館裡作為美學作品的那種孤立，與藝術家在現代社會的那種邊緣隔離，其實類同。我們可以發覺到，「只要作品屬於一種美學的醒悟，它就會失去其所屬的地方和世界」，而這樣的疏離其實「跟藝術家在世間失去自己的位置是並列的」。[56]我們可以相當準確地在詩人身上找出這種並列，因為他明顯地在文學主體性上下功夫，重歸歷史傳統的努力，正足以彌補他在尋覓當代知音上的心靈缺憾。好比古董藝術可被放進博物館用作唯美欣賞，從而將之從歷史的瓦礫中「拯救」出來，濟慈也渴望將自己從行家中「拯救」出來，安放於偉大作家的行列，亦即是文學界的博物館裡。例如，他用相當自信的語氣回答那些對 *Endymion* 的批評：「這只是早晚的問題——我想在身後我會成為英倫歷代名詩人之一。」[57]順理成章的，書寫古物對兩位詩人而言都是重要的，因為它同時顛覆自己當下的存有——現實世界。濟慈在〈希臘古甕歌〉中所寄寓的是浪漫主義美學傳統，正如韋勒克（Wellek René）所指的，它（浪漫主義）

---

[56] Hans-Georg Gadamer. *Truth and Method*（2nd edn, 1965）. tr. Garrett Barden and John Cumming. New York: Continuum. 1975. pp76-78.

[57] "This is a mere matter of the moment – I thinks I shall be among the English Poets after my death". Keats John. *The Letters of John Keats, 1814-1821*. ed. Hyder Edward Rollins. Cambridge. MA. Harvard University Press. 1972. p394.

儼然已成爲一種「典範模式、虛構、想像性符號。」[58]如此觀之，「苦瓜」顯然是「沒有註腳的歷史（History without Footnotes）」，然而歷史的欠缺並未阻礙主體「自主世界（autonomous world）」[59]的形成，在本節第三部分，我們不妨檢視詩人的美學體悟，如何在歷史制約中重構一種「自足的宇宙」（〈白〉）。

在果殼裡解構[60]

作爲一位「藝術的多妻主義者」，余光中作品所呈現的美學特質或非受限於一種線性因果關係的鏈式反應，而是多元的藝術審美再創造過程──一個極爲複雜的內在建構過程，當中即有英美文學的影響：

> 從莎士比亞到丁尼生，從葉慈到佛洛斯特，那「抑揚五步格」的節奏，那倒裝或穿插的句法，彌爾頓的功架，華茲華斯的曠遠，濟慈的精致，惠特曼的浩然，早已滲入了我的感性尤其是聽覺的深處。[61]

---

[58] Wellek René. "The Concept of Romanticism in Literary History". *Concepts of Criticism*. New Haven: Yale University Press. 1963. p161.

[59] Cleanth Brook. *The Well Wrought Urn*. New York: Harcourt. 1975. pp162-163.

[60] 語出Spivak Gayatri Chakravorty. "to dismantle in order to reconstitute what is always already inscribed. Deconstruction in a nutshell" Derrida Jacques. *Of Grammatology*. tr. Gayatri Chakravorty Spivak. Baltimore: Johns Hopkins University Press. 1976. P1xxvii.

[61] 〈先我而飛〉自序，同註②，頁2。

接受英美文學洗禮的余光中，在「學」、「教」與「譯」中，無論是莎士比亞、濟慈、華茲華斯或是惠特曼，影響詩人的不僅是與這些文學經典所展開的對話關係，更是與東西方文化靈魂的交戰。事實上，在每一個文化移植的過程中，都不免牽涉到多重歷史、多種文化的心靈對話。正由於藝術品和詮釋者都不能逃避歷史，〈白玉苦瓜〉最值得鼓舞處乃在於歷史邊界的跨越與提升：

> 久朽了，你的前身，唉，久朽
>
> 爲你換胎的那手，那巧腕
>
> 千盼萬眛將你引渡
>
> 笑對靈魂在白玉裡流轉
>
> 一首歌，詠生命曾經是瓜而苦
>
> 被永恆引渡，成果而甘

詩人在博物館歷史傳統裡找到了一個「自足」的美學世界，可以說這種「自足」的維繫源於「時間的流轉」。與劉文「推離」、「切斷」母體一說不同的是，此處詩人仍堅持「瓜的前身」。這一回，作品不逃避歷史，反爲歷史重新寫下「時間」的註腳：「經過了白玉也就是藝術的轉化，假的苦瓜不僅延續了，也更提升了眞苦瓜的生命。生命的苦瓜成了藝術的正果，這便是詩的意義。短暫而容易受傷的，在一首歌裡，變成恆久而不可侵犯的，這便是詩的勝利。」[62]「苦瓜」的再生力量不單單來自它那份永恆美，更是源於那份美與歷史的聯繫。

　　一八一八年濟慈在致奧古斯特・赫色的信中說：「我發現：我沒有詩——永恆的詩——我就無法活下去」，對濟慈而言詩即是美即是生。

---

⑥ 同註⑭。

在〈白玉苦瓜〉的世界裡，永恆的力量成為詩作的動力。美學認知與記憶同行之時，經典往往是真正的「憶術」，是文化思考確切的根基。閱讀是為了自己與未成謀面的人，濟慈〈希臘古甕歌〉在這裡成為個別思考的意象載體。「濟慈說一篇幽美的詩章，要像那綠葉在樹上生長」（〈創作〉1952.11.12），[63] 以綠象徵生的意志，孕育詩的真與美，以長青綠葉隱喻文學生命的生生不息；「誰說你名字是寫在水上？美的創作是永恆的歡暢」（〈弔濟慈〉1953.2.23），[64] 此句出於濟慈生前擬寫的墓誌銘：「此地安息的人，他的名字寫在水中」。[65] 水作為源遠流長的永恆象徵，承載藝術生命的不朽、美與永恆。〈白玉苦瓜〉「成果而甘」與〈希臘古甕歌〉「美即真，真即美」[66] 召喚了當下的存有，以形象化的文字呈現，這個藝術真實如同存活於另一個想像世界中，在歷史話語與邊陲獨白中無限延伸、擴展，從而在人與世界的關聯處再現不朽的文學精神。

余氏談及〈希臘古甕歌〉的主題該是藝術之完美與永恆，然而也強調「藝術雖美，未必能一勞永逸，解除生命之苦……希臘古甕終究只是「冷面的牧歌」，可解一時之憂，為美之直覺而渾然忘憂而已。」[67] 也因此〈希臘古甕歌〉開篇首段連寫七個問句，在生命的矛盾處發出靈魂深處的問語。在聖經的解釋中，「七」這個數字有「完全」的意思。若說「美即真，真即美」是古甕對人類的啟示，那麼無論在古甕與苦瓜之

---

[63] 《藍色的羽毛》《余光中詩選集》第一輯，同註②，頁70。

[64] 同註[63]，頁76。

[65] 濟慈的遺體被安葬在羅馬清教徒公墓內，後人遵詩人遺願，墓碑上刻一把豎琴，底下則是這句墓誌銘："Here lies One whose Name was writ in Water"。

[66] 「美即是真，真即是美，這就是你們所知道和須知道的一切」。"Beauty is truth, truth beauty,——that is all. Ye know on earth, and all ye need to know."〈希臘古甕歌〉（*Ode on a Grecian Urn*），同註[37]，頁2。

[67] 〈濟慈名詩八首譯述〉，（臺北：聯合文學），2009年12月，302期，頁139。

中，人類依舊可以在美與真之外使生命有所超越，那就是愛與愛的承擔
——「For ever with thou love」（〈希〉），而這種精神也將使古甕
與苦瓜邁向永恆、臻至豐盛與完美。

三、重讀〈湘逝〉[68]

　　王爾德（Wilde Oscar）在其《W.H.先生的畫像》（*The Portrait of Mr.W.H*）中曾說：「每一位門徒都會從大師身上拿走一點東西」。[69]
在詩的影響領域裡，馬爾羅（Malraux）說過：「每一個年輕人的心都是一塊墓地，上邊銘刻著一千位已故藝術家的姓名。」[70]藝術創作的滋養過程是日積月累的，每一份滋養，都有其特殊的模式，只待偶發的瞬間觸動，蘊生美感俱足的藝術成果。長達八十行的〈湘逝〉（1979.5.26）所呈現的內容，彷彿從歷史中得、從有感中悟，在詩句中邊陲話語俯拾皆是，這樣的歷史感悟仿如詩聖杜甫（712-770）文本經驗的再現。

---

[68] 本文發表於「第一屆中國語言文化國際學術研討會」，題為〈余光中《湘逝》與互文性〉，（香港：第一屆中國語言文化國際學術研討會，2002年3月13-14日）。2007年修訂。

[69] 哈羅德布魯姆（Harold Bloom）著，《影響的焦慮》，*The Anxiety of Influence*，徐文博譯，（臺北：久大），1990，頁4。

[70] 同註[69]，頁25。

詩聖魅影

　　縱觀余作〈湘逝〉、〈秋興〉（1978.12.1）、〈戲爲六絕句〉（1972）等詩，其與唐代詩壇共享文化情感的例證，以個人的生命體驗爲參照，以共享的價值觀爲支撐——一種於天涯作客爲本質的價值觀，這共享的存有，正是源於五陵少年杜甫。對於這位代表中國經典大師的詩聖，余光中推崇備至。[71]余詩〈湘逝〉、〈北望〉（1976.2.15）、〈秋興〉、〈戲爲六絕句〉以及詩集《五陵少年》（1967）皆有杜甫側影，以此類篇名焦點轉換，此舉實質體現的美學精神何在？在香港完成的〈北望〉全篇朝向北方神州：「每依北斗望京華」（〈北望〉1976.2.15）引自杜甫「夔府孤城落日斜，每依北斗望京華」（〈秋興之二〉）、「玉京群帝集北斗」（〈寄韓諫議〉）等篇。〈北望〉於香江述懷，遙望故國而不得歸；另一方面，北方京城是杜甫的心靈故土，追憶京城往事，感嘆京城盛衰，兩者皆有對京城的無限懷想。再以〈秋興〉爲例，杜甫文本呼之欲出，「秋何興而不盡，興何秋而不傷？」（蕭綱《晚春賦》），曉風殘月，登山臨水，遷客騷人感慨萬千。

　　余光中著〈秋興〉於一九七八年，時以羈旅之身作客香江，面對「對岸的遠山」、「吐露港的湛藍」，舉目繁城已是「月滿中秋，菊滿重陽」之時。一片秋聲中憑弔北斗，顯然與杜甫「叢菊兩開他日淚，孤舟一繫故園心」（〈秋興八首〉之一）形成今昔對照。值得注意的是，此作題材上爲秋來懷友之作，與杜甫〈秋興〉究竟有何關聯？秋天，對於羈旅中人往往是一個思慕的季節，將暮色秋景與懷友並連，置紅葉

---

[71] 散見〈從天真到知覺〉，同註③，頁94；〈象牙塔到白玉樓〉，同註㉘，頁63-96。

「在詩選秋興那幾面」（〈秋興〉以下同），懷友吟秋只是表象，以暮色、秋天的短暫對比「秋是一冊成熟的詩選」，成爲全詩精神骨架。「成熟」意蘊之深足於蓋論整個唐代詩壇，自縱的歷史演進而言，唐上承魏晉南北朝之後，正是文學史上「步向一個更完美更成熟的新時代」[72]。杜甫承先啓後之詩藝成就古今皆知，〈秋興八首〉更臻其集大成之極致，頌揚「秋」爲一部成熟之詩選，在杜甫那裡找到了文學寄寓之所在。然而余光中〈秋興〉並不滿足於傳統的延續，其基本的美學精神乃是超越傳統。其方法既不把杜甫處僻遠之地，以羈危之身，懷悲涼之心而著的〈秋興〉情懷融入詩中，而是於時空之外想像性重構了〈秋興〉。把懷友之情寄於「詩選『秋興』那幾面」，再創造「永垂不朽」、「最壯麗最動人聯想的一張書箋」。一種邊陲文本，從詩體到另一種詩體，在「秋」的短暫中銘刻了歷史的「不朽」。從傳統文本不在場的位置上出發，傳統與現代的關懷縱橫糾葛，杜甫〈秋興〉成爲一種精神與存在處境的象徵載體。

在古詩價值體系之下展開書寫，文本價值的存續與主體超越的追求卻是不會終止的。作爲天涯客的精神指標，文本的飄泊來到〈湘逝〉場域，仿如一本自傳體再現。余光中不僅在湘水中寫出了杜子美的舟中獨白，更寫出了自身的歷史，實具寫實與喻託雙重含意。〈湘逝〉副題「杜甫歿前舟中獨白」有意闡明詩中建構的文本脈絡，杜甫名篇穿越其中：〈夔州歌十絕句〉、〈聞官軍收河南河北〉、〈登岳陽樓〉、〈北征〉、〈秋興〉、〈昔遊〉、〈白帝城樓〉、〈草堂〉、〈昔遊〉、〈登高〉、〈旅夜書懷〉等，文本的包容性與歷史性構築著一部徹頭徹尾的個體放逐史。縱橫時空隧道，在諸多文本歷史記憶的交錯中，余光中如何自傳統中自由跳脫，形塑五千年之後的〈湘逝〉？

---

[72] 葉嘉瑩，《杜甫秋興八首集說》，（上海：上海古籍），1988，頁3。

漂流語意的美學救贖

　　歷史的動機（historical impulse）和修改的動機（revisionist impulse）二者的分野關係著對於〈湘逝〉的詮釋。此處，余光中關切的不只是杜甫的過去，而是藉這些傳統的「歷史」和「知識」的整合重構「現代」的聲音。詩人以「說故事（talk-story）」的手法再現傳統詩學，這些策略包括重寫杜甫的故事，以想像的細節整飭歷史資料，他的想像性重構更多是指向一種「預言式回顧（a prophetic vision of the past）」。這種回顧使傳統與現代文字縱橫交錯，且有助於詩人拋離傳統的權威，創造湘水的現代世界。此處要解答一個核心問題：「現代」是建基於怎麼樣的文學脈絡？〈湘逝〉通篇可見杜甫文本，藉書寫杜甫勾勒現代文本的漂移，詩中前三句一語道破文本「託付」的隱喻：

> 把漂泊的暮年託付給一櫂孤舟
>
> 把孤舟託給北征的湘水
>
> 把湘水付給濛濛的雨季
>
> 　　　　　　——《隔水觀音‧湘逝》[73]（以下同）

天寶年間杜甫身處的長安是大唐王朝由盛至衰的時代，〈湘逝〉中出現的〈北征〉、〈登高〉、〈秋興八首〉等詩幾乎是圍繞「他日淚」與「故園心」的題旨而展開。昔日長安盛景成為杜甫永遠弔唁的對象。「漂泊」、「孤舟」、「北征」、「湘水」構成漂流的視景與主題——它要我們傾聽被邊陲化的聲音。另一方面，唐代是中國詩歌發展史上的

---

[73] 《隔水觀音》，（臺北：洪範），1983年，頁3。

巔峰，在詩歌集大成的唐代，要想推舉一位承先啓後的詩人，則除杜甫之外，無人可當之。於此，杜甫→長安→盛唐，構成一歷史的縱軸，成爲文本託付的目標以及回視傳統的焦點所在──傳統就在〈湘逝〉裡。然而，事實並非如此簡單，「再回頭已是峽外望劍外」，這種超越時空的對話一再提醒我們「回頭」的不可實現性從而正視自身（傳統）的處境。

　　一九六〇年余光中發表《五陵少年》[74]，以五陵少年自喻，在書寫策略上可說是爲後來的文學走向鋪設了「正視」傳統的道路。「我的血系中有一條黃河的支流」（〈五陵少年〉1960.10），只可惜六十年代的黃河太冷，許多文人才子皆相繼離國，「飄蓬散萍般流失海外，嚴重減弱了島內現代文學運動的力量」。〈湘逝〉中「驚潰五陵的少年」延續了文人離散的感嘆：

　　　　十四年一覺惡夢，聽范陽的鼙鼓

　　　　遍地擂來，驚潰五陵的少年

　　　　李白去後，爐冷劍鏽，

　　　　角龍從上游寂寞到下游⋯⋯

　　　　更偃了，嚴武和高適的麾旗，

　　　　蜀中是傷心地，豈堪再回楫？

〈湘逝〉寫於一九七九年，余光中在港的山居歲月，此時期文壇學界舊友新知動如參商，沙田七友也相續各奔前程，「東出陽關無故人」的感

──────────

[74] 五陵本指漢代五個皇帝陵墓，即高祖長陵、惠帝安陵、景帝陽陵、武帝茂陵及昭帝平陵，此五陵皆在長安北面。詩中五陵借喻長安。余光中《五陵少年》詩集以此命名，五陵者更引杜甫〈秋興八首〉：「同學少年多不賤，五陵衣馬自輕肥」名句。

嘆躍然紙上，「冷」「鏽」二字盡述「龍的寂寞」。如果把詩中出現的文人編列，則為一部唐代詩史，李白、嚴武和高適曾為詩杯文友。香江的寂寞或可延伸至臺北文壇的「寂寞」：

> 我想念一九五七、一九五八年的那一段日子，那一段色彩絢爛的小規模的盛唐。……並沒有維持得多長，原因固然很多，但最重要的一個似乎是：理論的負荷壓倒了創作，演成喧賓奪主之勢，以致作者們忙於適應所謂現代主義的氣候，而未能表現自己內在的生命。[75]

在湘江溪畔傾聽流水與今人的演述，以古詩穿透文本，《五陵少年》中的臺北青年透過詩聖悄然現形，附身於萬里悲秋之際，更於今人同銷萬古情愁，說出往返於傳統與現代之間的話語，以一種懷古卻又省今的姿態出沒，以「他」的獨白轉化為「我」的發言。「豈堪再回楫？」呼應五陵少年的感懷，唯一的處理途徑是透過書寫來重塑那一段「色彩絢爛的盛唐」記憶。

〈湘逝〉文本的摸索與形體的浪游穿梭於杜甫流離困頓的一生，文字的呈演蘊含杜甫沉斂與悲壯的詩歌美學基調。於此，與其說余光中以一種緬懷似的漂流語境回應了杜甫的歷史時間，不如說詩人也同時回應了自身所處的現實世界。然而，對於昔日盛唐／傳統的情感投射，詩人並不因此停滯於歷史中，「飄然一漁夫，盟結沙鷗」卻又在歷史的轉折處重現生機，那是一種試圖超越邊陲話語的精神圖像。「支離東北風塵際，漂泊西南天地間」（〈詠懷古跡〉是杜甫生涯最簡明的概括。把「飄然」一語化為富有象徵意義的書寫，是杜詩「飄飄何所似？天地一

---

[75] 《五陵少年》，（臺北：大地），1981，頁3。

沙鷗」（〈旅夜書懷〉）中的沙鷗。〈湘逝〉「一」漁夫與杜甫「一」沙鷗吻合清人仇兆鰲所謂「一沙鷗，仍應上獨字」之意。[76]「一」之形影結合湘江湧動的悲劇意象和孤舟意象，此時的鷗鳥正是杜甫暮年的漂泊與孤獨的具體化。因此舟中漁夫才會留意到除柔櫓之外，只有輕鷗相伴，孤寂感由此延伸。而「盟結沙鷗」寫來，卻是何等瀟灑，又何等廣達，以天地之大對沙鷗之小，而沙鷗卻悠游其間，以小御大，氣吞宇宙，影繪出主體自我的另一面——從邊陲話語中重構自身的存有。奮飛於天地之間，擊搏於浪濤之中，來往自由、瀟灑自若的沙鷗就是理想視境的化身。「飄然」沙鷗，有飄逸孤高之感，而無漂泊衰颯之氣。〈湘逝〉以此文本寄託主體追尋之希望與理想，文本不以浪游爲其終極追尋，而是踰越本體極限，超越肉身以施展主體的內在生命。從這個例子可以看出，詩人從歷史傳統中尋回自身發言位置的驅策，是與另一個同樣強烈的欲望相得益彰——投射出沒有被歷史束縛的另一個烏托邦式美學存有。除了我們輕易看到的杜甫詩歌互文轉化，〈湘逝〉中蘊藏一種杜甫所沒有／不可能有的互文經驗，這可從詩中出現的數處互文本中見出：

猶崢漢家的陵闕

西風殘照，漢家陵闕。（唐·李白〈憶秦娥·秋思〉）

聽范陽的鼙鼓，遍地擂來

漁陽鼙鼓動地來。（唐·白居易〈長恨歌〉）

總疑竹雨蘆風湘靈在鼓瑟

使湘靈鼓瑟兮，令海若舞馮夷。（屈原·〈楚辭·遠游〉）

[76] 仇兆鰲輯注，《杜詩詳注》，（臺北：正大），頁1229。

借助杜甫以外的文本：李白〈憶秦娥・秋思〉、白居易〈長恨歌〉、屈原〈楚辭・遠游〉等詩句，藉古今文本的語言匯聚，重構傳統的意義。以古今文本分布光影，對文字琢磨推敲，記憶杜甫或與其身旁瑣事無關，重構現代版的〈湘逝〉才是書寫中重要的啓示。「古今」交錯的涵意，就像詩中的結尾──古今預設了不只一種文本、一個故事或一種空間：

> 漢水已無份，此生恐難見黃河
>
> 唯有詩句，縱經胡馬的亂蹄
>
> 乘風，乘浪，乘絡繹歸客的背囊
>
> 有一天，會抵達西北的那片雨雲下
>
> 夢裡少年的長安

「夢裡長安」指向「理想盛唐／傳統」，同時也確認了〈湘逝〉文本的虛構性──「夢」。從一個未曾到過的湘水出發，余光中藉著雜糅事實與想像引進一個邊陲世界，其目的無非是爲了尋回、重建傳統的主體世界。從頭自末，整個杜甫／傳統的時空條件都不爲他所有，但他牢牢地掌握了述說的權利。他的重新塑造過去，無疑也象徵了詩人對文學主體性的形塑。余光中在結尾創造了一個第三空間──「詩句」，也唯有「詩句」，提供漂流語意另一片故土，通過詩句與歷史傳統對話，抵抗記憶與語言的喪失；也唯有「詩句」重新提供作者顛覆傳統的位置，讓被邊陲化的傳統的聲音得以重新發言。在這有限的時空中，「詩句」成爲最終指涉的中心，成爲一個可以一再重新回溯的定點，或者說，一個超越的符旨。藉文字提升爲美感經驗，歷史的「湘」雖已「逝」，然而超越歷史時空，以湘水爲仲介，杜甫文字的幽靈現身遂名正言順地成爲余光中一再反覆辯證的主題。因此，歷史的「湘」就不再逝，文字依

存，「湘」被賦予永恆存有的意義。歷史與現實的交錯為〈湘逝〉構築一個新的文本空間——一種古今融通的文本脈絡。這個空間既浪跡傳統又歸宗現代，從歷史到現實，從地域到文化，於此，作品所呈現的是美學救贖的多重層面，並內化為抒情主體超拔的心境與情態。

通過跨文化跨時空的創作經驗，《蓮的聯想》、〈白玉苦瓜〉與〈湘逝〉真切而內在地置身於生命之流中，並與遠古生命融合在一起。肯恩（T.Edward Cone）如是說：「『作曲家的聲音』並不只是從形式或風格上來理解，而是心理的、存在的、文化的書寫。」[77]作品中各種文本在依稀可見的狀態中同時並存，互相指涉，互相補充，最後達到無中心和無限多元的狀態。余作在這裡詮釋了跨文化書寫的意義，視文本為解放的主體，因為只有這樣才能獲得以文字作為客體救贖之應許，通過中西古今文學的滋養，建構新的文化生命。不管從歷史或文學的層面來看，文化主體性的建構過程必然要不斷被重構和置換，主體性允諾二條軸線的運作：個人與世界的空間軸及橫貫古今的時間軸。主體性含融這二軸的相互運作，激盪出流動性與彼此的對話，讀者在一首詩裡看到跨越古今東西，交雜錯綜的指涉援引——一種來自於對文化、典故、文本的東西大搬風，古今大移位，這是新古典衍生的主體渴望，通過話語的嘗試把傳統的過去表述為文本的創造實踐過程。

---

[77] 引自廖炳惠，《回顧現代文化想像》，（臺北：業強），1995，頁38。

柒

我是誰：邊陲主體的
自我呈現

只有經歷光明和黑暗，才算是真正活過。

——褚威格Stefan Zweig [1]

---

① 史蒂芬‧褚威格（Zweig Stefan）著，奧地利流亡作家，語出自傳《昨日的世界》（德），舒昌善等
　譯，（北京：三聯），1991。

　　六十年代現代思潮與第一世界文化衝擊以空前巨大的歷史閹割力與他者姿態橫亙在當代中國面前。這種史無前例的物質與意識型態侵略，使中國知識分子突然同時對傳統的意識結構陷入一種「既愛猶恨說恨還愛」的情結中。葉維廉以「中國本土特有的認同危機」詮釋知識分子面對主體文化定位時的內在糾葛，亦即是在文化生死夾縫中的徬徨。[②]這時期中西文化模子之間的衝突與調合是極其複雜的，其衝突與對峙曾深深觸擾了中國本源的感受、秩序觀和價值觀。處於中西夾縫中的知識分子，總是努力不斷地，或要從外來模子中尋出平行的例證，或者強行地堅持他們固有文化的優越。這種徘徊於東西方文化碰撞中無所適從的困窘與內在糾葛，卻在另一層意義上為當代知識分子提供文化思辨的契機。

　　的確，這是一個過去與現在、本土和外來文化對峙與滲透的過程，詩人余光中在這個過程中做出不同程度的迎拒。從身分的游離到文字的再現，文本在這一進程中起跳、蛻變、發展，漸次充滿了內在抉擇的異質與張力，並在中西文化經驗的衝擊與滲透之間出入於歷史潛意識的重軛與他者視點的俯察之中。

　　余光中對中國文字的愛戀強度經由他自己的強調以及在實踐上被認可，業已成為觸目的當代文學史事件，但他與「現代」和「古典」千絲萬縷的對話關係，仍舊豐富可觀。做為中國人——說故事者——文化生產者通過儀式（rite of passage）的必要獻祭，做為回歸古典的必要過程，在純化語言的同時詩人也純化了自身的血緣（臺灣外省人——海外華人——中國人）。造成文化血緣混雜的地域因素被排除之餘，他自身也必須倒溯（regress）到語言文化學習之初，倒退到他的幼兒期，

---

② 葉維廉，〈語言的策略與歷史的關聯——五四到現代文學前夕〉，（臺北：《中外文學》），第10卷2期，1981，頁4-73。

以一種原始命名（archaic naming）的方式——它首先是一種空間性命名（spatial naming），把自己與發言（enunciation）之處或對象區辨開來，以重新設立起主詞單位的自主性（autonomy of the subjective unit），人稱代名詞轉換器（personal pronoun shifter）——我[3]——一個具純淨文化血統的發言主體（subject of enunciation）。被建立於那樣一個「從我是誰到誰是我」的通道口，詩人在主體性建構過程中不免經歷游離與過渡，從而造成邊陲書寫的「漂逐」——詩學修行的辯證揚棄。站在那個年代這樣的位置上，詩人如何在歷史和傳統（無論是中國或西方）中找到自己的本源？如何在邊陲位置上為自己創造發言空間？主體性實踐上的議題特徵，總不免挾帶著特殊時代下的各種要素——現代性、現代主義、新古典、中國性……，個體身上的集結，卻也生產出也許連詩人自己也未曾預料到的多重意義。

一、自我實現的西方模式——以葉慈爲例

在中西文化交流的歷史上，我們尚未發現一個能完全正確地「閱讀」對方的例子，我們拚命去理解和認識對方的結果，卻往往情不自禁地突然領悟到，「他者」不是別人，恰恰是我們自身———種企圖通過他人的認同來確認自己身分的過程。普魯斯特（Proust Marcel）《追憶似水年華》中的敘述者在書末說道：「我的讀者們將轉變爲『恰如其份地閱讀他們自己』」，在我的書中，他們將閱讀他們自己和他們的局限

---

[3] Kristeva Julia. *Place Name.* New York: Columbia University Press. 1977. p289.

性。」④閱讀他者也表示對此矛盾詮釋的可能性，在表明矛盾之外，還有純粹的對話和解釋作用。任何書寫永遠不可能在其中僅僅觀照個人問題，相反，當個體面對他者靈魂時，兩者生命對話常由此展開，閱讀他人思想的行為本身，事實上也就在閱讀自己的深度並反觀自身的位置。正如布魯姆（Harold Bloom）所言，文學最深沉的焦慮是屬於文學性的，把這份焦慮帶到邊陲經驗的反思之中，正是自我啓蒙的開始，也是自我審理和自我淨化，從而領悟到主體的有限與無限的過程。

　　戰後臺灣現代主義詩潮以「橫的移植」作為一代人青春狂飆的祭典，透露了戰後臺灣詩史的競技場域。余光中在現代詩的祭壇裡縱遊出入，當西方暗語俯身照眼詩人時，他是以何種交錯的情感寫下昨日詩的碑文？在西行取經中著力於西方文化汲養之同時，在那個時代的美學思維上，何者豐富了詩人的文化自我？詩人如何透過這些經典大師建構其邊陲話語？這些心靈對話往往可內化成為一種跟主體、跟欲望相融合的書寫活動與創作空間，在「作品客體」與「作家主體」的存在中，承載意義和內在經驗。下文將以來自愛爾蘭的大詩人威廉・巴特勒・葉慈（William Butler Yeats, 1865-1939）為例，探討余光中作品與葉慈的內在聯繫。

從愛爾蘭到中國

　　黃國彬認為余光中與葉慈之間有許多相似處：余光中年輕時受新月

---

④ 引自卡勒（Culler Jonathan）著，《文學理論》*Literary Theory: A Very Short Introduction*，李平
　譯，（香港：牛津），1998，頁195。

派影響，葉慈則受十九世紀詩人影響；余光中富於中國意識，葉慈富於愛爾蘭意識；余光中能接受年青人影響，力求革新，並接受搖滾樂和民歌的啓迪，葉慈受龐德、辛格的影響，力求現代。[5] 葉慈這位來自愛爾蘭的詩人，終其一生致力於文學創作，在葉慈眼中，愛爾蘭是一個「大記憶庫」，貯存著比英格蘭更爲悠久的歷史，是一個充滿詩象徵的倉庫。余光中作品豐富的中國意識與葉慈「文學是民族的（national）」立場尤爲相似；余光中評介葉慈散文：「對於葉慈，創造與毀滅皆爲文化所必須。」[6] 葉慈對愛爾蘭的懷念一如余光中對母國鄉土的眷戀，余光中從詩作中書寫母國，葉慈則必須背離英國文學的傳統，退回愛爾蘭的本土風景中去尋找靈感。

「中國是什麼」、「我是誰」充斥余作第九胎繆斯《在冷戰的年代》（1969）。詩集收入從一九六六年至一九六九年間的作品，那是詩人的壯年，「海峽的對岸，文革正劇……海的對岸，越戰方酣」，[7] 這些都被一一記錄在詩作裡。葉慈系列組詩〈內戰時期的沉思〉（*Meditations in Time of Civil War*）則作於一九二一年至一九二二年愛爾蘭內戰期間，當時詩人困居西部高爾威郡的峇鱺塔內，目睹時局紛亂，作品從歷史視角反省個人的時代角色、故國與文明之危機。從整體而言，《在冷戰的年代》無疑像一系列組詩，戰亂榮辱、歷史浮沉、文明嘲諷、自我掙扎，清晰可見一道道歷史軌跡。〈帶一把泥土去〉（1966.9.14）、〈公墓的下午〉（1966.12.15）、〈如果遠方有戰爭〉（1967.2.11）、〈臘梅〉（1968.1.5）、〈忘川〉（1969.3），彷彿潛藏著葉慈〈內戰時期的沉思〉之次文本（sub-text）。

---

[5] 黃國彬，〈在時間裡自焚——細讀余光中的白玉苦瓜〉，（臺北：《中外文學》），第4卷6期，1975，頁28-45。

[6] 〈舞與舞者〉《左手的繆斯》，（臺北：大林），1973，頁17-21。

[7] 《在冷戰的年代》新版序，（臺北：純文學），1984，頁2。

那主題永遠是一個主題

永遠是一個羞恥和榮譽

　　　　　——《在冷戰的年代・致讀者》（1969）

每次想起，最美麗的中國

怎麼張著，這樣醜陋的一個傷口

　　　　　——《在冷戰的年代・每次想起》（1967.9.11）

埋葬過且生長過

最醜惡的屍體

生長過且埋葬過

最難忘的美麗

　　　　　　　——《在冷戰的年代・帶一把泥土去》

患了梅毒依舊是母親

　　　　　　　　——《在冷戰的年代・忘川》

羞恥／榮譽、美麗／醜陋，以及「梅毒」相對於「母親」，那是經由一連串對比構成的複雜情感。葉慈〈內戰時期的沉思〉同樣出現此種反覆對比，過去／現在、秩序／混沌、創造／毀滅、狂野／溫和……。這種探究過程被賀時伯（Stuart Hirschberg）視爲一種「自行審問」，「一種肯定與反肯定的律動」[8]；余光中則把這種現象結構解爲「戲劇的緊

---

[8] Hirschberg Stuart. "The Great Wheel: Its Influence on 'Meditations in Time of Civil War'". *At the Top of Tower: Yeats's Poetry Explored through A Vision*. Heidelberg: Carl Winter Universität-verlag. 1979. pp50-64.

張性（dramatic tension）」。[9]撇開詩作的結構問題，葉慈詩中愛爾蘭題材呈現的矛盾張力自有其歷史詮釋。葉慈曾在晚年所作〈綜述我的作品〉（*A General Introduction for My Work*, 1937）中，坦承自己對文化傳承的矛盾心理，他有感於愛爾蘭人所遭受的長期迫害，有時候發覺「怨恨毒害著我的生命，我怪自己軟弱，未能加以適當表達」，這種漂浮的愛爾蘭意象正是受壓迫民族於帝國殖民錯綜的生命寫照。[10]余光中《在冷戰的年代》歷史反思中也充斥複雜的情感矛盾，詩人處於一種既愛猶恨的不確定狀態中，在美與醜中掙扎於歷史的傷口，對故國的愛卻是一個不變的古老主題，這個主題交錯肯定（榮譽／美）、否定（羞恥／醜）而不遽下定論：

> 我肯定的是中國之常：人民、河山、歷史，而否定的是中國之變：斯時政局。[11]

文本清楚勾勒邊陲書寫的矛盾張力，並進一步指向它與歷史的辯證關係。雖然說國家很多時候是想像的建構，但是它一旦被想像成一具有深度與廣度的生命共同體時，這種休戚與共的國族情懷也往往跟著被內化為個人生命中神聖的一部分。對於葉慈，「作品必須有祖國」、「沒有國家，便不可能有偉大的詩……人只能以帶手套的手伸向宇宙——那手套就是他的國家。」[12]愛爾蘭是葉慈心目中「古老的理想主義的家鄉」，而余光中對故國的愛恨糾葛當不亞於葉慈對愛爾蘭的情感。國

---

⑨ 〈老得好漂亮——向大器晚成的葉慈致敬〉，《望鄉的牧神》，（臺北：純文學），1986，頁114。

⑩ 吳潛誠，《航向愛爾蘭——葉慈與塞爾特想像》，（臺北：立緒），1999，頁240。

⑪ 《在冷戰的年代》新版序，《余光中詩歌選集》第二輯，（長春：時代文藝），1997，頁129。

⑫ 同註⑩，頁13。

家、種族、個人藉一連串心靈對話重新喚起歷史書寫的意義，冷戰年代
的失落由此提供補救之道。

瘋狂的中國將你刺激成詩篇

　　《在冷戰的年代》被公認為余光中最富時代感的作品。〈野
炮〉（1966.12.25）、〈凡有翅的〉（1966.11.12）、〈自塑〉
（1967.1.7）等詩作於國族文明淪喪之年，作者面對祖國的倒行逆施與
文化浩劫，臺灣的孤立無援與政治低壓，對歷史長期以來的國難國恥尤
感愴然：

　　　　如何你立在旋風的中心

　　　　看瘋狂的中國在風中疾轉

　　　　鬢髮起飛揚，指著氣候的方向

　　　　以一種痛楚的冷靜……

　　　　如何讓中國像瘋狂的石匠

　　　　奮槌敲擊你切身的痛楚

　　　　　　　　　　　　　——《在冷戰的年代‧自塑》

陳芳明認為中國的苦難刺激余光中的創作，作品「喚起中國人強烈的認
同感，他要在個人的命運和中國命運之間建立起顛撲不破的感情。」[13]

---

[13] 陳芳明，〈冷戰年代的歌手〉收入於黃維樑編著，《火浴的鳳凰——余光中作品評論集》，（臺
　　北：純文學），1979，頁94-96。

中國的苦難在詩人靈魂深處被烙印著：「你全身的痛楚就是我的痛楚，你滿臉的恥辱就是我的恥辱。」[14]詩人立在大旋風和大漩渦之中，以一種帶傷痕的冷靜企圖撲攫一些不隨幻象俱逝的東西，直到詩人發現「自己」——自己的存在和清醒。且看余光中的「自塑」：「借用奧登的句法，我對自己的靈魂說：『瘋狂的中國將你刺激成詩篇』。」[15]「瘋狂的中國」引自英國詩人奧登（W.H.Auden,1907-1973）〈弔葉慈〉弔語：「瘋狂的愛爾蘭將你刺激成詩篇（Mad Ireland hurt you into poetry）」。[16]統一性的理想愛爾蘭是葉慈一生的志業，在〈給未來時光的愛爾蘭〉一詩中誓願「把愛爾蘭的冤錯化爲甜美」[17]，將愛爾蘭七百多年的民族苦難化爲詩歌。而另一方面，余作〈自塑〉無盡的索度，正像失落國族的自悼，必須歷經靈魂的祭典，才能找到夢的原鄉。從另一視角觀之，詩人把自身置於「旋風的中心」是勇氣與置身現實的體現；「看瘋狂的中國在風中疾轉」則又回到邊緣，是冷靜的觀照、是想像力進駐與召喚的空間，象徵詩人在痛楚中所採取的姿態。不論是由內而外或由外而內，空間的律動呼應心靈的重整，當石匠敲擊身上的苦痛，詩人已爲自身形塑了歷史。

　　一九六九年余光中完成《在》詩集，壯年的靈魂向自我生命探索：「這時自我似乎兩極對立，怯懦的我和勇敢的我展開激辯。」[18]《在》提供詩人反思的舞臺，表面上雖孜孜於中國近代史的紛擾，實際上是對

---

[14] 〈地圖〉，同註⑨，頁68。

[15] 〈六千個日子〉，同註⑨，頁122。

[16] 「你生前愚蠢如我們：唯你的天才不朽：逝了，富孀們的教區，肉體的腐爛，你自己；瘋狂的愛爾蘭將你刺激成詩篇」"You were silly like us; your gift survived it all: The parish of rich women, physical decay, Yourself. Mad Ireland hurt you into poetry" (*In Memory of W.B.Yeats*)，中譯見《英美現代詩選》，余光中編譯，（臺北：水牛），1992，頁307-315。

[17] "to sweeten Ireland's wrong" (*To Ireland in the Coming Times*)，吳潛誠譯，同註⑩，頁37。

[18] 同註⑪，頁129。

近代中國文明危機的關切，也即陳芳明所指的「整部中國文學史，指全部的中國傳統文化」。[19]詩人試圖從過去尋找價值，從歷史中提煉出一種文化上的完整性：

> 一個民族的文學是永恆的。……此地所謂的前途，
> 不是指三年五載的「出路」，而是指整部的中國歷史。[20]

這種對傳統的肯定與葉慈尊崇愛爾蘭傳統的態度相合。愛爾蘭人締造了舉世屬目的愛爾蘭文藝復興，這個為時約半個世紀之久的文學運動，以塞爾特（Celtic）傳統文化為根據，致力於創造以愛爾蘭經驗為主的新文學，葉慈即是參與締造此運動的重要領航者。葉慈的回憶和想像經常回到童年愛爾蘭西部鄉下——一個充滿古老神話和傳奇的地方去尋覓詩的靈感，他的愛爾蘭身分以及愛爾蘭古老的傳統和神話成為詩作重要資源。葉慈為自己創造了一個歷時不衰的盎格魯‧愛爾蘭傳統；余光中詩風從新古典轉而向樸素民謠風格的追求，回歸故土搖籃的民族意識，實非歷史的偶然。

　　另一方面，「永恆」主題是葉慈詩作的精神指標，不輟地在起伏的創作生涯中探詢靈魂的超脫與不朽，〈航向拜占庭〉（*Sailing to Byzantium*）、〈拜占庭〉（*Byzantium*）皆是其中佳作。超越性則是余光中追求的典範目標——「一個大詩人，從摹仿到成熟，從成熟到蛻變到風格的幾經推陳出新，像杜甫、像莎士比亞和葉慈那樣，必須不斷超越」。[21]對於生命現象的客觀解釋，是把「永恆」視為時間，用余光中

---

[19] 同註[13]，頁111。

[20] 〈六千個日子〉，同註[9]，頁134。

[21] 〈誰是大詩人〉，同註[9]，頁71-84。

的話說：「敢在時間裡自焚，必在永恆裡結晶」。[22] 把現象永恆化，就是把歷史共時化，使之聯繫到歷史的解釋主體上來。余光中站在歷史舞臺，通過葉慈創作生命，深化爲自我的體驗，從時代、個人的境遇出發去感受和領會歷史的本質。於此，詩的靈魂呈現出主體追尋的意義，這層意義是出於詩人通過體驗和反思歷史的結果，並由此尋獲內在聲音。詩人葉慈的激盪使主體的混沌進一步轉化爲不朽的價值存在。余光中在這場自我與靈魂對話中，葉慈成爲其「意向性」體驗，成爲一種賦予意義，指向意義、尋求意義的對話活動。

二、經典與我

六十年代初，當歐美現代主義的實驗正走向窮途末路，苦苦掙扎尋求新的路向之際，在臺灣的現代詩人卻開始對傳統極端反抗。人們在某種程度上質疑傳統性，同樣難以逃脫西方文化權威的陰影，在某種意義上，這代人沒有自己的「元話語」，既不能從傳統的話語中找到理解和闡釋這個文化擴張時代的依據，也難以從現成的理論規範中獲取文化的立足點。處在一個轉折時代的文化真空裡，余光中創作歷程上經歷了一段「虛無時期」（1960-1961）。[23] 無論是身分或文化自我，都不免陷入一種雙重邊陲化處境。在〈逍遙遊〉一文中不斷提出「我—是—誰？」[24]

---

[22] 《逍遙遊》，（臺北：大林），1980，頁159。

[23] 劉裘蒂將余光中的創作生命分為八個時期，其中1960年至1961年為「虛無時期」。見劉裘蒂，〈論余光中詩風的演變〉，收錄於黃維樑編，《璀璨的五彩筆——余光中作品評論集》，（臺北：九歌），1994，頁51。

[24] 「五千年前，我的五立方的祖先正在崑崙山下正在黃河源濯足。然則我是誰呢？我是誰呢？……」〈逍遙遊〉《逍遙遊》，（臺北：水牛），1986，頁160。

的問題，這種「眞空的感覺」在其六十年代《天狼星》（1976）詩集中顯而易見。長達六百二十六行的長詩〈天狼星〉，不但是「個人或詩壇的無依或空虛，也是一個文化、民族對傳統的懷疑和接受外來的衝擊」[25]交錯的十字路口。

回歸之路

作爲一個話語的觀望者，站在各種話語的交匯口，尋找文化自我的需要是如此迫切。詩人面臨的雙重危機乃在於「我」的存在性和文化確認性的威脅，實際體現「中國民族文化原質根性放逐後的傷痛」（葉維廉語）。「必須逃亡，逃出自己」（〈憂鬱狂想曲〉1963.4.5）[26]，已爲回歸傳統之路埋下伏筆。「文化之路把我們帶回我們眞正所在之地」[27]，走向回歸之路的過程同時也是自我解構與重構的主體實踐，在相異的歷史時空下文本中出現的中國經典人物爲此提供印證。我們不妨從〈不忍開燈的緣故〉（1984.3.10）、〈桐油燈〉（1993.2.12）、〈夜讀〉（1978.8.7）等作品中尋找蛛絲馬跡。

面對蒼茫暮色，高齋臨海，詩人讀著「老杜暮年的詩篇」（〈不忍開燈的緣故〉以下同）。[28]「淺淺的一盞竹葉青，炙暖此時向北的心情」，在默照的象徵界中暗藏深意——它是與「北」方古國相輝映。正

---

[25] 劉裘蒂，同註[23]，頁53。

[26] 《天狼星》，（臺北：洪範），1987，頁22。

[27] Heidegger Martin. *On the Way to Language*. tr. D. Hertz. Peter. San Francisco: Harper & Row. 1971. p93.

[28] 《紫荊賦》，（臺北：洪範），1986，頁129-131。

因為燈所照者為歷史詩篇,「不忍一下子開燈」更凸顯愛之深情之怯的心緒。以中國經典人物為仲介,民族幽魂由此在黑暗混沌中找到了依歸:

　　有一個地方叫從前
　　有一盞桐油燈亮著
　　燈下有一個小孩
　　咿唔念他的古文

　　　　　　　——《五行無阻·桐油燈》(以下同) [29]

從前的那一盞桐油燈恆是今日照亮詩人的燈?在這個意義上,這盞燈的語言,並不傳達了燈,而是:作為文化的燈,傳達中的燈,表達中的燈。從本質上看,「小孩」即是主體內在最單純的自我顯現,「從前」則成為一種精神指向。此處帶出一訊息:主體在黑暗中依附什麼作為光明之源呢?答案即在「古文」裡:

　　如果我一路走回去
　　回到流浪的起點
　　就會在古屋的窗外
　　窺見那夜讀的小孩
　　獨自在桐油燈下
　　吟哦韓愈或李白

---

[29] 《五行無阻》,(臺北:九歌),1998,頁104。

「流浪的起點」作爲尋索文化主體性之始，在歷經東西方文化洗禮、現代與傳統論戰之後，詩人渴求「走回去」。古典生命存留在「古屋」之中，飄蕩在歷史記憶之初，韓愈與李白是希望之源。小孩的「獨吟」形象是如此堅實，在夜深人靜中將現在跟過去與未來連繫起來，「河之源，路之初」成爲其安身立命之所在。這「古屋」又與「五千年」悠久中華文化相吻合。傳統所承載的精神力量必須是在歷史的具體過程中由具體的書寫去實踐，書寫本身同以前和以後的歷史聯繫在一起，並且正是它們以後的歷史把它們以前的歷史照亮成一個變易中的連續過程。傳統（韓愈／李白）在這裡體現「無時不在的眞理」，它包含在時空的核心之中，在時間與空間感受壓迫之時，主體再度回歸到歷史之中：

> 燈是月光照夜讀的人
> 燈有古巫的召魂術
> 隱約向可疑的陰影
> 一召老杜
> 再召髯蘇，三召楚大夫
>
> ——《與永恆拔河・夜讀》（1978.8.7）[30]

經驗了「一山蟲吟，幾家犬吠」（〈夜讀〉）的藝術論戰，才使這隻「不寐之犬」[31]的生命之流在暗夜中突然引燃。此處，杜甫、蘇軾與屈原出場成爲迫切的召喚。燈所「照」者與主體所「召」者如出一轍。傳統根源觸動詩的靈魂，它不再是無生命的物，而是與中華文化的薪火相傳精神相呼應。無可質疑地，詩中對李白、蘇軾或屈原仍潛存一烏托邦

㉚ 《與永恆拔河》，（臺北：洪範），1979，頁38-40。

㉛ 余光中自喻，見〈紫荊賦——山中暑意七品〉，同註㉘，頁68-69。

理想，這份理想一方面是積極的，是一種對歷史記憶的傳承，是民族文化在永恆時間中生命的指引；另一方面它又是「感傷」的，是一種對現代文明中幻滅、孤寂感的展示，是主體一生現實經驗中「寂寞的見證」[32]——在歷史的漂流語境中尋找那最純粹的文化遺骨後的內在獨白。時間、歷史是無休止的，生命在時間裡、在歷史裡成熟，夾雜在歷史的暗處，依舊有一種可以共享的信念：

> 窗外，窗裡，不同樣分享？……
> 蘇軾是誰？北宋在何代？……
> 燦燦的光年外
> 永恆是唯一的名字，啊，永恆
> 　　　　　——《隔水觀音·第幾類接觸》（1979.9.9）[33]

「蘇軾／北宋」這道智慧之光，它穿透空間，它不在窗裡窗外，而是在歷史裡。「蘇軾」所引發的即是歷史時間之維的片斷，又是文化空間之背景。夾在東西文化之間又無法找到平衡點的人們，時間「年輪」見證了魂去魂歸的最後終結，於此「蘇軾」成為一道溝通主體世界的通道，體現了邊緣自我意志的象徵實體。從這裡我們可以看到余光中對文化主體性的詮釋與使命，在他「尋我」的視域裡，重新形塑一扇面對世界的窗——抽離歷史的陰暗面與局限，把個體存在的歷史性經由傳統經典的仲介轉而為源源不絕的詩篇。

---

[32]「至於這一盞孤燈，寂寞的見證，親愛的讀者啊，就留給你們」，見《高樓對海》，（臺北：九歌），2000，頁155。

[33]《隔水觀音》，（臺北：洪範），1983，頁135-139。

民族詩魂的召喚

　　「在民族詩歌的接力賽中，我手裡這一棒是遠從李白和蘇軾的那頭傳過來的，上面似乎還留有他們的掌溫。」[34]余光中所致力建構的主體性與歷史傳統關係緊密連繫，〈戲李白〉（1980.4.26）、〈尋李白〉（1980.4.27）、〈念李白〉（1980.5.8）仿如系列組詩：

> 你曾是黃河之水天上來，
>
> 陰山動，龍門開，
>
> 而今黃河反從你的句中來；
>
> 驚濤與豪笑，萬里滔滔入海……
>
> 黃河西來，大江東去，
>
> 此外五千年都已沉寂
>
> ──《隔水觀音・戲李白》[35]

通篇李白（701-762）及蘇軾（1036-1107）互文本：「黃河之水天上來，奔流到海不復回」（李白〈將進酒〉）、「黃河西來決崑崙，咆哮萬里觸龍門」（李白〈公無渡河〉）、「西嶽崢嶸何壯哉，黃河如絲天上來」（李白〈西嶽雲臺歌送丹丘子〉）及「大江東去，浪淘沙，千古風流人物。……驚濤裂岸，捲起千堆雪」（蘇軾〈念奴嬌〉）。通過原有材料「戲」李白，並讓材料各自說話。蘇軾和李白壯志未酬，理想與

---

[34] 〈先我而飛〉《余光中詩歌選集》第一輯，同註⑪，頁2。

[35] 同註㉝，頁53。

現實背離的際遇，皆與余光中的放逐經驗相呼應。「黃河反從你的句中來」成爲天涯客內在靈魂寄寓之所，在文化眞空的年代透過古典大師重獲書寫的新泉。

李白三部曲分別作於文革末期及臺灣鄉土文學論戰之時，詩人此時期也陷入文化界重重論戰中。[36] 李白「天上謫仙人」的儒道狂傲與超然脫俗，蘇軾「筆力縱橫，天眞爛漫」的豪逸超曠，確實足以構成另一種感知經驗：

> 看你一人無端地縱笑，
> 仰天長笑，臨江大笑，
> 出門對長安的方向遠笑，低頭
> 對杯底的月光微笑。
>
> ——《隔水觀音·念李白》[37]

笑傲江湖的姿態見於「我本楚狂人，鳳歌笑孔丘」[38]（〈念李白〉）此詩題，搖筆之始落在李白〈盧山謠寄盧侍御虛舟〉啓首處。在盧山山間流水之中，長風萬里，黃雲漠漠處，被判「長流夜郎」的李白只盼「先期汗漫九垓上，願接盧敖遊太清」[39]，與余光中放逐心境實有異曲同工

---

[36] 見傅孟麗，《茱萸的孩子——余光中傳》，（臺北：天下），1999，頁175。

[37] 同註[33]，頁59-61。

[38] 「我本楚狂人，鳳歌笑孔丘。手持綠玉杖，朝別黃鶴樓」（李白〈盧山謠寄盧侍御虛舟〉）。據皇甫謐《高士傳》春秋時楚人陸通，字接輿，因見楚昭王政治混亂，乃佯狂不仕，時人謂之楚狂。孔子至楚，陸通在其車旁歌曰：「鳳兮，鳳兮，何德之衰也！」勸孔子不要做官，以免得禍（《論語·微子》）。此李白以楚狂陸通自況。見韓盼山，《李白詩歌精選》，（石家莊：花山文藝），1996），頁329。

[39] 同註[38]，頁329。

之處。放逐邊陲，實應以何種姿態放眼世界？在傳統的瓦解中又該吸取何種民族精神支撐那有待重整的文化自我？〈念李白〉以笑聲縈迴指向內在昇華的多重心理狀態：「縱笑」→「長笑」→「大笑」→「遠笑」→「微笑」的內在情感由狂至靜，由豪邁至恬淡，由外在至內在，最後的微笑，則是情感的沉斂與堅持。藝術形式把這種超脫精神徹底釋放，峰迴路轉處：「世人對你的竊笑、冷笑……唯你的狂笑壓倒了一切」（〈念〉）。以冷峭之反語面向世情，張狂中見清醒，批判中見超拔，沉默中見力量。「竊笑」、「冷笑」強烈反映主體刻意與現實樹立批判距離，以作為顛覆現實的姿態。文本與詩仙的感知經驗合一，從而默許了排除異己、堅守原委的意識：「樹敵如林，世人皆欲殺，肝硬化怎殺得死你？」（〈尋李白〉）。不難看出，在眾聲喧嘩，樹敵如林之中，李白的狂傲超脫是自我救贖的聲音：「現在你已經絕對自由了，儒冠三千不敢再笑你！」（〈念〉）。

　　藝術昇華的象徵性本質加速自我確認的經驗，在眾多選擇中尋找出路。「出門對長安的方向遠笑」具體而微地說明了邊陲主體的信念。「長安」、「遠」試圖道出邊緣距離的指向，詩人在時空之外尋獲的發言位置就在那中國詩歌輝煌之所在──長安，大唐帝國之都。傳統本源的信念如此根深柢固，也因此，當回到現實的位置上，詩人才能獲得自在的滿足──「對杯底的月光微笑」。對流放中的人而言，時間是靜止的，記憶就在那兒，歷史就在那兒，故國種種也在那兒，似乎可以隨時複製或重新加以經驗。余光中在建構這個歷史經驗的發言權時，藉「戲」、「尋」、「念」李白為仲介，企圖超越詩仙的生命隱喻，一種身在江湖而笑傲江湖的文本革命於焉成形。

　　流放者在失去的精神家園中重塑自身的疆界，而各種漂移的歷史又反過來凝視漂泊在外的流放族群，最後在書寫中又進一步被各自的文本所凝視，這種多重凝態的書寫經驗往往成為自我解構的美學試驗。與現

實保持心理距離，從而把審美對象看作是使人擺脫現實羈絆後的付託領域，恰恰在〈夜讀東坡〉（1979.5.26）中給予啓示：「最遠的貶謫，遠過賈誼，只當做乘興的壯遊」（〈夜〉）。余光中在給友人思果一文中，引蘇軾〈遊金山寺〉「江山如此不歸山，江神見怪驚我頑。我謝江神豈得已，有田不歸如江水」。[40]東坡登金山而西望故鄉眉山，在〈沒有人是一個島〉中，余光中以蘇軾「有生孰不在島者？」[41]自勉，可視爲對蘇軾詩文哲理的轉化。蘇軾「知者樂水，仁者樂山」（《論語・雍也》）的曠達，在〈前赤壁賦〉、〈念奴嬌〉、〈臨江仙〉等名篇中充分體現，而其三度被貶的流放際遇或令余光中心有戚戚焉。

　　將民族的集體想像和意識納入作品中，通過藝術那不可言說之物，內化苦難從而昇華爲「乘興壯遊」之境。在這層意義上，余光中從蘇軾處所感知的恰恰是主體踰越的體驗，借用蕭柏（Schaub）的話，踰越即是進入和諧與智慧的一種神話式的啓蒙。[42]〈大江東去〉（1972.11.13以下同）有蘇軾〈念奴嬌〉側影，「源源不絕五千載的灌溉」則如夫子之道：「黃河入海雖然萬古不竭，但河裡的水源源不斷，每一波都是新的：表面上永遠不變，實際上，卻是刻刻在變。」[43]〈大江東去〉內含蘇軾般豐沛的藝術湧動──「每一滴，都甘美也都悲辛」。詩人在歷史傳統中追逐的經典大師魅影都有相同的指涉──那是一種漂流經驗的歷史對話。龍族翻動史頁，革命性意義潛存在主體對過去歷史的認知，匯集在大江流水中，過去的歷史傳統成爲辯證中的流水，等待人們用啓示性的符語向它招魂。

---

[40]　〈送思果〉《記憶像鐵軌一樣長》，（臺北：洪範），1987，頁406。

[41]　〈沒有人是一個島〉《分水嶺上》，（臺北：純文學），1981，頁391。

[42]　Schaub. Uta Liebmann. "*Foucault's Oriental Subtext*". PMLA (Publications of Modern Language Association of America) 104.3. New York: Modern Language Association of America. 1989. p306.

[43]　〈重登鸛雀樓〉同註[41]，頁249。

汨羅江的救贖

　　「我來汨羅江和屈子祠，就是來到了中國詩歌的源頭，找到了詩人與民族的歸屬感。」[44]汨羅江成爲這個有著朝聖者般的追尋者自我靈魂寄寓之所，那個曾經似乎永遠無法再現的中心——汨羅江，又再度回到詩的原點。

　　余光中對屈原（前340-前278）的推崇備至，或者連他自己也無所料及。少作〈淡水河邊弔屈原〉（1951，詩人節）早已埋下伏筆：「但丁、荷馬和魏吉爾的史詩，怎撼動你那悲壯的楚辭？」、「那淺淺的一灣汨羅江水，灌溉著天下詩人的驕傲！」。值得注意的是，詩人的文化體悟，乃是通過與西方（但丁、荷馬、魏吉爾）經典文學比較之下的結果，而經典的確常常是「在眾多相互搏鬥以求存留下去的文本當中作選擇」。[45]經歷現代主義浪潮的衝擊，詩人最終仍離不開對汨羅江的一片忠愛。我們不妨透過〈召魂〉（1990.5.27）、〈水仙操——弔屈原〉（1973.端午）、〈漂給屈原〉（1978.4.23）及〈憑我一哭〉（1993.6.16）這類文本脈絡，觀察詩人如何通過楚騷精神體現文化自我。

　　少作〈淡水河邊弔屈原〉（1951）以汨羅江作爲敘述開場展開少年啓蒙之途，江水的魅力驅動詩人，內在文本騷動可從中窺知。汨羅江的啓蒙仿如傅柯的啓蒙文章，啓蒙變成一種累積過程，需要歷經時間的

㊹ 李元洛，〈楚雲湘雨說詩蹤——余光中湘行散記〉收於《給藝術兩小時——余光中‧黃永玉談文學與藝術》，（湖南：湖南大學），2000，頁130。

㊺ 布魯姆（Harold Bloom）著，《西方正典》*The Western Canon*，高志仁譯，（臺北：立緒），1998，頁15。

沉澱審查其歷史的意義與價值。[46]屈原被建立於史的通道口上：「青史上你留下一片潔白」、「我彷彿嗅到湘草的芬芳」（〈淡〉）、「楚歌從清芬裡來」、（〈水仙操──弔屈原〉）、「汀芷浦蘭你流芳到現今」（〈漂給屈原〉）。作品透過對歷史的重溫與弔唁，可以說也是自身向文化主體價值求證的歷程。「潔白」、「芬芳」、「湘草」、「汀芷浦蘭」象喻楚澤精神。蘭的比喻在此具有多重含義，其一，蘭花的本質是香的，不會因為沒有人欣賞就失去芳香，其香是含蘊的，並不要求人知道；其二，當外界環境發生變化，蘭仍不失其香。一方面寫出蘭的品質，另一方面托喻屈原內蘊：忠貞節操不因人為的誤釋而失其意義，而是經得起時空考驗。第三層含義最為關鍵，歷經時空考驗，古典傳統的幽香猶如汀芷浦蘭，她永遠屹立不倒，馨香如恆。表面上寫的是蘭，然而「一切景語皆情語也」，古遠芬芳毋寧意指一種美學化的藝術實踐，它不僅是汨羅江上（客體）的歷史遺墨，同時更是傳統價值昇化的推衍。

> 從上游追你到下游那鼓聲
> 從上個端午到下個端午……
> 有水的地方就有人想家
> 有岸的地方楚歌就四起
> 　　　　──《與永恆拔河・漂給屈原》（以下同）[47]

把汨羅江畔的水殤轉換為文字，「楚歌」在這裡承載整個民族力量，古老祖國的歷史符號呈現在現實世界的文化推延中，它超越時間：「上個

---

[46] Foucault. Michel. *Politics, Philosophy, Culture: Interviews and Other Writings* 1977-1984. New York: Routledge. 1988. p94.

[47] 同註㉚，頁170-171。

端午到下個端午」、橫跨空間：「從上游追你到下游」。「追」字的迫
切性與持續性遊刃有餘，捨我其誰的文化使命感原於追逐一所安身立命
的「家」。鼓聲、歌聲在濤濤汨羅江裡，那是一種悲壯的完成，再次啓
示主體尋「家」的內在力量：「你就在歌裡、風裡、水裡」──「歷
史」無處不在。

　　悠悠楚吟的救贖之旅來到以文字招魂的祭典，首先在命題的辯證上
布設場景：〈召魂〉、〈憑我一哭──豈能為屈原召魂〉所招者為誰之
魂？像其他同樣以屈原文本命題的詩篇一樣，〈天問〉（1986.9.26）或
〈小小天問〉（1974.2.1）同出一策。〈召魂〉為屈原續〈離騷〉、〈九
歌〉之大作，其不朽處在於他血淚交迸、感人肺腑的文體內容，表現作
者整體生命與國族靈魂。在故國歷史記憶和文化虛位之間尋求救贖，以
屈原為仲介瞬間切入歷史，此處欲招者不僅是形體的離散，更是尋魂
末途的掙扎光景，所謂救贖之旅也無非是一趟文本祭悼的重重辯證──
「再大的南中國海也容不下一條無助的孤舟」（〈召魂〉以下同）[48]，
「無助孤舟」的隱喻不言自明。呼救的強烈渴望從人魂底層的深淵處層
層拔升，穿越肉身。當中的告解一如廚川白村的曉諭：「深刻而『有意
識』的苦惱，潛在著心靈奧處的聖殿裡，這苦悶只在自由的絕對創造
中被象徵化，而後成其為藝術作品。」[49]屈原〈召魂〉中寄望「魂兮歸
來」，把一切託付在楚懷王的醒悟中，詩人則以屈原作為詮釋主體，內
蘊於中，向外通達，喚起重重省思。文字不斷往返穿梭，在歷史的開放
性空間裡辯證跳躍，召喚民族之魂。楚騷精神被視為文化啓示源頭的實
物遺址和經典文本，古遠歷史的借鑒迫在眉睫，「沉溺了兩千多年」的
信仰既賦予救贖以記憶性，也賦予主體文化歷史性，招魂者從這定位中
企圖解答關於他族類的命運──汨羅江史詩式的命運。藉屈原以詢問主

---

[48] 《安石榴》，（臺北：洪範），1996，頁149-152。
[49] 廚川白村，《苦悶的象徵》，（臺北：德華），1990，頁33。

體價值、尋求救贖，是爲解決自身存在的問題，而屈魂也是肉身存在、文化實踐的自然延伸——「你的死就是你的不死」（〈淡〉）。人亡字未亡，把文字從幽靈中神聖化，於此重新獲得信仰的背書。因而，亡魂不僅具革命辯證的意義，也具贖救神學的意義——遠古藝術的精神母題再現了，移植到現實世界中，邊陲靈魂似乎也通過對這個歷史意象的召喚重構主體。

或許汨羅江的救贖也只不過是一種詩意的救贖，歷史遺魂成爲詩人在追尋自我主體中所詮釋的文化符號，其中對生命的思索也充滿了古今交織的過程——一種不斷自我煉淨以求證悟的過程。走筆至此，我們也爲然發現，沒有傳統，就沒有經典，沒有傳統，我們的思考便告終止。中國古典文學給我們的不僅是一種認知的形式，我們認知的能力也大多源自於此，它不只是一種閱讀記憶，更重要的是在這當中何者使得它堪值記憶，從而延展作者的生命。汨羅江在這裡標誌了不朽的內在力量：「東方迢迢，是他的起點和終點」。[50] 汨羅江之旅成爲余光中漫長、艱巨而又激動人心的精神跋涉和心智漫遊，中國經典大師爲他提供了整體的觀照，猶如一部精雕細琢的神殿，他以信仰的虔誠普渡幽靈，在李白的灑脫、蘇軾的豪邁、屈原的悲壯中構築主體世界，當中包含了文化／歷史／美學實踐，並由此確立了主體性的追尋——一個特有的感知與表述世界，一個新的汨羅江世界。

來自現代主義詩潮的衝擊，無疑將文化的價值意涵，導向文化自我定位的問題。中國文化無疑是詩人曾經生長的母性空間，自母親的流域拍浪而出，歷經他者文化的洗禮後，母親原鄉的召喚——「走回中國」使詩人重獲初生的完整。縱觀上述，如果說余光中的自我呈現往往是從邊陲位置出發，那麼這些來自邊陲的聲音則仿如一種「開放意符」，它

---

[50] 〈不朽，是一堆頑石〉《青青邊愁》，（臺北：純文學），1977，頁15-16。

與不同的自我做辯證結合時，將可獲得自己特定的形式與內容。這種邊緣性的自我認知，不論從何種書寫策略出發，都有助於主體位置的確認，因為「在重新評估價值的重認中，我們的邊緣性可以是我們主要的資產」。[51]

三、焚而不燬[52]：〈火浴〉[53]說

討論余光中詩作中文化實踐的體悟，〈火浴〉（1967.2.1初稿1967.9.9）正是一道重要的門檻與通道。為什麼是〈火浴〉？原因很簡單，因為在這首詩裡，我們閱讀著一種文化生命的試煉與昇華，在重構主體性的生命轉折處，〈火浴〉具有關鍵而豐富的文學蘊義。詩中那股鳳凰涅槃式的生命動力、排眾求異的思維火花、身處逆境的內在反思，仿如一頭絢麗的「朝陽鳴鳳」。究竟這隻「東方的不死鳥」是如何從熊熊火焰中經驗文化再生之我？在形骸焚燬，挽歌敲響之際，灰燼裡的再生我如何成就真正的「永生」？

---

[51] JanMohamed Abdul R. & David Lloyd. "Introduction: Toward a Theory of Minority Discourse: What is To Be Done?" In *The Nature and Context of Minority Discourse*. Ed. JanMohamed Abdul R. & David Lloyd. New York and Oxford: Oxford University Press. 1991. p9.

[52] 「焚而不燬」（Nec Tamen Consumebatur）出自舊約聖經《出埃及記》三章二節：「耶和華的使者從荊棘裡火焰中向摩西顯現，摩西觀看，不料，荊棘被火燒著，卻沒有燒燬。」此處借喻生命經歷試煉與煎熬，不但未毀，且靈魂得以淨化與重生。

[53] 同註[7]，頁34-36。

水火之煉

鍾玲〈評「火浴」〉一文強調通過火浴的藝術家必有大痛苦，而余光中避而不寫大痛苦：

> 「自我」只詳細把兩條路剖析給「靈魂」聽，完全沒有表示出選擇時內心的分裂、矛盾和痛苦。只是輕描淡寫選擇，不是偉大的選擇。(54)

嚴羽《滄浪詩話》謂「不涉理路，不落言銓」，詩之妙即在無字之處。且看抉擇之初始：

> 至熱，或者至冷
> 不知該上升，或是該下降……
> 赴水爲禽，撲火爲鳥，火鳥與水禽
> 則我應選擇，選擇哪一種過程？……
> 你選擇冷中之冷或熱中之熱？
> 選擇冰海或是選擇太陽？
>
> ——《在冷戰的年代·火浴》

熱與冷、上升或下降，赴水或撲火，冰海或太陽都是兩極的選擇，無論

(54) 鍾玲，〈余光中的「火浴」〉，（臺北：《現代文學》）第32期，1967，收於黃維樑編，同註⑬，頁171。

如鳳凰「在火難中上升」或是如天鵝「浮於流動的透明」，抉擇本身就是一種苦，其挑戰性在於絕對的彼或此。

> 西方有一隻天鵝，游泳在冰海
> 那是寒帶，一種超人的氣候
> 那裡冰結寂寞，寂寞結冰
> 寂寞是靜止的時間，倒影多完整
> 曾經，每一隻野雁都是天鵝
> 水波粼粼，似幻亦似真

天鵝的完整性在不同層次的孤寂僻冷境態中具像顯明：「寂寞是靜止的時間」，時間靜止，烘托寂意，是一層；「結冰」，冰具孤寒之像，此二層；「冰結寂寞，寂寞結冰」，冰之寒與心之冷結而為一，淒冷僻寒逼人，此三層；「寒帶，一種超人的氣候」，冰帶引寒意，在寒帶中寄寓孤寂，是四層；「冰海」，冰海深化曠漠寂冷之景，此五層；「游泳在冰海」，赤身於冰海中，寒顫之軀更何以堪，此六層；「西方」，西方之遙，空間延伸，增加距離之遠帶出孤曠感，此七層。以空間（「西方」）開端而終於時間（「寂寞是靜止的時間」）之止息。短短數句，蘊含七層涵意，每一層涵意都更強化、深化前面一層涵意，七層涵意彼此環環相扣、輾轉累進之際，卻以「似幻亦似真」終結，一切徒為虛幻之境，句意堆疊至極，虛虛實實之終結實仍無終無止。天鵝所處的情境，不在表面而在空際。天鵝之寂苦與鳳凰之磨難如出一轍：

> 從火中來的仍回到火中
> 一步一個火種，蹈著烈焰
> 燒死鴉族，燒不死鳳雛

　　　　一羽太陽在顫動的永恆裡上升

火焰熾烈無比，仍以肉身之軀步步踏來。日的不生不死充滿潛在而深邃的生命啓示，靈魂之所以「燒不死」，因爲它同不死的太陽走的是同一路線。蹈著烈焰的鳳雛從太陽此心靈原型中昇華出理性的呼喚，然而走在通往永恆的路上，她是在「『顫動』的永恆裡上升」，鳳雛仍有不安，鳳雛仍在掙扎。

　　　　時間的颶風在嘯呼我的翅膀

　　　　毛髮悲泣，骨骸呻吟，用自己的血液

　　　　煎熬自己，飛，鳳雛，你的新生！

颶風的呼嘯、毛髮的悲泣、骨骸的呻吟，鳳凰烈焰受煎熬的畫面烙印在時間之流裡，而支撐所有苦難的動力乃是自由的再生。「一種不滅的嚮往，向不同的元素…有一種嚮往，要水，也要火…我的歌是一種不滅的嚮往」，鍾玲認爲「一種嚮往」是全詩「淨化過程」的「推動力」。[55]三層「嚮往」不僅停留在「推動力」階段，更是意志力的考驗，用詩人的話說：「是一個不肯認輸的靈魂，與自己的生命激辯復激辯的聲音。」[56]

---

[55] 鍾玲，〈余光中的「火浴」〉，收於黃維樑編，同註⑬，頁165。
[56] 同註⑦，頁157。

水火同源

　　在民間，談及火與鳥的關係，常由同一而變爲對立，鳥成爲勇敢的抗火精靈。根據《杜陽雜編》記載：

> 拘弭國貢卻火雀一雄一雌，履冰珠，變畫草。其卻
> 火雀，純黑，大小似燕，其聲清亮，殆不類尋常禽鳥。
> 置於火中，火自散去。⋯⋯宮人持蠟炬以燒之，終不能
> 損其毛羽。[57]

深受余光中推崇的愛爾蘭詩人葉慈（W.B.Yeats）常在詩中如〈天鵝〉（Swan）、〈麗達與天鵝〉（Leda and Swan）中以天鵝喻爲永恆的象徵。東方鳳鳥在火的幽深處「滌淨勇士的罪過，勇士的血」；西方天鵝則以智者隱士之態立以永恆中。[58]面對選擇的困局，靈魂向自身扣問：

> 則靈魂，你應該如何選擇？⋯⋯
> 有潔癖的靈魂啊恆是不潔？

「不潔」與「有潔癖的靈魂」含藏屈原古魂精神：「洞庭萎縮，長江混沌，不潔的澤國何處可容身？」（〈憑我一哭——淡水河邊弔屈原〉）[59]

---

[57]　（唐）蘇鶚撰，《杜陽雜編》，（臺北：木鐸），1982，頁27。

[58]　天鵝是獻祭藝術之神亞波羅和美神維納斯的聖鳥，在英國文學最古老的名著史詩〈貝爾武夫〉（Beowulf）中北海和波羅地海一帶的海洋就以「天鵝之路」（Swan-road）一辭代用。見鍾玲，〈余光中的「火浴」〉，頁168。

[59]　同註㉙，頁120-118。

「滄浪之水啊不再澄澈，你的潔癖該怎樣濯清？」（〈召魂〉）。[60]另一邊廂，火有其堅韌的生命力：「藏火的意志在燧石的肺裡」（〈天狼星變奏曲〉），[61]既是堅毅的體現，又是力與美的意象化。「火」的內涵帶來個體生命另一層表徵——靈魂不滅的反思觀照：「火是勇士的行程，光榮的輪迴是靈魂」。「火」不滅的生命力從何而來？它恰與「水」碰撞而顯現其價值：

> 或浴於冰或浴於火都是完成
>
> 都是可羨的完成，而浴於火
>
> 火浴更可羨，火浴更難

左顧西方天鵝，右眄東方鳳凰。「熱」「冷」、「水」「火」都是「彼此」對立的關係，認定其之為「彼」，與「此」有一定的相異處。「彼」之為「彼」，其實是受制於「此」之比較與反省，一如因有「他者／西方／天鵝」的出現，從而使「我／東方／鳳凰」得以顯現。細察〈火浴〉的辯證循環關係：

> 藍墨水中，聽，有火的歌聲

《說文》「浴，灑身也」。浴日之說：中國東面臨海，太陽初升多見於海上，有如沉浸在水中，因此稱日出為浴日。上古以為太陽沉浸於「咸池」中，《淮南子·天文訓》：「日出於『暘穀』，浴於『咸池』。」日出日落都是從海的背景下展開。從宗教儀式的角度來看，海具有祭祀

---

[60] 同註㊽，頁149-152。

[61] 同註㉖，頁80-83。

聖地之象徵，宗教中的聖地，往往是「置於神聖世界與世俗世界之間的大門」[62]。因著聖地具有無限力量的聯結，置身於聖地，意味著融入永恆的力量之中，日與海的關係因而具有永恆神聖性。走筆至此，焉然「聽」到了這樣一個事實：火的再現乃建基於水，兩者缺一，便無法完整的發揮其特性。「火浴」此一命題不知不覺中勾勒出一種哲理：選擇做蹈火的鳳凰，是經過東西方文化洗禮後的體悟，然而卻是建基於水火同源的原理。詩人如此終結：「這水火同源的矛盾統一，成就了中國現代詩的壯觀。」[63]火與水共融，火中有水，水中生火，恰恰印證了「淨化的過程，兩者，都需要。」在這道跨文化的門檻上，東西方的連繫顯然異常重要，基本上雙雙都不容缺席，「彼」與「此」的異質性文化價值相依為命，從「此」與「彼」觀萬象，始可得天鈞。

鳳凰再生

　　論及〈火浴〉，文評者多於「淨化之過程」詮釋詩的意旨與表現手法。在西方美學理論中，古希臘哲學家提出藝術的「淨化作用」（Katharsis）。Katharsis一詞按其希臘文字義，原具有宗教上和醫學上的雙重意義。[64]就其作為宗教術語而言，意指「洗淨」，指經由儀式上物質的洗淨轉而為心靈的洗淨，進而獲得心靈上的平靜與愉悅。茱麗亞克麗斯特娃進一步闡明：「Katharsis當然不是處置症候與創傷的等值

---

[62] 斯斯特倫著，《人與神》，金澤、何其敏譯，（上海：上海人民），1991，頁62。

[63] 同註[36]，頁185。

[64] Aristotle. *Poetics* in "*The Complete Works of Aristotle*". ed. by J. Barnes. Vol II. New Jersey: Princeton University Press. 1984. pp20-23.

物，但可以提供一種愉悅，或精神能量投置的再生」。[65]以此觀之，從
鳳凰自焚到鳳凰再生，淨化之途中意志的力量顯然是更重要的關鍵點。
在藝術淨化的心靈之旅中，脫卻一切外加負載，與文化真我渾化相融，
才能尋獲純淨的靈魂。純淨的本源在哪裡？那是在「一瞬」的忘我之
中：

　　　一瞬間，嚥火的那種意志
　　　千杖交笞，接受那樣的極刑
　　　向交詬的千舌坦然大呼
　　　我無罪！我無罪！我無罪！烙背
　　　黥面，紋身，我仍是我，仍是
　　　清醒的我，靈魂啊，醒者何辜

千杖交笞與痛楚極刑是考驗之途，是內在心靈洗滌的必然過程，是通往
靈魂不朽的必然天梯。「坦然」大呼罪之何有？「坦然」者，一切本自
俱足。嚥火的意志是直面現實，接受極刑考驗，才能與清澈的本真靈魂
驀然相遇：「我仍是我」、「醒者何辜」。相遇的時刻，茅塞頓開，剔
透無垠的潛在智慧綻現眼前。從這個角度而言，「我無罪」維服了靈魂
的單純性，因為它面對本源；「我仍是我」堅守了靈魂的嚴肅性與忠誠
性，因為它不變質。嚥火的意志成了唯一可以信賴的方式，成為不容動
搖的決心，〈火浴〉把它堅持到最後。美學價值源自記憶，也源自痛
楚，在這裡，鳳凰重生的意志是過程中最真切的顯現。

　　郭沫若在〈鳳凰涅槃〉序記載：

---

[65] 引自劉千美，〈論「藝術治療」的美學基礎〉，載於《哲學雜誌》23期，（臺北：業強），
　　1998，頁146。

　　在天方國古有神鳥名「菲尼克司」（phoenix），滿
五百年後，集香木自焚，復從死灰中更生，鮮美異常，
不再死。按此鳥殆即中國所謂鳳凰：雄爲鳳，雌爲凰。
《孔演圖》云：「鳳皇火精，生丹穴」。《廣雅》云：
「鳳凰……雄鳴曰即即，雌鳴曰足足」。[66]

《論衡・龍虛篇》謂：「太陽，火也」。[67]《爾雅・釋鳥》：「鶠鳳其雄
皇」；鳳凰被古人看作是火之精，也看作是陽之精，鳳、火、太陽可以
是同一的、相通的。中國的陽禽、三足鳥與火鳥實無本質上的區別。[68]
〈火浴〉這一命題，融合了東西方背景的宗教觀，包含的雖是一個來
自異域的故事，卻有意識地賦予中國化的外殼，「菲尼克司」（Phoe-
nix）這一西方家喻戶曉的不死鳥，被富於民族色彩的東方不死鳥所取
代。鳳凰在烈火中自焚而又復生，故事本身濃郁的神話色彩，避開了直
接的現實陳述，也使情境脫離了與當下具體事物的粘連，從而具有超越
性的象徵意味。鳳凰此不死鳥焚而不熄的生命內涵爲人們添智生慧——
對藝術生命生死的參悟，往往也是自覺意識的清醒，特別是將生死的理
解由疑惑、痛苦轉而爲超脫自在的開端，把自我個體生命的結束視爲另
一新生命誕生之時，就標誌了主體的成熟與覺知：

　　　　火啊，永生之門，用死亡拱成……

---

[66] 林林編，《郭沫若詩詞鑒賞》，（河北：河北人民），1994，頁38。

[67] 黃暉撰，〈龍虛篇〉《論衡校釋》，（北京：中華），1990，頁211。

[68] 《春秋元命苞》說：「日中有三足鳥，鳥者陽精」；《山海經・大荒東經》且保存了金鳥載日的
　　神話：「湯穀上有扶木，一日方至，一日方出，皆載于鳥」，日與鳥的神秘聯繫古今皆然。《詰
　　術》云：「在天爲日，在地爲火」。換言之，日爲天火，火爲地日，鳳、日與火的聯繫尤爲常
　　見。參潛明茲，《中國神話學》，（銀川：寧夏人民），1994，頁277。

　　說，未擁抱死的，不能誕生……

　　揚起，死後更清晰，也更高亢

「永生之門，用死亡拱成」體現一種執著地冥思死亡，探究死亡，重建終極價值的精神趨向。在黑格爾浪漫型的藝術世界裡，死意味著否定的否定，這就使它轉化為肯定，是從單純的自然性和有限性中解脫出來的復活，從而「擺脫它的直接存在之有限性而上升為它的真實」。[69]

　　鳳凰之死表現在人格上是人精神的永生，在不朽的理念世界中，理性的靈魂充當了「淨化」的仲介和橋樑作用。〈天問〉有云：「天式縱橫，陽禽爰死。大鳥何鳴，夫焉喪厥體？」蕭兵從神話學的角度釋之：「古人可能認為太陽裡的這隻禽鳥也是生而復死，死而復生」，他認為這是太陽烈焰，乃至太陽爆發的神話模寫，具有「鳳凰涅槃」的神話雛型。[70]而〈天問〉既問死去的陽禽（鳥）何以能鳴，顯然在神話思維中仍有生死循環的印跡，客觀上仍透露了：陽禽死而鳴，豈不是死而復活嗎？這與遠古人類相信死是再生的觀念是相一致的。鳳凰在烈火中翻騰、掙扎，經過火的焚燬而吟頌生命的永生，藍墨水中「火的歌聲」餘音清晰而悠遠，賦予鳳凰永恆生命力。

　　「江山代有才人出，各領風騷五百年」，五百年正是鳳凰大輪迴的周期，套用余光中的話，鳳凰再生意味中國現代詩的超越與不朽：「中國詩就像一隻不朽的鳳凰，秦火焚之，成吉思汗射之，鳳凰仍是鳳凰。經過現代詩的火葬，新的鳳凰已經誕生，且將振翼起飛了。」[71]語言文化是最後的家土，也是自我意識的最後堡壘，發生於火與水之間的對話

---

[69] 黑格爾著，《美學》，朱光潛譯，（北京：人民），1962，頁283。

[70] 蕭兵，〈「鳳凰涅槃」故事的來源〉《楚辭與神話》，（南京：江蘇古籍），1987，頁67。

[71] 《掌上雨》，（臺北：大林），1984，頁84。

關係已是分不開的宇宙循環。如斯苦心經營，只不過為了文化藝術的更大超越，無論是選擇「浴於水或浴於火」，東西方文化的衝擊在在令〈火浴〉抹上了一道深重的折痕，水與火銘刻了文化血系的振盪，兩者終究是個永無止境的生命載體。

　　〈火浴〉既然是循著一個理想模子來加以鍛鑄的，它既離不開水也不棄絕火。在這樣的一種「此……」「彼……」的循環中，真是其中欲望投注之處，那是從一個文化物種構成的基礎（火／水、東／西方）中辨識出的本質。這裡解答了一個本質性的問題：深藏於文化浩瀚的天地中，必須仰賴個體經由實踐方能激發巨大的智慧潛能。水與火的存在，同時賦予個體「我」的意義。如果這種試煉是建立在對文學主體性的深刻理解、敏銳洞察、高度藝術感受力的基礎上，「我」就可能成為文化自我的創造者，而「他者」只是一個客體，一個以「我」的需要、理解、觀察為轉移的一個對象，他者與我是合一且重疊的。〈火浴〉中的靈魂對話，意味著文學創作的重新整合與再生，在浩浩大地之中，重構一種「水火同源」的美學實踐。詩中念茲在茲的「選擇」、「淨化」字眼，因此內含了數則弔詭。過份執著於禪門公案式的撇清，反有落了言詮的危機。此處更關注〈火浴〉中「無」的體現：「試煉──救贖──永生」，詩中像火浴的鳳凰般所經歷的諸般苦楚與試煉到底是自覺之旅、文學之航中的生命展現，亦即是，主體真我的開發總是要穿過黑暗之甬道，必須經歷渾濁之狀態始可促成正面經驗的意義。

　　於此，詩人一方面對中國詩的美學作尋根的追蹤，一方面希望藉東西文化詩學的匯通，達成文化的交融。中國歷史傳統領域在其論述中的位置可以說是被視作一種自我指涉、自我衍義、自我質疑的符象，然而卻加速了詩人的自我實踐。詩人正是要以本身的論述作自我範例、像火浴的鳳凰般熬煉自己來將「不見的（the invisible）」在自己燃燒的身體中把自我呈現出來。余光中追尋主體性過程中西方與中國之間的多重

辯證關係，同時也涉及做為流離之子的五陵少年「沒有家」的精神狀態
——他的認同與放逐——和寫作做為一種特殊的命名行為之間的複雜關
係。在這裡，詩人的書寫之路臨近了一個古老迷宮的入口，那個迷宮仿
如傳統家庭結構中父與母的共生共養，那是一個由歷史中國及西方美學
思維共同構築的象徵系統、價值體系、典籍等等的文化總體，那是一個
自成體系的宇宙，由數千年來所有文化人共同建構。

　　就文學生產而言，鳳凰浴於火論證了：歷史已發展出它的理性——
它的生產邏輯，一道價值之軸——「文化的共融性」。火能摧毀，所以
一切書寫欲望是焚燒，但火亦能淨化，一如水可以賦生，易言之，藍墨
水裡的追索者必要經歷種種急流的考驗，始能見著真知秘理，達至藝術
大自在之境。這番自在是邊陲書寫的高度，由內在引發智慧，讓邊緣的
體悟貫通每一道書寫脈絡。從葉慈到屈原，詩作把許多現代經驗接續到
歷史話語中，不再陷入廣大歷史的混亂：「〈後半夜〉對生命是苦笑的
承受，而〈白玉苦瓜〉對永恆是破涕的敬禮，則〈五行無阻〉應是對死
亡豪笑的宣戰。不消說，那心境正是『我知道我是誰了』。」[72]在這個
路程中，也因著各種矛盾和複雜的辯爭關係，賦予詩人反思的契機，並
以東西傳統的經典美學來調整書寫的歷史感悟，透過傳統的再現達成一
種現代共融。詩人由此出發，在經典的眾聲喧嘩中體現了自我，也從而
延續了歷史生命。

---

[72] 同註[29]，頁179。

總　論

　　回到文學，是回到人的真實感受，在文學的內部去找尋生命的內涵，在文學的極限處去思索無限。閱讀詩人余光中，仿如經歷一趟獨特的心靈之旅，作品真實地呈現出本真之我，見證人類心靈另一種潛在景象：面向邊陲，卻坦然地經驗著從邊陲空間裡所賦予人的存在：「我們寫詩，只是一種存在的證明。」[①]余光中詩作的存在代表著當代中國文壇在喧囂的「主旋律」之外一種深邃的復調；代表著一代知識分子在邊緣位置上一種赤誠的心靈獨白；代表著一部現代文藝的「心靈史」，召喚了一代民族的精神。作品中寫「家國」，卻不期然地從「家國」那裡潛回自己的內心；寫「異域」，卻真實地呈現出內在靈魂的邊陲掙扎；它尋找「主體性」，並以此激活文學的一汪天池——豐厚而平實。這樣一趟幽微深邃的詩性之旅，或可用王國維《人間詞話》三境界說賦予它獨特的意義。

　　「獨上高樓，望盡天涯路」是詩作中放逐異域與追尋文化主體性階段的寫照。放逐異鄉，西域飄零的書寫，一方面拓展個人視野，另一方面，一種家國情愁、文化屬性尋覓的迫切感油然而生。去國之路，瞻顧蒼茫，所尋者竟渺不知其在何方，「棄婦」、「情人」、「妻子」的徘徊與思索，實乃望盡天涯之象。西方文學經典的激盪、傳統與現代的交戰，體現「西」風凋碧之時，新寒似水喚起層層內在探索與反思。從困惑中航向「衣帶漸寬終不悔，為伊消得人憔悴」第二境，則非有「殉身無悔」的精神不可。屈原「亦余心之所善兮，雖九死其猶未悔」，孟子亦說「所愛有甚於生，所惡有甚於死」，這種「擇一固執殉身無悔」的

---

① 《鐘乳石》後記，（臺北：中外畫報），1960，頁90。

精神在作品對「中國」此一符碼的一再書寫中反覆印證。要從多姿多彩的文學主題中找到「所善」、「所愛」已非易事，堅持創作本性更難能可貴。「所善」是出於理性的明辨，「所愛」是由於感情的直覺，在兩者相融處再現豐富而多元的「中國」符碼：地理、文化、古典、神話與歷史的「中國」，是藝術能量的累積，並爲「回歸傳統」文化實踐孕育眞諦：

　　　　瓜而曰苦，正象徵生命的現實。神匠當日臨摹的那
　　只苦瓜，所有的生命一樣，終必枯朽，但是經過了白玉
　　也就是藝術的轉化，假的苦瓜不僅延續了，也更提升了
　　眞苦瓜的生命。②

唯有「擇一」之正確選擇者，始能體會縱使衣帶漸寬斯人憔悴的地步也終於不悔的精神。這漫長的本源追尋，既是文化屬性掙扎之始，也同樣象徵掙扎之終結。經典文化的滋養與轉化，眞苦瓜在枝繁葉茂之後，季節一到，自然含苞，盛開不朽之花。此種超脫的文學自在豈非「衆裡尋他千百度」的餘音？文學經典確認了我們的文化焦慮，但同時亦爲這份焦慮賦予形式與一貫的內涵。這種全然內發的邊陲書寫，就像源遠流長的水，必須要從最深遠的泉源處引發它的湧動，激盪川流不息的生命力。詩人的邊陲書寫，就是發自歷史的本源。

　　史碧娃克執意在文本話語建構中體現「互爲主體性（inter-subjec-tivity）」，提倡多元共生和多種聲音的對話，促使「邊緣性話語」向中心靠攏，從而在話語交流中塡補空白，並創造新的、有生命力的意

---

② 《白玉苦瓜》自序，（臺北：大地），1995，頁7。

義。③由此歸納本研究的三大主軸：一、從家國身分而言，余光中詩作中的邊陲性具體呈現二十世紀中國知識分子的生存困境，邊陲者身分是一種既有的（being），也是一種正在成形的（becoming）。這兩種身分最後將聚合在一個共通的、仍然存在母／中國（homeland/China）之上；二、從美學價值而言，「中國」再現（representation）是一種文化的總體象徵，是政治的、歷史的、古典的豐富文化想像，是不在場中國（absence "China"）的重構；三、就文學視角而言，余氏詩作中中國古典文學與十九世紀浪漫主義的影響乃為邊緣參照系，在兩個傳統中重構文學主體性，建立一個新的中國文學觀是其詩作的終極價值。詩人作品中呈現的美學信仰：東方與西方共融，傳統與現代結合的藍墨水實踐，最終點燃了現代詩「新生」之火。

　　此處「回歸傳統」的意義畢竟已不是原來的意義，東西方歷史經典作為詩人創作生涯中不斷邁進的精神指標，指涉著一種超驗的主體經驗，穿越傳統與現代極限，為精神上的漂流者們提供了靈魂寄寓之所在：傳統有著無限延伸的可能。余光中選擇以一個古老搖籃——汨羅江為象徵，這一總結性的隱喻宣告了新的歷史必然性：屬於中國的現代詩命運之途源自汨羅江，匯集古老文明源頭的豐厚養料，朝向世界的海洋，接續西方文學的優厚活水，展現出一系列新中國現代詩篇。與西方歷史經典深情呼喚密切相關的，也同時是一系列對中國古代和近代歷史的思考：

　　　　如果自己的藍墨水中只有外國人或唐朝人的血液，
　　那恐怕只能視為一種病態了吧？……唯有真正屬於民族

---

③ 曹莉，《當代大師系列——史碧娃克（Gayatri C. Spivak）》，（臺北：生智），1999，頁122-123。

的，才能真正成為國際的。這是我堅持不變的信念。④

種種文化實驗讓詩人「文化自我」完成了。這趟文化之旅經驗的積累有它恆遠的象徵意義：讓百年來被宣布死亡的某些傳統再次「復活」，讓文化生命之流永不枯竭。「自己的藍墨水」頗足以做為概念化「中國文化」的依據──泛指一種實踐，並且更重要的是：它不單純是中國土地上「中國人」的文化實踐，而且是中國境外的「中文現代詩學」實踐上的一種特殊模態。余光中的文化美學維度在這裡把握了一個社會表意的整體群像，從而給民族的過去賦予嶄新意義：藉追尋／重構文化主體性之過程以建立文化自我，換言之，在傳統與現代、東方與西方的文化試煉中，重塑了東西方純淨的藍墨水美學實踐。

詩人的「藍墨水」顯示出一種特殊性：作為現代與傳統的雙重繼承和超越，它既可能呈現出向傳統形象回歸的徵兆，但卻能展示豐富的藝術多元性與文化包容性。藍墨水宣言標誌著中國繼傳統性和現代性之後的第三種定義，這顯然是余光中「理想的第三條路」：「能入傳統而複出，吞潮流而複吐，以致自由出入，隨意吞吐」⑤，並在此視界上著重文學所具有的與傳統性和現代性不同的知識型內涵──不試圖放棄和否定現代性中精神價值的目標和追求，既是對傳統性和現代性的雙重繼承，同時又是對傳統性和現代性的雙重超越：一、以傳統中國固有的多角度和綜合的眼光審視如海洋般無限廣闊的世界文化；二、讓中國文化在抱持自身民族性的同時為世界文化提供多元性啟示；三、以容納萬有的胸懷去直面現實，開放地探索悠遠的文化道路。通過「橫的移植」與「縱的繼承」這種雙重超越進程，余光中的「藍墨水詩篇」具有屬於自身的新現代性內涵：在現代全球化語境中顯示中國文化的獨特個性──

④ 《在冷戰的年代》後記，（臺北：純文學），1984，頁172。

⑤ 〈雲開見月〉《聽聽那冷雨》，（臺北：純文學），1974，頁408。

以全球化爲形器，中國個性爲神道。

　　法國詩人馬拉梅（Mallarmé Stephané）如是說：「世界萬物的存在都是爲了落腳在一本書裡。」[6]余筆隨詩海浮沉，繆思成全其獨有的美學世界。茱萸的孩子曾說：「詩能浩然，自可避邪，能超然，自可避難」，這是「菊酒登高」的美學體悟。菊不但有外在佳色，且有內在精神品德，酒則有從世俗羈絆中得解脫的意義。詩、菊、酒的結合，正點出文化自我的超然。當人們重獲其本原性，其他一切的活動會自然自發，得心應手，如庖丁解牛，如輪扁不徐不疾的斬輪。當我們重獲原性，便會產生近似自然本身的活動能力，用莊子的話說：「己而不知其然謂之道」。這種如魚得水之境表現於詩人晚年對創作生命的另一番從容與豁達：「寂寞的獨白變成對話」（〈因你一笑〉1998.9.18）。[7]對話本身即是「迎」與「逆」的調協，真正對話經驗的完成或許永遠也不會終結，而是一種協商與調整。

　　無庸質疑，此處再度打開的詩門已非固有的詩的世界，而是一處開放、無礙、自在，像一個沒有圓周的中心，可以重新自由穿行、馳騁的書寫世界。詩人得水之道，入水之性乃在於繆思的再生，此時的繆思非但不老，而是愈來愈年輕。頓然發覺，茱萸的藝術種子已經種活了，是在那闌珊之外，在人間詞話三境之外。此處「邊陲位置」反而開展了詩的生命，在登高望遠處徹達美的邊界存在。在漫漫詩途踽踽天壤間，何處不清光？詩人以他孜孜不倦的追溯向我們展示他的邊陲世界，我感受著他詩的世界的豐富與真實，並以相知相映的心情，祈願與這位心靈旅者繼續遠行。

　　如果說書寫是爲了安置個人當下的存有，真誠的閱讀又豈非一種昇

---

⑥ 引自葉維廉，《歷史，傳釋與美學》，（臺北：東大），1988，頁42。

⑦ 《高樓對海》，（臺北：九歌），2000，頁197-198。

華內在自我的活動？閱讀余光中詩篇仿如是過去與現在之間一場當下與永恆的思索，我在綿綿無盡的文本中找到了文學與生命的定位。心靈的會悟又怎麼是言語可以道盡？在約伯與上帝永恆答問處，豈是智慧的開端：

> 惟願我的言語，現在寫上，
> 都記錄在書上；
> 用鐵筆鐫刻，
> 用鉛灌在磐石上，
> 直存到永遠。
> （約伯記十九23~24）

> Oh, that my words were recorded,
> that they were written on a scroll,
> that they were inscribed with an iron tool on lead,
> Or engraved in rock forever!
> （Job 19:23-24） [8]

---

[8] 《約伯記》，聖經新國際版中英和合本，（香港：國際聖經協會），2001，頁850。

國家圖書館出版品預行編目資料

何處不清光──余光中詩歌邊陲性論析／陳淑
彬著. ─ 初版. ─ 臺北市：五南，2015.12
　　面；　　公分.
ISBN 978-957-11-8387-9（平裝）

1.余光中　2.新詩　3.詩評

851.486　　　　　　　　　　104021944

4X03

何處不清光──
余光中詩歌邊陲性論析

作　　者─ 陳淑彬

發 行 人─ 楊榮川

總 編 輯─ 王翠華

主　　編─ 黃文瓊

責任編輯─ 吳雨潔

封面設計─ 劉好音

出 版 者─ 五南圖書出版股份有限公司

地　　址：106台北市大安區和平東路二段339號4樓

電　　話：(02)2705-5066　　傳　　真：(02)2706-6100

網　　址：http://www.wunan.com.tw

電子郵件：wunan@wunan.com.tw

劃撥帳號：01068953

戶　　名：五南圖書出版股份有限公司

法律顧問　林勝安律師事務所　林勝安律師

出版日期　2015年12月初版一刷

定　　價　新臺幣350元